가짜
팔로
하는
포옹

가짜
팔로
하는
포옹

김중혁
소설

문학동네

차례

상황과 비율

포르노 시장은 매년 가파른 성장률을 기록했다. 출시되는 포르노의 종류는 갈수록 다양해졌고, 많은 회사들이 포르노 사업에 뛰어들었다. 더 벗길 게 없는 시장이어서 회사들의 전략은 저마다 달랐다. 동물을 이용하는 경우도 있었고, 그룹 섹스를 주로 다루는 회사도 있었고, 대하드라마를 능가하는 대규모 포르노를 기획하는 곳도 있었고, 모피코트나 가죽재킷을 입고 하는 섹스를 간판 프로그램으로 선택하는 회사도 있었다. 그중 동물 섹스나 겨울옷 섹스를 고집하는 회사에는 배우들이 남아나질 않았다. 동물 섹스를 좋아하지 않는 배우들이 많았고, 겨울옷 섹스의 경우는 수많은 여배우들이 건강상의 이유로 회사를 떠났다. 뜨거운 조명 아래에서 모피코트를 입고 섹스를 하다보면 땀범벅이 되기 일쑤였고, 현장에서 졸도하는 여배우도 심심찮게 나왔다. 모피코트가 땀으로 망가지는 것도 문제였다. 여배우들의 소속사 이동은 잦았고, 활동 시기도 짧았다. 매달 새로운 배우들이 나타났다. 포르노 회사들은 최소 6개월에 한 번 새로운 기획물을 내놓았고, 경쟁은 더욱 치열해졌다.

차양준이 근무하고 있는 '춘하프로덕션'은 경쟁사들에 비해 특별한 기획물이 없었다. 동물을 이용하지도 않았고 강간이나 도촬유의 자극적인 기획도 없었다. 경쟁사들은 '춘하프로덕션'을 두고 리얼리즘 포르노 제작사라고 빈정거렸다. 섹스 장면이 리얼해서가 아니라 젊은 여배우가 중년의 남자를 유혹하거나, 사랑하는 남녀가 그냥 열렬히 사랑하는 장면을 담은, 지극히 현실적인 장면이 많아서였다. '춘하프로덕션'의 사장 이정식 역시 리얼리즘 포르노 제작사라는 말을 싫어하지 않았다.

미니스커트를 입은 여자가 중년의 남자를 벽으로 밀어붙인다. 남자는 돈이 많아 보인다. 셔츠의 질감은 고급스럽고, 넥타이 패턴도 세련됐다. 가슴에는 털이 약간 있지만 징그러울 정도는 아니다. 배가 조금 나와 있고 가슴팍은 탄탄하다. 여자는 넥타이를 붙들고 남자에게 몸을 밀착시킨다. 남자는 어리둥절해하면서 여자를 밀치는 듯하다가 순순히 받아들인다. 여자의 무릎이 남자를 더듬는다. 남자는 더이상 참지 못하고 여자를 안고서 침대로 향한다. 그리고 주방, 욕실, 창가 등 여러 장소에서 여러 번의 응, 응, 응, 응, 이 반복된다. 중년의 남자가 그토록 여러 번 섹스를 할 수 있다는 사실 말고는 리얼하다면 리얼한 영상일 수도 있겠다, 고 이정식 사장은 생각했다. 어떤 식으로든 차별화가 필요했다.

"오늘 무슨 촬영이지?" 아침 회의가 끝나면 이정식 사장은 차양준을 따로 불렀다.

"〈기술남녀〉 2일차 촬영이랑 〈우룽차〉 첫 촬영입니다."

"상황이 몇 개씩이야?"

"〈기술남녀〉는 총 스물두 개고요, 〈우룽차〉는 열여섯 개입니다."

"〈우룽차〉는 왜 그렇게 적어?"

"감독이 몇 개 줄였답니다. 현장 가서 확인해보고 스무 개까지 맞춰놓겠습니다."

"감독 누군데?"

"오형수요."

"걔는 일단 냅둬. 히트작 감독인데 대우를 해줘야지. 지켜보다가 영 아니다 싶으면 나한테 보고해."

"스무 개 아래면 위험합니다."

"나중에 보고 째든가 까든가 하자. 그것보다 〈기술남녀〉 감독이 초짜니까 잘 잡아주고. 너만 믿는다. 알지?"

"네."

"송미는 아직 못 찾았어?"

"수배해뒀으니까 곧 나타날 겁니다. 출시에 차질 없게 하겠습니다."

차양준은 전날 본 경쟁사들의 영상을 상황으로 쪼개고 폴더별로 정리해둔 다음 촬영장으로 향했다. 그의 컴퓨터에는 각각 다른 상황이 적힌 50여 개의 폴더가 있었다. 사무실, 길거리, 옥상, 야외 등의 장소가 적힌 폴더도 있었고, 술 취한 상황, 장례식 상황, 갇힌 상황 등이 적힌 폴더도 있었다. 폴더 속의 영상을 비교해보면 같은 상황이더라도 얼마나 다르게 촬영할 수 있는지 깨닫게 된다. 어떤 상황에서든 가장 자극적인 순간을 상상하고 선택하는 것, 그게 차양준의 일이다.

　　메트로호텔 24층에 도착했을 때엔 이미 촬영이 진행되고 있었다. 널찍한 호텔방에는 남녀 배우와 감독, 촬영, 조명, 스크립터 등 총 여섯 명이 분주하게 움직이고 있었다. 남배우는 옷을 다 벗은 채 성기를 덜렁거리면서 맨손체조를 하고 있었다. 여배우는 옷을 다 입고 의자에 앉아 있었다.

　　"자, 다음 장면 들어가자."

　　감독이 소리를 질렀다.

　　"도시의 풍경을 쫘악, 훑으면서, 하는 거야, 알지? 마주보고 애무하다가 카메라가 빠지면 네가 뒤로 돌아서, 간절하게 간절하게 원해요, 뒤로 해주세요, 이런 느낌. 뭔지 알지?"

　　감독은 손에 쥔 종이뭉치로 여배우를 가리켰다. 종이뭉치에는 상황을 정리해둔 콘티가 있었지만 감독은 그걸 보지 않았다. 여배우는 고개를 끄덕였다. 남배우는 체조 때문에 얼굴이 발갛게 변했다.

액션, 하는 소리가 들리자 여배우의 표정이 돌변했다. 눈이 반쯤 감겼고, 입은 반쯤 열렸다. 여배우는 5분 동안 정성스럽게 입으로 남배우의 성기를 빳빳하게 만들었다. 어디선가 침 넘어가는 소리가 들렸다. 남자 스태프의 목구멍을 넘어가던 침 소리인지, 여배우가 낸 소리인지 알 수 없었다. 남배우는 여배우를 일으켜세운 다음 어깨를 움켜쥐고 키스를 시도했지만, 여배우는 곧바로 돌아섰다. 감독이 원했던 간절한 눈빛을 남배우에게 보냈다. 남배우가 여배우의 치마를 걷어올렸고, 팬티를 내렸다.

"잠깐만요."

차양준이 소리를 지르며 끼어들었다.

"뭐요?"

감독이 짜증을 냈다.

"이 장면은 왜 상황이 없죠?"

"무슨 상황요?"

"곧바로 애무하고 삽입하잖습니까."

"뭔 소리야. 애무하고 삽입하는 데 얼마나 시간이 많이 걸렸는데."

"그건 상황이 아니잖습니까."

"애무하고 섹스하는 게 상황이 아니면 뭐가 상황이야."

"상황 콘티에다 적어드렸을 텐데요."

"야, 누가 콘티 보고 찍어. 호텔 대여료 내려면 한 컷이라도 더 찍어야 할 거 아냐."

"호텔 대여료는 회사에서 내는 겁니다. 그런 것까지 신경쓰지 않으셔도 됩니다."

"빨리빨리 안 찍으면…… 여기서 배우들 홀딱 벗겨놓고 예술하라고?"

"예술하라는 게 아닙니다. 상황을 찍으시라는 겁니다."

"그게 예술하라는 거지."

"상황과 전희와 섹스의 비율은 1 대 1 대 2여야 합니다. 그건 들으셨죠?"

"이게 통계청 포르노냐? 그걸 어떻게 맞춰."

"그걸 맞추는 게 감독님이 할 일 아닙니까?"

"이봐, 양준씨. 감독이 스톱워치 들고 계산기 두드리면서 영화 찍는 줄 알아? 생각해야 할 게 무지하게 많은 종합예술인이라고."

"그럼 생각하시는 김에 상황의 비율을 먼저 생각해주십시오."

"에이, 씨발, 정말 말이 안 통하는 새끼네. 야, 전부 철수해. 촬영 접어."

감독이 의자에서 일어나며 소리를 질렀다. 스태프들은 차양준과 감독을 번갈아 보았다. 창가에 서서 막 섹스를 하려던 두 배우 역시 말없이 차양준과 감독을 보았다. 침 넘어가는 소리가 다 들렸다. 남배우의 성기는 힘없이 축 늘어져서 화살표처럼 바닥을 가리키고 있었다.

"감독님 의자만 접으시면 됩니다. 스태프들은 계속 일하실 겁니다."

차양준이 조용한 목소리로 말했다. 감독은 쥐고 있던 종이뭉치를 우그러뜨렸다. 발바닥이 움찔댔다. 방향을 정하지 못하고 있었다. 지금 자리에 남아야 할지, 출입구 쪽으로 향해야 할지 갈등하고 있었다. 발은 출입구 쪽으로 향하고 싶어하는데, 머리가 그걸 막고 있었다. '춘하프로덕션'에서 경력을 쌓으면 다른 쪽에서 일하기가 수월해진다는 걸 알고 있었다.

"양준씨 말처럼 그게 쉬운 게 아니야. 1 대 1 대 2라고 해도, 이게 찍다보면 달라진단 말이에요. 1 대 2 대 2가 될 수도 있고, 1 대 1 대 0.5가 될 수도 있어. 배우들도 그래. 한 10분 동안 지치지도 않는 사람도 있고, 3분 만에 축 처지는 새끼도 있어요. 아, 물론 그런 놈들은 배우로서의 자격이 없지. 우리가 무슨 예술단편영화 찍는 것도 아닌데 3분 만에 끝내면 뭘 어쩌자는 거야, 안 그래요? 무슨 얘긴지 다 아는데, 이게 다 사람의 일이라서 그렇단 말이야. 일단 그렇게 찍어보기는 하겠지만 1 대 1 대 2를 정확하게 맞추려면……"

차양준의 전화기 벨소리 때문에 감독이 얘기를 멈췄다. 감독은 의자에 앉아서 우그러뜨렸던 종이뭉치를 펼쳤다.

"네, 주소만 알려주시면 제가 가보겠습니다. ……아뇨, 주소만 문자메시지로 보내주세요. 힘으로 할 일이 아니니까 제가 가는 게 낫습니다."

차양준은 전화를 끊고 의자에 앉은 감독을 내려다보았다. 감독의 눈이 뿌옇게 흐렸다. 실핏줄이 터져서 흰자는 빨갛게 변했고, 눈의 어디선가 이물질이 끊임없이 솟구쳐나왔다. 감독은 계속 눈을 깜빡였다. 감독은 무슨 말인가를 더 하려고 했지만 입을 뗄 수 없었다.

"감독님, 잘 부탁드립니다."

차양준은 호텔방 밖으로 나왔다. 감독이 차양준을 따라 문 앞까지 나왔지만 차양준은 알은척하지 않았다. 더 있어봐야 좋을 게 없다는 걸 알고 있었다. 우선 송미를 찾고 〈우롱차〉 촬영 현장에 들른 다음 돌아올 생각이었다. 오후 촬영이 끝나갈 때쯤 먹을 걸 사 들고 돌아오면 분위기가 나아질 것이었다.

엘리베이터 문이 열리고 차양준이 1층에 도착했을 때 문자메시지가 도착했다. 주소만 적힌 간략한 메시지였다. 힘들게 찾아냈고 어렵게 발견했다는 식의 군더더기는 없었다. 띄어쓰기와 맞춤법은 정확했고, 주소 가운데 들어 있는 하이픈은 숫자와 딱 붙어 있어서 빈틈이 없었다. 주소를 알리는 문자만으로도 명쾌하다는 인상을 주었다. '일 하나는 기가 막히게 잘하는군.' 차양준이 중얼거렸다. 자동차 내비게이션에 주소를 입력했다. 차양준은 주소를 입력하면서 그 명칭들을 오래전에 들어본 적이 있는 것 같다는 생각을 했다.

차양준은 출발하기 전에 〈우롱차〉를 찍고 있는 촬영B팀의 조명과 음향 담당 김선민에게 문자메시지를 보냈다. '촬영 진행률, 상황 몇 개?'라는 짧은 메시지였다. 답장을 기다리지 않고 출발하려는데 '현재 상황 0개. 감독님은 차 마시고 계세요. ㅋㅋㅋ'라는 답장이 곧바로 왔다. 차양준은 통화 버튼을 눌렀다.

"무슨 소리예요, 차 마시고 있다는 게?"

"말 그대로인데요. 차 한잔 마시고 시작하신대요."

"아직 하나도 안 찍고요?"

"네."

"배우들은요?"

"배우들하고 같이요."

"미안하지만 촬영 시작하면 저한테 문자 좀 보내주실래요?"

"네, 그럴게요."

김선민은 차양준과 오랫동안 함께 일해온 사이였다. 스파이라고 할 수는 없지만 차양준이 파악할 수 없는 회사일을 자주 알려주곤 했다. 차양준은 3년 전 포르노계에 떠들썩하게 데뷔했다. 그가 기획한 〈상황 시리즈―우리가 꿈꾸는 짜릿한 500섹스〉는 돌풍을 일으키며 그해 최고의 판매고를 기록했다. 어지간한 음반 판매량보다 높았고, 불법 복사본까지 합한다면 포르노 역사상 최다 판매라는 의견도 있었다. 그해 화장지의 매출이 높아진 것도 모두 〈상황 시리즈〉 때문이 아니겠냐는 분석도 있었다. 버스를 기다리다가, 피서지에서 보트를 놓친 후에, 회사 옥상에서 담배를 피우다가, 카페에서 커피 주문을 기다리다가…… 차양준은 모든 상황을 섹스와 연결시켰다. 차양준이 기획하는 섹스는 간결했고, 불필요한 애무나 불필요한 자극이 없었다. 사람들은 의외의 상황에서 벌어지는 섹스에 흥분했다.

차양준은 포르노계의 스타 기획자가 됐다. 상황은 곧 돈이었다. 그는 데뷔 2년 만에 거액의 연봉을 받고 '춘하프로덕션'으로 직장을 옮겼다. 대표 이정식은 차양준에게 '상황감독'이라는 새로운 업무를 맡겼고, 업무의 내용으로만 본다면 회사의 2인자나 다름없었다. 그를 시기하는 사람이 많았고, 더이상 새로운 기획을 할 수 없을 것이라고 추측하는 사람도 많았다. 차양준 역시 그런 의견들을 알고 있었다.

차양준은 이전 회사에 다닐 때 프리랜서로 활동중이던 김선민을 알게 됐고, 김선민이 취직을 원할 때 '춘하프로덕션'에 자리를 마련해주었다. 차양준은 생색을 내지 않았고, 대신 문자를 자주 보냈다. 감독들의 생각이나 성향을 알려줄 누군가가 필요했다.

내비게이션 화면에 목적지가 2킬로미터 남았다는 표시가 떴다. 포르노 영화가 나오던 화면을 끄고 주위를 둘러보았다. 처음 와보는 동네였다. 언덕길로 올라갈수록 길이 좁아졌고, 주변의 풍광을 잘 볼 수 있게 하려고 그러는 것처럼, 집들이 낮아졌다. 차양준은 지나치며 목적지를 확인하고 유료주차장에 차를 세웠다. 그가 태어나기도 전에 지었을 듯한 낡은 3층 건물이었다.

건물에 들어섰을 때 여러 종류의 냄새가 차양준의 코로 밀려들었다. 곰팡이 냄새와 락스 냄새가 강했고 어디선가 희미하게 포르말린 냄새도 나는 것 같았다. 차양준은 얼굴을 찡그리면서 덜 마른 바닥에 발을 내디뎠다. 방금 청소를 끝낸 모양이었다.

차양준은 2층으로 오르다가 청소를 하는 늙은 여자와 마주쳤다. "안녕하세요." 늙은 여자가 차양준을 쳐다보지도 않고 인사를 했다. 무덤덤한 한마디와 함께 늙은 여자가 양동이와 물걸레를 쥔 채 꾸부정한 자세로 계단을 내려오고 있었다. 차양준은 옆으로 비키면서 늙은 여자가 지나가도록 해주었다. 늙은 여자가 고개를 까딱하면서 지나갈 때, 차양준의 눈에 늙은 여자의 늙은 젖가슴이 보였다. 추욱 늘어져서 볼품없는 젖가슴이었다. 차양준은 괜히 한숨이 났다. 보기만 해도 한숨이 나는 그런 젖가슴이었다. 늙은 여자의 젖가슴은 그가 자주 보는 배우들의 젖가슴과는 판이하게 다른 젖가슴이었다. 그런 가슴을 보는 게 너무나 오랜만이어서, 자신이 미래의 어느 순간으로 와 있는 것 같다는 착각이 들 정도였다. 젊은 젖가슴이 모두 늙은 젖가슴으로 변모한 미래의 어느 건물. 차양준은 늙은 여자의 뒷모습을 잠깐 지켜보다 3층으로 올라갔다. 송미가 있다는 집은 복도가 시작되는 곳에 있었다. 복도의 한쪽으로 나지막한 뒷산이 펼쳐져 있었다. 차양준은 벨을 누르지 않고 문을 두드렸다.

차양준은 문에 귀를 댔다. 누군가 문으로 걸어오는 소리가 들렸다. 누군가는 다가와 문을 열지는 않았다. 차양준은 반대편 문에 귀를 대고 있을 사람이 송미이길 바라면서 다시 문을 두드렸다. 차양준은 희미한 담배 냄새를 맡았다. 송미가 담배를 피웠던가, 잠시 생각했지만 생각이 나질 않았다.

"송미씨, 계시죠? 저, 춘하프로덕션의 차양준 감독입니다."

문에다 바짝 귀를 대고 있는 당신이 누구인지 알고 있다는 듯 작은 목소리였다. 침묵의 시간이 흘렀다. 큰길 쪽에서 아이들이 뛰어 노는 소리가 들렸다. 개 짖는 소리와 누군가 자동차 시동을 켜는 소리도 들렸다.

"혼자 왔어요?"

"네, 혼자입니다."

"왜 왔어요?"

"잠깐 이야기 좀 하려고요."

"할 얘기 없는데요."

"제가 할 이야기를 만들어드릴 겁니다."

"어떻게요."

"열어보시면 알 겁니다."

머뭇거리는 몇 초가 지나더니 문이 열렸다. 송미는 걸쇠를 풀지 않고 문을 조금만 열었다. 문틈으로 송미의 얼굴이 나타났다. 낡은 티셔츠 하나만 걸친 편안한 모습이었다. 문틈으로, 늘어진 티셔츠 사이로 젖가슴의 굴곡이 드러났다. 차양준은 좀 전에 보았던 늙은 여자의 젖가슴을 떠올렸다. 송미의 가슴이 훨씬 부풀어 있었고, 골이 깊었다. 송미는 며칠 사이에 많이 말라 있었다. 눈두덩이 움푹하게 꺼졌고, 턱도 더 뾰족해진 느낌이었다.

"얘기해보세요."

송미의 목소리가 문틈으로 빠져나왔다. 차양준은 송미의 얼굴을 제대로 볼 수 없어 답답했지만 굳이 안으로 들어가야겠다는 생각은 하지 않았다.

"왜 그만두시려는 겁니까?"

"할 이야기 없다니까요."

"하나만 답해주십시오. 그래야 송미씨가 할 이야기를 만들어줄 수 있으니까요. 왜 그만두시려는 겁니까?"

"다 지겨워졌어요. 됐어요?"

"그건 답이 아니라 화를 내는 것 같은데요."

"화내는 게 제 답이에요. 됐어요?" 송미는 담담한 목소리로 말했다.

"화면에 등장하는 자신의 모습을 보는 게 지겨워진 겁니까, 아니면 매번 다른 남배우들과 끊임없이 섹스를 하는 자신이 지겨워진 겁니까, 아니면 촬영하는 과정에 뭔가 지겨운 요소가 있는 겁니까? 만약 개선할 게 있다면 고쳐나가겠습니다. 덜 지겹게 할 수 있다는 거죠."

"상황감독이시라더니 이런 상황도 컨트롤하시나보죠?"

송미가 문틈 가까이로 얼굴을 내밀며 말했다. 조금도 움직이지 않고 꼿꼿하게 서서 말하고 있는 차양준의 모습에 송미가 긴장을 풀었다.

"영화 속 상황이든 현실의 상황이든 다를 게 없습니다. 모든 상황엔 일리가 있습니다. 그리고 모든 상황엔 의미가 있습니다. 지금 송미씨와 제가 하는 대화에도 어떤 의미가 있겠죠."

"제가 보기엔 아무런 의미 없는 대화 같은데요."

"아무런 의미 없는 대화란 없습니다."

"그럼 지금 이건 어떤 의미가 있는 상황인데요?"

"협상중인 상황이죠. 저와 사장님은 송미씨의 복귀를 원하고 있습니다. 찍던 영화를 마저 촬영하길 바랍니다. 저는 사장님의 대리인 역할을 하고 있는 겁니다. 이제 송미씨의 요구사항을 이야기해 주십시오."

"좋아요, 그럼. 제 요구사항을 말씀드릴게요. 오형수 감독을 선택하든지 저를 선택하든지 둘 중 한 명을 고르세요." 송미가 문에서 멀어지며 낮은 목소리로 말했다.

"이유는요?"

"이유가 왜 필요해요. 오형수 감독을 선택할 게 뻔한데…… 만약 오형수 감독을 버리고 저를 선택할 마음이 조금이라도 있다면, 그때 제 이유를 말씀드릴게요."

"잘못된 순서입니다. 이유를 알아야 선택의 방향이 결정되는 겁니다."

"아뇨. 제 순서는 달라요. 이유를 말했는데 선택도 받지 못하면 둘 다 잃게 되는 거니까요."

"패를 먼저 보이지 않겠다는 거군요."

"어때요? 상황감독으로서는 괴로운 상황이죠?"

"아뇨. 괴롭고 힘든 상황이란 건 없습니다. 모든 상황에는 일리가 있으니까요. 송미씨의 뜻은 잘 알겠습니다. 이번에는 제 생각을 말씀드리겠습니다. 일단 촬영은 마무리를 해야 한다고 생각합니다. 이유가 어떻든, 송미씨와 오형수 감독 중 누굴 선택하든 일단 촬영은 끝내야 합니다."

"그걸 하기 싫다는 거잖아요."

"지금 〈우롱차〉 촬영이 시작됐으니 오감독은 시간이 없을 겁니다. 다른 감독으로 연출을 바꾸겠습니다. 하루만 찍으면 되니까요. 뭐가 지겹든 얼마나 지겹든 하루만 견디고 촬영해주십시오. 부탁드리겠습니다."

"촬영을 마무리하면 제가 얻을 수 있는 게 뭔데요?"

"믿음을 얻을 수 있겠죠. 저희의 선택에 도움을 조금 주시는 겁니다. 지금까지 '춘하프로덕션'에서 송미씨가 출연한 영화는 모두 열아홉 편이고, 그중 원톱으로 찍은 건 열 편입니다. 열 편 중 특별한 상황 없이 찍은 일곱 편의 판매보다 상황별로 챕터를 나눈 세 편의 인기가 높습니다. 〈사무실에서 호텔까지〉는 스트리밍 서비스 1위를 차지하기도 했습니다. 풀타임 시청률은 20퍼센트입니다. 열

명 중에서 두 명은 한 번도 스킵하지 않고 끝까지 시청했다는 겁니다. 이례적인 일이죠. 최고의 배우도 20퍼센트를 넘기기 힘드니까요. 작품별 평균 리와인드는 8회이고, 평균 스킵은 15회입니다. 평균 일시정지는 4회이고, 평균 재시청률은 1.5회입니다. 작년에는 진심으로 흥분하는 것 같은 배우 2위에 올랐고, 물총쏘기 성적은 별로 좋지 않습니다. 송미씨와 관련된 검색어 중 가장 높은 순위는 '가슴'과 '발목'이고……"

"그만하세요."

"송미씨에 대한 '춘하프로덕션'의 믿음을 설명하는 중입니다. 송미씨 팬의 평균 연령은 28.5세이고, 악플의 비율은 13퍼센트입니다. 여배우들의 평균 악플 비율이 25퍼센트인 걸 생각하면 놀라운 수치입니다. 마지막으로 제가 가장 중요하게 생각하는 건데요. 정지화면 캡처 비율입니다. 얼굴과 상체, 상체와 하체, 전신 캡처의 경우를 통계로 내는데, 송미씨의 경우는 4 대 2 대 2입니다. 전신보다 얼굴의 비율이 높게 나오기란 쉽지 않은 일입니다. 많은 사람들이 송미씨의 웃는 표정을 좋아한다는 얘깁니다."

"이런 데서 듣기엔 민망한 얘기네요. 생각해볼게요."

송미는 문을 닫았다. 잠금장치를 돌리는 소리가 들렸다. 차양준은 문틈으로 자신의 명함을 밀어넣었다.

"문틈으로 명함 넣었습니다. 오늘 중으로 연락주십시오."

송미는 스물여덟 살의 포르노 배우였다. 포르노 배우를 하기엔 나이가 많았지만 고정팬들이 많았다. 가장 높은 검색어가 '가슴'이라는 데서 짐작할 수 있듯 송미의 가슴은 인기가 많았다. 수술 받지 않은 젖가슴 중에는 최고라는 평가였다. 편평한 가슴을 선호하는 남자들도, 커다란 가슴을 선호하는 남자들도 모두 송미의 가슴만은 인정했다. 차양준의 말처럼 송미의 웃는 얼굴을 좋아하는 사람도 많았다.

차양준이 돌아가고 난 후 송미는 티셔츠를 벗었다. 트레이닝팬츠와 팬티를 마저 벗었다. 거실의 거울을 통해 알몸이 보였다. 물을 끓여 컵에 따르고 커피믹스를 부었다. 달고 맹맹한 커피믹스가 몸속으로 들어가자 술이 깨는 것 같았다. 송미는 커피를 다 마시고 나서 문틈에 끼여 있던 명함을 꺼냈다. '춘하프로덕션' 상황감독 차양준이라는 이름 아래에 전화번호와 전자우편 주소가 적혀 있었다. 송미는 명함을 신발장 위에 올려두었다. 전화를 걸게 될지 알 수 없었지만 명함을 버리지 않았다. 송미는 차양준의 이야기가 재미있었다. 자신에 대한 이야기와 정보를 그런 식으로 듣기는 처음이었다. 이야기를 들려주던 목소리도 마음에 들었다. 낮고 굵직하지만 기름기는 거의 없는 목소리였다. 촬영 현장에서 몇 번 마주친 적이 있긴 했지만 이렇게 둘이서만 얘기하긴 처음이었다. 차양준이 가고 없는데도 목소리가 계속 송미의 귓가에 맴돌았다.

송미는 주방으로 가서 하던 일을 계속했다. 주방의 서랍에는 노란 비닐봉지가 차곡차곡 포개져 있었고, 송미는 비닐봉지를 하나씩 꺼낸 다음 바람을 넣고 부풀렸다. 비닐봉지에 바람이 차면 입구를 단단히 묶고 바닥에 던져두었다. 거실 바닥에는 바람이 들어간 노란 비닐봉지 수십 개가 뒹굴고 있었다. 30분쯤 지나자 노란 비닐봉지가 바닥에 그득해졌다. 크지 않은 거실이었다. 송미는 베란다로 가서 블라인드 사이로 밖을 내다보았다. 세계는 느릿느릿 움직이고 있었다. 사람들은 정해진 길로 다녔고, 뒤를 돌아보지 않았다. 3층 높이에서 보는 것만으로도 세상이 멀어 보였다. 송미는 벌거벗은 채로 노란 비닐봉지를 툭툭 차면서 거실을 이리저리 걸어다녔다.

송미는 외할머니가 잘 기억나지 않았다. 3년 전 전화를 받고 외할머니가 혼자 살던 이 집에 인사를 하러 온 적이 있었지만 키가 작고 빨간색 목도리를 하고 있었다는 것 말고는 떠오르는 게 없었다. 상상 속에서 목도리만 둥둥 떠다녔다. 뿌옇게 서리가 낀 창문을 사이에 두고 만난 것 같았다. 과일바구니를 내려놓고 절을 하고, 잠깐 앉아서 이야기를 듣다 간 게 전부였다. 외할머니의 얼굴과 이야기는 기억나지 않지만 과일바구니를 들고 언덕을 오르던 기억은 선명했다. 엉성하게 얹어둔 귤 하나가 떨어져서 아래로 굴러갔다. 송미는 잠깐 쉬면서 그 귤을 계속 보았다. 귤은 빠른 속도로 굴러갔고 송미도 그 귤을 따라 굴러떨어지는 것 같은 기분이 들었다. 마음 같아선 만신창이가 되었을 그 귤을 찾아오고 싶었지만 다시 돌아갈 길이 까마득했다. 외할머니가 죽었다는 소식을 전해

들었을 때 송미는 그 언덕과 귤을 떠올렸다.

　외할머니의 장례식을 지켜본 사람은 송미뿐이었다. 송미는 화장장의 대기실에서 언뜻 새어나오는 불꽃을 보았다. 외할머니를 재로 만드는 불꽃이었지만 아무런 감정이 들지 않았다. 장례식을 마치고 돌아와서 송미는 혼자 술을 마셨다. 슈퍼마켓에서 맥주 여섯 병과 소주 한 병, 아몬드캔, 진공포장된 과자 세 봉지를 사왔다. 송미는 과자를 좋아하지 않았지만 진공포장된 과자는 좋아했다. 과자 때문이 아니라 봉지 때문에 좋아했다. 진공포장된 과자를 두 손으로 펑, 터뜨리는 순간 송미는 오르가슴으로 가는 표지판을 보는 것 같았다. 밀폐돼 있던 무언가를 두 손으로 구출한다는 감각과 '펑' 하고 사람을 놀래키는 소리와 자신을 둘러싸고 있던 공기가 뒤틀리는 왜곡이 손과 발을 저릿하게 만들었고, 저릿한 감각은 음문까지 전해졌다. 짧은 순간 누군가 자신의 음문으로 들어왔다 나가는 게 느껴졌다. 송미는 몸을 살짝 떨었다. 과자봉지를 터뜨릴 때뿐 아니라 풍선이 터질 때도, 비닐봉지가 터질 때도, 온몸이 찌릿했다. 영화를 찍으면서 수많은 남자들이 자신의 음문을 드나들었지만 이런 쾌감을 느낀 적은 없었다. 거짓 신음을 지르는 것보다 풍선을 터뜨리는 쪽이 훨씬 좋았다. 술을 마시다가 심심하면 과자봉지를 터뜨렸다. 과자는 거의 먹지 않았다. 송미는 병따개를 찾다가 서랍에 차곡차곡 쌓여 있는 비닐봉지를 보았다. 송미가 들고 온 비닐봉지와 같은 것이었다. 슈퍼마켓의 이름과 전화번호와 판매

품목이 적힌 노란색 비닐봉지였다. 서랍에는 그런 비닐봉지들이 수십 개 쌓여 있었다. 하루종일 자위를 하고도 남을 양이었다.

차양준은 떠나지 않고 문에다 귀를 대고 있었다. 어떤 일이 벌어질지 알 수 없었으므로 자리를 뜰 수 없었다. 휴대전화기는 진동으로 바꾸어두었다. 건물 안에서는 별다른 소리가 들리지 않았다. 달그락거리는 소리가 들렸지만 안에서 들리는 소리가 아니라 멀리서 들리는 소리 같기도 했다. 먼 곳에서 여전히 아이들이 웃고 있었다. 차양준은 한 시간만 기다려보기로 했다. 한 시간 안에 결정하지 못한다면 시간이 길어질 확률이 컸다. 30분쯤 기다렸을 때 계단으로 누군가 올라오고 있었다. 차양준은 문에서 떨어져 난간에 기댄 채 먼산을 보았다. 휴대전화기를 꺼내서 귀에다 대고 통화하는 척했다.

"안녕하세요." 늙은 여자가 무심한 목소리로 다시 인사를 했다. 이번에도 차양준을 보지 않았다. 시선은 복도의 끝에다 고정한 채 차양준을 지나치면서 인사를 했다. 늙은 여자는 양동이와 대걸레를 들고 복도 끝으로 가더니 몸을 돌렸다. 양동이에다 대걸레를 넣어 몇 번 휘젓고는 복도를 닦기 시작했다. 늘어진 티셔츠 사이로 늘어진 가슴이 멀리서도 보였다. 차양준은 눈을 돌리지 않고 늘어진 젖가슴을 유심히 보았다. 가슴이 좌우로 흔들리고 있었다. 대걸레의 움직임에 따라 젖가슴이 시계추처럼 좌우로 움직였다. 늙은 여자가 복도의 반쯤 왔을 때 휴대전화기에 진동이 울렸다. 김선민이었다. 차양준은 계단 쪽으로 가서 전화를 받았다.

"촬영 시작하는데요, 이제."

"아, 그래요? 다행이네요. 수고하세요."

"그런데요, 오형수 감독이 이야기를 다 바꾼대요."

"이야기를? 어떻게요?"

"대본은 무시하고 자기의 감으로 찍을 거니까 믿고 따라오면 된 대요."

"그러니까, 어떻게 바꿨어요?"

"어떻게 바꿀지는 얘기 안 해주셨고, ……아, 저 가봐야겠어요."

차양준은 통화 종료된 전화기를 바라보았다. 송미를 기다리기보 다는 〈우롱차〉 촬영 현장으로 가야 할 상황이었다. 차양준은 문에 다 귀를 한번 더 대보고는 서둘러 계단을 내려갔다. 2층을 지날 때 어디선가 '펑' 하는 소리가 들리는 것 같아 잠깐 걸음을 멈췄지만 작은 소리에 신경쓸 겨를이 없었다.

서른 개의 비닐봉지를 연달아 터뜨려본 것은 송미에게도 처음 있는 일이었다. 스무 개가 지났을 때는 정신이 아득해졌고, 발가락 끝까지 찌릿했다. 스무 개에서 서른 개까지는 어떻게 터뜨렸는지 도 기억나지 않았다. 거실을 돌아다니면서 두 손으로 비닐봉지를 터뜨릴 때마다 누군가 날카로운 꼬챙이로 음문을 쑤셔대는 듯한 기분이 들었다. 비닐봉지가 터질 때마다 송미는 두 손으로 박수를 칠 수밖에 없었다. 비닐봉지가 펑, 하고 터지면 비닐봉지를 움켜쥐던 송미의 두 손이 짝, 박수를 쳤다. 펑, 짝, 펑, 짝, 펑, 짝, 펑, 짝, 비닐봉지 속의 공기가 파편을 뿌리며 터져나오자 거실이 흔들리고 송미도 흔들렸다. 송미는 서른 개의 비닐봉지를 모두 터뜨리고 거실에 드러누웠다. 아랫도리가 얼얼했다. 손으로 음문을 만져보았다. 거긴 이미 축축하게 젖어 있었다. 천장의 형광등이 작은 소리로 울고 있었다.

송미는 누워서 깜빡 잠이 들었다가 깨어났다. 애액이 말라붙어서 몸은 찜찜했지만 정신은 바싹 마른 빨래처럼 빳빳했다. 형광등은 계속 작은 소리로 울고 있었다. 외할머니도 가끔 이렇게 비닐봉지로 자위를 하지는 않았을까? 송미는 바로 고개를 저었다. 이런게 유전일 리 없었다. 손녀가 마음껏 자위할 수 있도록 노란 비닐봉지를 정성스럽게 모았을 리도 없었다. 송미는 외할머니가 누워서 바라보았을 천장을 물끄러미 바라보았다. 커다란 꽃무늬 벽지였다. 꽃무늬가 천장에 붙어 있으니 이상했다. 하늘에서 꽃이라도 떨어질 것 같은 풍경이었다. 둥그런 스프링클러가 송미를 내려다보고 있었다.

송미는 벌떡 일어나서 신발장 위의 명함을 집었다. 뽑아두었던 전화코드를 연결하고 번호를 눌렀다.

"차양준입니다."

"저, 송미예요."

"네, 송미씨. 말씀하십시오."

"영화 찍을 때 옆에 같이 있어줄 수 있어요?"

"그럼요. 그게 제가 할 일입니다."

"언제부터 찍을 수 있어요?"

"오늘은 세팅이 힘들 테니까 내일 아침에 찍을 수 있도록 하 겠습니다. 그리고 제 기억으로는 아마 낮 장면이 남았을 겁니다. ……믿어주셔서 감사합니다."

"일단은 마무리만 할 거예요. 완전 복귀는 아닌 거 아시죠?"

"네, 알겠습니다. 천천히 결정하십시오."

"그래요."

송미는 이야기를 더 하고 싶었지만 할 말이 없었다. 차양준의 전화 목소리를 더 듣고 싶었다. 그 목소리를 듣는 것만으로도 안심이 됐다. 아무 일도 없을 거라고, 다 잘될 거라고, 말해주는 듯한 목소리였다.

"일정 확인되면 이 번호로 전화드릴까요?"

"아뇨. 핸드폰 켜둘게요. 핸드폰으로 전화하세요."

"네, 알겠습니다. 끊겠습니다."

차양준은 곧바로 제작팀에 전화를 걸어 〈복종의 카푸치노〉 마지막 촬영 준비를 부탁했다. 반나절 정도만 더 촬영하면 마무리할 수 있는 영화였다. 누가 감독을 맡든 상관없었다. 이정식 사장에게는 송미가 내일 촬영을 재개하기로 했다는 사실만 간단히 보고했다.

〈복종의 카푸치노〉는 오형수 감독의 '음료 3부작' 중 두번째 작품인데, 차양준은 그 시리즈를 좋아하지 않았다. 첫번째 작품 〈콜라 샷〉은 머니 샷—남자가 여자의 질 이외의 곳에 사정하는 것을 말한다—을 테마로 한 작품인데 '얼굴 마사지'를 비롯해 수많은 곳에 사정하는 장면을 콜라가 터져나오는 화면과 편집한 것이었다. 콜라 회사로부터 지원까지 받아서 만든 작품이었고, 관객들의 평가도 좋았다. 콜라 회사에서도 마음에 들어했다. 차양준은 머니 샷 자체를 좋아하지 않았고, 오형수 감독의 편집 스타일도 좋아하지 않았다. 남자가 절정의 순간에 도달했을 때 여자의 얼굴에다 사정을 하는 장면은, 화면 자체로는 그럴듯할지 모르겠지만 차양준에게는 전혀 설득력이 없었다. 절정의 순간에 침착하게 남자의 정액을 받아먹을 수 있는 여자가 몇 명이나 될까. 그건 여자에게 절정이 오지 않았다는 뜻이다.

여자의 얼굴이 정액으로 뒤범벅된 화면을, 차양준은 좋아하지 않았다. 〈복종의 카푸치노〉의 모든 촬영을 지켜본 것은 아니지만, 이번 작품도 차양준이 좋아할 내용은 아니었다. 오형수 감독은 상황보다 이미지를 중요하게 생각했고, 이야기보다 편집에 더 많은 공을 들였다. 카페에서 차를 마시던 두 사람이 갑자기 섹스하게 된다거나, 여배우가 뒤로 물러서다가 커피 기계를 건드리는 바람에 에스프레소 머신의 스팀이 '치이이익' 터져나온다거나 아포가토를 온몸에 바르고 그걸 핥아먹는 장면 같은 걸 차양준은 좋아할 수 없었다. 오형수를 무시할 수는 없었다. 많은 여배우가 그를 싫어했지만, 그는 남자들이 어떤 화면을 보고 싶어하는지 아는 사람이었다. 흥행 감독이었고, 멍한 표정으로 화면을 들여다보면서 발기한 성기를 어루만지는 외로운 남자들의 영웅이었다. 차양준은 오형수만의 세계와 그 세계 속에서의 완성도를 인정했다.

차양준이 촬영 현장에 도착했을 때 모든 스태프들이 숨죽이고 섹스 장면을 촬영하고 있었다. 남배우는 여배우의 벌거벗은 몸 위에다 차를 따르고 있었다. 얼굴과 가슴에 붓고 배꼽에도 차를 부었다. 여배우의 배꼽에 고인 차를 남배우가 핥았다. 차양준은 촬영에 몰두하고 있는 오형수의 표정을 훔쳐보았다. 오형수는 만족한 듯한 표정으로 웃고 있었다. 남배우가 여배우를 탁자에 눕히고 본격적인 섹스에 들어갔다. 촬영은 길었다. 20분에 걸쳐 섹스 장면을 찍었다. 마지막 사정 장면에서 오형수의 특기가 나왔다. 남배우가 콘돔을 빼더니 찻주전자에다 사정을 했다. 말갛고 끈적끈적한 정액이 찻주전자로 떨어졌고, 남배우가 찻잔에다 정액과 차가 뒤섞인 액체를 따랐다.

"자, 얼굴 클로즈업하고, ……원샷으로 쭉 마셔. 그래, 그렇지, 얼굴 찡그리지 말고, 맛있게, ……그래, 잘 마시네. 컷!"

섹스 촬영이 끝나고 휴식 시간이 되자 오형수가 차양준에게 알은체를 했다. 오형수는 두 팔을 번쩍 들고 멀리서부터 포옹하려는 자세를 취하며 차양준에게 걸어왔다.

"우와, 이게 누구신가. 상감마마 납시었네."

오형수는 차양준에게 상감이라는 별명을 썼다. 상황감독을 줄인 그 단어를 차양준은 좋아하지 않았다. 자신을 비꼬는 표현이라는 걸 알고 있었다. 차양준은 형식적으로 오형수를 잠깐 안았다.

"촬영은 잘되고 있죠?"

"하는 일이 늘 그렇지 뭐. 벗고 찍고 찍고 벗고…… 그래도 이번 엔 감이 좋아. 배우들도 괜찮고. 걘 아직 못 찾았지?"

"송미씨요? 방금 연락됐습니다."

"아, 그래? 잘됐네. 그럼 다시 찍어야지."

"우롱차 찍으셔야죠."

"에이, 먼저 찍던 거 마무리를 해야 마음이 편하지."

"다른 감독 붙이겠습니다. 몇 장면만 찍으면 되니까요."

"그게 지금 무슨 소리야?"

오형수의 목소리가 갑자기 낮아졌다.

"무슨 소리냐뇨?"

차양준도 일부러 목소리를 낮추었다.

"지금 카푸치노를 다른 사람한테 맡기겠다고 한 거야?"

"그랬습니다."

"그거 내가 공들인 작품이라는 거 알지?"

"압니다."

"그런데 어떻게 그런 소리를 해?"

"어쩔 수 없는 상황입니다."

34

"무슨 그따위 상황이 다 있어. 감독이 자기 작품 찍겠다는데."

"감독님께서는 우룽차에 집중해주십시오. 감독님이 카푸치노로 가시면 우룽차 스케줄이 다 뒤죽박죽됩니다. 장소 섭외나 장비 스케줄도 다 조정해야 하고요. 두 작품 모두 살리려면 그 방법뿐입니다."

"협박하는 거야?"

"협박이라뇨?"

"내 말대로 안 하면 우룽차는 못 찍게 될 테니 그리 아슈, 그러는 거잖아."

"그런 말이 아닙니다."

"살구색만 찍는 감독이라고, 무시하는 거야? 내가 춘하프로덕션에 벌어다 준 돈이 얼만데…… 차양준씨, 방금 그 말이 회사 공식 입장이야?"

"비공식 입장입니다. 그럼 지금부터는 공식 입장을 말씀드리겠습니다. 아까 보니까 회사 가이드라인을 또 무시하셨던데요?"

"내가 뭘 무시해?"

"상황 회의 때 다 동의하셨잖아요. 만들어드린 상황 콘티는 어떻게 하신 겁니까?"

오형수가 한숨을 쉬더니 혀로 아랫입술을 핥았다. 차양준에게서 시선을 떼지 않았다.

"이봐, 차양준씨. 겨우 상황 몇 개 뺀 거야. 이번 건 롱테이크로 가야 할 게 많단 말이야. 내가 상황 몇 개 빼는 건 미리 얘기했잖아."

"상황을 빼는 것도 문제지만 장면 비율이 맞지 않잖습니까."

"무슨 비율? 4 대 3? 16 대 9? 1 대 1? 1 대 100? 어떤 비율로 찍으란 건지 모르겠네."

오형수가 능청스럽게 대답했다.

"장난치는 게 아닙니다. 계속 장면 비율을 무시하시면 제가 편집권을 가져갈 수도 있습니다."

"편집권? 야 이 새끼야. 네가 뭔데 편집권을 가져가? 이 새끼가 미쳤나. 너 사장 백 믿고 이러는 거야? 이정식이가 널 믿겠어, 날 믿겠어? 내가 이정식을 알아도 10년은 더 알았어. 내 말 한마디면 편집권이고 지랄이고, 너를 가위로 확 잘라서 발가락이 팔에 붙어 있게 편집할 수도 있다고."

"그건 마음대로 하십시오. 장면 비율에 대한 건 회사의 원칙입니다. 그걸 지키지 않으시면 촬영을 더 하실 수 없을 겁니다."

차양준은 다리에 부목을 대듯 말 한마디 한마디에다 단단한 나무를 받치면서 말했다. 차양준의 목소리는 부러지지 않고 곧게 나아가 오형수의 얼굴을 겨누었다. 오형수도 물러서지 않았다. 찻집에 있던 스태프들은 말없이 두 사람을 보기만 했다. 벌거벗은 두 배우는 얇은 담요를 뒤집어쓴 채 얼굴만 내놓고 대화를 들었다.

"너 이 새끼, 어떻게 되는지 두고 보기나 해."

오형수가 벌떡 일어서서 밖으로 나가며 담배를 꺼내물었다. 차양준은 괴로워하지도 웃지도 않았다. 오형수가 밖으로 나가자 스태프들 사이에서 한숨이 새어나왔다. 차양준은 가져온 도넛과 빵과 음료수를 꺼냈다. 스태프들이 작은 환호성을 지르며 먹을 것 주위로 몰려들었다.

다음날 도심의 외곽에 있는 작은 카페에서 〈복종의 카푸치노〉 마지막 촬영이 진행됐다. 차양준은 이제 막 데뷔작을 찍은 젊은 감독을 직접 섭외했다. 젊은 감독은 오형수가 진행하던 프로젝트를 마무리한다는 게 마음에 걸렸지만, 우선 돈이 급했고 '춘하프로덕션'의 고정물을 맡을 수 있는 좋은 기회였으므로 위험을 무릅썼다. 젊은 감독은 전화를 받고 난 후 〈복종의 카푸치노〉 촬영분을 빌려가 밤새 보았다. 편집하지 않은 촬영분은 여덟 시간이 넘었다. 대부분 송미와 남배우들의 섹스 장면이었다. 젊은 감독은 송미가 카페 종업원이 되어 나누는 섹스에 유독 흥분했다. 영업이 끝나고 카페의 사장과 종업원이 섹스를 나누는 장면이었는데, 젊은 감독은 그 장면을 보다 새벽 3시에 결국 자위를 했다. 카메라감독은 섹스 촬영이 끝났는데도 카메라를 끄지 않고 계속 송미를 찍었다. DVD의 '비하인드 더 신'을 위해서였다. 섹스가 끝난 후 자신의 역할을 버리고 실제 모습으로 돌아오는 장면을 팬들은 좋아했다. 젊은 감독이 화장실로 가서 정액이 묻은 휴지를 버리고 왔을 때 모니터에는 정액이 잔뜩 묻은 송미의 얼굴이 클로즈업되고 있었다. 송미는 넋이 나간 사람처럼 보였다. 숨을 몰아쉬면서 가끔씩 몸을 떨었다.

"어이, 수고했어. 자, 정리하고 다음 장면 들어가자고."

어딘가에서 오형수의 목소리가 들려왔다. 송미의 눈에 눈물이 글썽이고 있었다. 송미는 휴지로 얼굴에 묻은 정액을 대충 닦아냈다. 화면에 반짝이는 것이 눈물인지 정액인지 정확하게 알 수 없었다. 송미는 눈에 눈물이 고인 채 일어나서 화면을 향해 활짝 웃었다. 젊은 감독은 환하게 웃고 있는 송미의 얼굴을 일시정지했다. 화면이 송미의 얼굴로 가득찼다. 젊은 감독은 송미와 섹스를 나눈 것 같은 생각이 들어서, 어쩐지 미안했다.

차양준은 일찍부터 촬영장에 나가 있었다. 이것저것 지시를 내리고 숨겨진 폭발물이라도 찾는 것처럼 촬영장을 꼼꼼하게 살폈다. 젊은 감독과 스태프가 도착했고, 마지막으로 송미가 도착했다. 송미의 얼굴은 피곤해 보였다. 스태프 한 명이 송미의 얼굴에다 간단한 화장을 하는 동안 차양준은 감독과 이야기를 나누었다. 차양준은 장면과 상황에 대해 얘기했고, 젊은 감독은 이전 촬영분과의 연결과 편집과 마지막 신에 대해 얘기했다. 젊은 감독은 마지막 장면에 대해 차양준에게 자세히 설명했다.

"섹스 끝나면 송미씨가 바에 앉아서 커피를 한잔 마시는 거예요. 고단한 일과를 끝낸 것처럼요. 그리고 클로즈업, 하고 송미씨가 환하게 웃으면서 끝나는 겁니다."

차양준은 괜찮은 결말이라고 생각했다. 〈복종의 카푸치노〉라는 제목과는 어울리지 않지만 얼굴에다 정액을 묻힌 채 끝나는 것보다는 훨씬 낫다고 생각했다.

스태프들은 마지막으로 카메라 앵글과 조명을 점검하느라 분주했다. 차양준은 카페 입구에 서 있었다. 아무도 들어오지 못하게 하려는 듯. 송미가 웃으면서 차양준에게 다가왔다.

"여기 계속 있을 거예요?"

"네. 걱정 마세요. 촬영이 끝날 때까지 계속 옆에 있겠습니다."

"아뇨. 그 말이 아니라 문에서 계속 이러고 있을 거냐고요. 저기 가서 편하게 앉아 있어요."

"괜찮습니다."

"어제 오형수 감독이 전화했던데요."

"오감독이요? 왜요?"

"야, 송미, 네가 그런 거지? 감독 바꿔달라고 네가 말한 거지? 그러면서 막 협박하던데요."

"협박요?"

"앞으로 자기가 아는 사람 영화에는 절대 출연하지 못할 거니까 그렇게 알라고요."

"송미씨, 제가 얘기한 게 아닙니다. 오감독이 넘겨짚은 겁니다. 송미씨와 오감독 둘 중 하나를 선택하라고 한 건 아무에게도 얘기 안 했습니다."

"얘기해도 괜찮아요. 자기만 잘난 줄 아는 인간인데, 그런 얘기라도 좀 들어야죠."

"그래서 오감독에게 뭐라고 하셨어요?"

"그렇게 알겠으니까 앞으로 연락하지 말라고 하고, 끊어버렸어요."

"잘하셨습니다. 오늘 회사에 돌아가서 사장님께 정식으로 얘기를 할게요. 오감독과 송미씨 둘 중 하나를 선택해야 한다고."

"이유, 안 궁금해요?"

"송미씨가 둘 중 한 명을 선택하라고 한 이유요? 궁금하죠."

"모아둔 돈으로 이런 카페나 하나 차릴까봐요. 여기 멋지죠?"

송미가 카페를 둘러봤다. 여섯 개의 테이블이 놓인 작은 카페였다. 벽에는 어설픈 실력으로 그린 풍경화가 걸려 있었고, 진열장에는 커피 도구와 함께 작은 인형과 장난감 들이 놓여 있었다. 섹스 장면을 찍기엔 지나치게 아기자기한 카페였다.

"고마워요."

송미가 카페를 둘러보면서 말했다.

"네? 뭐가요?"

차양준이 송미를 돌아보며 물었다.

"어제 해준 얘기들요. 차양준씨 가고 나서 한참 웃었어요. 세상엔 별 이상한 통계들도 다 있구나, 그러면서요. 차양준씨 얘기 듣고 나니까 마음이 좀 가벼워졌어요."

"이상한 통계가 아닙니다. 중요한 데이터죠. 개인은 이유를 알 수 없는 행동을 하지만, 개인들이 모이면 어떤 방식으로든 흔적을 남기니까요."

"그런데 그거 진짜예요? 진심으로 흥분하는 것 같은 배우 2위에 올랐다는 거?"

"네, 포르노 포털사이트에서 투표했는데, 2위였어요."

"하하하하, 그거 진짜 웃겨요."

"뭐가 웃겨요?"

"웃기잖아요. 그런 걸 투표하고 있다는 게."

"세상에는 다양한 사람들이 살고 있습니다. 그래서 데이터가 필요한 거죠."

"다들 외로운 거예요, 그렇죠?"

"외로운지는 모르겠지만 그렇게 다들 서로의 위치를 확인하는 거겠죠."

"외로운 걸 거예요."

송미는 차양준을 보면서 웃었다. 송미는 차양준과 이야기를 하면 할수록 그의 목소리에 매력을 느꼈다. 그가 말하는 모든 걸 믿을 수도 있겠다는 생각이 들었다.

"섹스할 때 무슨 생각 하는 줄 알아요?"

송미가 물었다.

"모르겠습니다."

"무슨 생각 할지 생각 안 해봤죠?"

"네. 안 해봤습니다."

"친구한테 물어본 적이 있었어요. 섹스 장면 촬영할 때 어떤 생각을 하는지 너무 궁금해서요. 그 친구는 쇼핑 생각을 한대요. 집에 있는 옷들을 떠올려보고, 자신에게 필요한 옷이 어떤 건지 생각한대요. 그 옷이랑 어울릴 구두를 생각하고, 백화점을 떠올린대요. 그러면 정말 놀라울 정도로 시간이 빨리 가고 카메라를 보면서 계속 웃을 수 있대요."

"송미씨는요?"

"궁금해요?"

"네."

"저는 탁구공 생각을 해요."

"탁구공요?"

"네. 어렸을 때 살던 동네가 언덕이었는데요, 그 위에서 탁구공 하나를 굴리는 거예요. 탁구공이 통, 통, 통, 튀면서 아래로 굴러가요. 전봇대에 부딪쳤다가 튕겨나오고, 가파른 곳에서 빨리 굴러갔다가 벽에 한 번 튕기고는 다시 천천히 내려가다 사람들 사이로 용케 빠져나갔다가 아이들에게 밟힐 뻔하다가, 계속 굴러내려가는 거예요. 언덕을 내려갈수록 가벼운 탁구공의 속도가 점점 빨라지고, 언제 누군가에게 밟혀서 터져버릴지 모른다는 불안감이 커지거든요. 그러면 몸이 조금씩 뜨거워져요."

"그럼 실제로 흥분하는 건 아니네요? 남자배우가 만지는 건 상관없어요?"

"상관이야 있겠죠. 그래도 탁구공 때문에 더 많이 흥분돼요. 절정에 이르면 탁구공이 저절로 '픽' 터져버리면서 온몸이 찌릿찌릿해요. 어떤 건지 알겠어요?"

"잘 모르겠습니다."

"하하, 맞아요. 잘 모르는 게 당연하죠."

젊은 감독이 송미를 불렀다. 준비가 모두 끝나고 마지막 촬영이 시작됐다. 송미가 카페의 테이블에 올라가 있고, 남배우가 송미의 뒤에 서서 섹스를 하는 장면이었다. 섹스가 시작되었고, 촬영장이 조용해졌다. 남배우의 성기가 격렬하게 움직이는 동안 촬영장에는 어떤 소리도 들리지 않았다. 살과 살이 맞부딪치는 소리만 들렸다. 차양준의 시야 속에 송미가 나타났다. 송미가 잠깐 얼굴을 찡그렸다. 짝, 짝, 짝, 짝, 짝, 누군가 박수를 치는 것처럼 남배우의 허벅지와 송미의 엉덩이가 계속 맞부딪치며 소리를 냈다. 박수 치는 소리 사이로 송미의 신음 소리가 들렸다. 짝, 하, 짝, 하, 짝, 하, 짝, 하, 규칙적인 리듬이었다.

탁구공.

차양준은 혼자 중얼거렸다. 송미는 지금쯤 언덕 아래로 굴러가는 탁구공을 생각하고 있을 것이다. 하얀 공이 데굴데굴 굴러가는 모습, 통통 위태롭게 튀어가는 모습을 생각하고 있을 것이다. 언덕에 서 있던 사람들 사이로 계속 굴러가는 탁구공을, 큰길에 닿자마자 누군가의 발에 밟히거나 자동차 바퀴에 깔려서 터져버릴 탁구공을 생각하고 있을 것이다. 탁구공은 차양준만 알고 있는 비밀이었다.

차양준은 카페 입구에 서서 계속 촬영 장면을 지켜보았다. 송미의 몸이 가렸다가 보였다가 했다. 송미의 몸과 얼굴을 보려고 일부러 서 있는 위치를 바꾸지는 않았다. 조명기와 마이크 사이로 송미의 얼굴이 나타났다. 송미는 눈을 감고 있었다. 고통스러워 보이기도 했고 웃고 있는 것처럼 보이기도 했다. 송미가 눈을 떠서 차양준을 보았다. 두 사람의 눈이 마주쳤다. 송미는 입을 반쯤 벌리고 신음을 내뱉으면서 차양준을 보고 있었다. 차양준은 고개를 돌려야 할지 계속 보고 있어야 할지 알 수 없었다. 송미가 차양준을 보면서 환하게 웃었다. 그 순간 차양준은 자신의 머릿속 한 부분이 하얗게 변하는 걸 느꼈다. 흐릿하고 커다랗던 하얀색은 조금씩 작아지더니 단단하게 응축되었다. 차양준은 송미의 탁구공이 자신의 머릿속으로 들어온 것이라고 생각했다. 탁구공은 격렬하고 빠르게 움직였다. 똑, 딱, 똑, 딱, 규칙적으로 움직이다가 머리에서 뒷덜미를 타고 내려와 차양준의 심장 속으로 들어갔다. 차양준은 자신의 가슴에 손을 대보았다. 금방이라도 튀어나와 다른 곳으로 옮겨갈 것처럼 탁구공이 손바닥을 두드리고 있었다. 차양준은 손바닥으로 가슴을 지그시 눌렀다.

픽포켓

feat. 찰스 디킨스

두개골이 얼어붙었나. 머리끝의 차가운 기운에 놀라서 이호준은 눈을 떴다. 머리를 만져보았다. 두피에서 냉기가 느껴졌다. 현실감 각은 곧바로 돌아오지 않았다. 목이 뻣뻣해서 움직이기 힘들었다. 꿈을 꾼 것 같은데 아무것도 기억나지 않았다. 기차 유리창에 머리를 기댄 채 이호준은 자신이 왜 기차를 타게 됐는지 떠올리려 애썼다. 머리는 계속 차가웠다. 창밖 어스름 속에서 비가 내리고 있었다. 가느다란 빗줄기가 보이다 말다 했다. 기차의 진동이 유리창으로 전해졌고, 유리창이 계속 머리를 두드렸다. 텅, 텅, 텅, 생각해, 생각해, 생각해내라고.

'아차, 우영이. 우영이는 어디 있지?'

이호준은 우영이라는 이름을 떠올리며 창에서 머리를 뗐다. 장우영은 바로 옆자리에서 코를 골며 자고 있었다. 반쯤 벌어진 입에서 가느다란 숨이 새어나왔다. 이호준은 주위를 모두 확인하고 나서야 자신의 무릎 위에 올려져 있던 그림을 발견했다. 골목의 풍경을 그린 그림이었다. 작은 소파에 앉은 할머니의 옆모습이 인상적이었다. 처음 보는 그림처럼 낯설었다. 그림의 오른쪽 아래에 송진구라는 이름이 적혀 있었다. 이호준은 그림을 자세히 들여다보면서 제멋대로 흐트러져 있던 머릿속 시간 카드를 정리했다. 그림 속의 골목은 꿈에서 현실로 이어진 통로였다.

고등학교 2학년인 이호준과 장우영은 텔레비전을 함께 보고 있었다. 이호준의 부모가 여행을 떠난 사이 두 사람은 그동안 찜해두었던 포르노 영화를 실컷 보았다. 외장 하드디스크에다 영화를 담아서 거실의 텔레비전에 연결시킨 다음 소리를 최대한 키웠다. 집 안 곳곳에 신음 소리가 가득찼다. 수많은 여자들이 사방에서 소리를 질러대는 것 같았다.

"오, 소리 죽이는데. 완벽해."

장우영이 두 손을 높이 들고 박수를 쳤다.

"아빠가 아끼는 서라운드 AV시스템이야. 이런 거 트는 거 알면 나 죽일 거야."

이호준이 소파에 앉으면서 대답했다.

"야, 쌔끈한 어덜트 비디오는 당연히 좋은 AV로 감상해야지. 이름이 괜히 AV겠냐."

"아빠 오시면 그렇게 말해봐."

"뭐, 그렇게 건방질 필요까지 있겠냐…… AV는 또 몰래 보는 맛이지."

화면 속에서는 남녀가 기묘한 자세로 섹스를 하고 있었다. 여자가 체조선수처럼 다리를 높이 들고 남자는 여자의 측면에서 앞뒤로 움직였다. 여자의 다리가 하늘을 향해 일자로 펴졌다.

"야, 죽인다. 저게 되냐?"

장우영이 소파에서 일어나 다리를 들면서 자세를 취해보았다. 다리는 허리까지밖에 올라오지 않았다.

"저 사람들은 전문가잖아."

이호준이 시큰둥하게 대답했다.

"전문가는 무슨 전문가야. 그리고, 저 사람들이 섹스 전문가지, 체조 전문가들이냐. 야, 그런데 저러다 다리에 쥐나면 어쩌지? 완전 머리끝부터 발끝까지 찌릿찌릿하겠다. 그치? 크크크."

"연습하면 괜찮겠지."

"저런 자세도 연습해야 되면 나는 포기. 허리 힘만 좋으면 되는 줄 알고 한참 단련했네."

"넌 어차피 AV 배우는 안 돼."

"왜?"

"그게 작잖아."

"크기가 무슨 상관이야. 파워가 중요하지."

"AV에서는 보이는 게 중요해."

"하긴, 보기에 큰 자지가 먹기에도 좋다고 했지."

"누가 그래?"

"내가. 크크크."

포르노 영화가 지겨워지면 두 사람은 기민지의 뮤직비디오를 봤다. 기민지는 두 사람이 함께 좋아하는 유일한 여자 가수였다. 같은 영상을 볼 때도 두 사람은 관심 분야가 달랐다. 장우영은 춤을 좋아했고, 이호준은 노래를 좋아했다. 장우영은 기민지의 큰 가슴을 사랑했고, 이호준은 늘씬한 종아리를 좋아했다.

"민지 누나는 왜 못 뜰까?"

이호준이 한숨을 쉬면서 말했다.

"가슴이 커서 못 떠."

장우영이 크크거리면서 대답했다.

"또 저놈의 가슴 타령. 넌 가슴이 그렇게 좋냐?"

"가슴 때문에 못 뜨는 거 맞아. 요새는 절벽이 대세잖아. 가슴이 크면 어쩔 수 없이 머리가 텅 비어 보인단 말이지. 우리 민지 누나는 그렇지 않아요, 절대 아니에요, 소리를 질러봐도 안 된단 말이지."

"사실 민지 누나가 똑똑한 편은 아니지. 감성적이긴 해도."

"어허, 이런 잔인한 팬을 보았나. 민지 누나 똑똑해."

"진짜?"

"그렇게 정색하고 물어보면 뭐, 아니라고 해야지. 크크크."

두 사람은 평소와 마찬가지로 기민지에 대한 농담을 주고받으며 뮤직비디오를 보았다. 기민지가 신곡을 발표한 지 1년이 넘었기 때문에 두 사람은 1년이나 지난 뮤직비디오를 보고 또 보았다. 〈안녕을 훔치다〉라는 노래보다는 기민지의 몸매를 두드러지게 표현한 뮤직비디오였다. 기민지는 속옷 같은 하얀색 블라우스를 입고 바람을 맞으면서 맨발로 건물 옥상과 너른 들판을 계속 뛰어다녔다. 배경으로 노래가 흐르지 않았다면 미친 여자로 오해받기 딱 좋은 영상이었다. 그때 이호준의 휴대전화에 키워드 기사 알림 메일이 들어왔다.

"야, 민지 누나 기사 떴다."

"어, 진짜? 신곡 발표했나?"

장우영이 이호준의 휴대전화 쪽으로 고개를 들이밀었다. '여가수 기민지 실종'이라는 제목이 올라와 있었다.

"어, 실종? 빨리 눌러봐."

"낚시 기사야. 보나마나 하의 실종 얘기겠지."

"야, 인마, 하의 실종이니까 빨리 눌러보라는 거지."

링크를 따라 들어간 기사에 하의 실종 얘기는 전혀 없었다. 장우영과 이호준은 실종 기사를 천천히 읽어내려갔다.

인기 여가수 기민지, 의문의 실종

인기 여가수 기민지(28)씨가 행방불명됐다. 경찰은 단순한 가출뿐 아니라 재산을 노린 범행, 혹은 원한 관계에 의한 범행에 휘말렸을 가능성도 배제하지 않고 있다.

지난 10일 오후 4시 가벼운 외출복 차림으로 집을 나섰다가 귀가하고 있지 않다는 기씨 친구의 신고를 접수한 경찰은 기씨의 동선을 따라 각종 CCTV를 분석하고 있으나 행적을 뒷받침할 수 있는 증거를 확보하지 못한 상태다.

기씨는 작년까지 활발히 활동하던 인기 여가수로, 최근곡 〈안녕을 훔치다〉의 부진으로 인해 우울증 증세를 보이기도 했다. 기씨의 가족은 모두 미국에 거주중이며, 연인이었던 배우 K씨와는 최근 결별한 것으로 알려졌다.

경찰은 단순 가출과 재산을 노린 범행 모두 가능성이 있다며 어느 쪽에도 무게를 더하지 않고, 실종자 주변 인물들의 행적을 탐문하면서 수사를 확대하고 있다.

"야, 이게 다 무슨 소리냐."

이호준이 입을 다물지 못하고 말했다.

"하의 실종이 아니라 정말 실종이었네."

장우영이 소파에 몸을 파묻었다. 두 사람은 실종의 의미를 생각했다. 실종이란, 누군가 사라졌다는 말이다. 어떻게 된 것일까, 이유가 뭘까, 어디론가 피신한 것일까, 죽은 것은 아닐까, 단순한 실종인 걸까, 돈이 얽힌 문제일까? 실종과 관련된 물음들이 다발로 쏟아졌다. 두 사람은 산더미 같은 질문을 감당하기 힘들었다. 실종의 의미는 단순하고 명징했다. 기민지는 세상의 표면에서 일단, 사라진 것이다. 표면이 아닌 곳에 숨어 있을 수는 있지만 표면에서는 사라진 것이다.

"죽은 건 아니겠지?"

"재수없는 소리 하지 마. 힘들어서 잠깐 쉬고 있는 거겠지."

"오늘로 3일쨴데……"

"걱정하지 마. 아무 일도 없을 거야."

이호준은 혼잣말처럼 대답했다. 그러길 바라는 마음이었다. 한 번도 만난 적은 없지만 오랫동안 알던 사람이기 때문에 상실의 고통은 직접적이었다. 다시 볼 수 없을지도 모른다. 영원히 돌아오지 않을지도 모른다.

두 사람은 쇼 프로그램을 보다가 장난처럼 기민지를 좋아하기 시작했다. 처음에는 좋아하는 마음을 간단하게 생각했는데, 조금씩 부피가 커져서 나중에는 걷잡을 수 없게 됐다. CD와 DVD를 사고, 여러 종류의 사진을 모으고, 쇼 프로그램에 등장한 모습을 보고 또 보았다. 언제부턴가는 좋아하는 이유마저 잊어버렸다. 이호준은 가끔 기민지의 영상을 보면서 자위를 하기도 했다. 버라이어티 프로그램에 수영복을 입고 나온 모습이었다. 이호준에게는 포르노 영화보다 기민지의 수영복 영상이 훨씬 자극적이었다.

"너 내일 뭐하냐?"

이호준이 말했다.

"내일? 뭐하지? 일요일이니까 집에 있겠지."

장우영이 대답했다.

"민지 누나 찾으러 갈래?"

"뭐? 미쳤냐? 어디 있는 줄 알고 찾으러 가?"

"난 어디 있는지 알 것 같아."

"어디 있는데?"

"작년 4월 〈이즈〉 인터뷰. 기억나?"

"뭐였지?"

"언젠가 한번 해보고 싶은 일이 있어요. 스케줄이 많을 때면 도망치고 싶을 때가 있거든요. 부산 바닷가에 있는 호텔 맨 꼭대기 방을 얻어서……"

"맞다. '핸드폰도 끊고, 연락도 받지 않고 며칠 동안 지나가는 사람들을 계속 보고 있고 싶어요.' 그래, 그랬지. 기억난다."

"분명히 부산 호텔에 있을 거야."

"호텔이 한두 개냐. 그리고 만약 찾는다고 해도 뭘 어쩔 건데. 호텔에 들어갈 수도 없을 테고."

"아무것도 안 되면 그냥 부산 구경이나 하고 오는 거지."

"아주 한가한 소리 하고 자빠졌다."

"팬으로서 뭔가 해야 할 거 아냐. 이상하잖아. 3일 동안 사라졌다는 게."

"하긴 이상하긴 해. 3일이면 호텔 방값도 비쌀 텐데, 그치? 꼭대기 방은 되게 비싸다던데."

"야, 방값이 문제가 아니고, 요즘 같은 슬럼프에 거길 왜 갔냐는 거지. 호텔 꼭대기 층에 가서 뭘 하겠냐는 거지. 좀 불안하지 않냐?"

"그런가? 좀 불안한가? 암튼 우리가 민지 누나 찾아내면 대박이겠다."

"너 송진구라고 알아?"

"어, 알지. 깡패새끼. 1학년 때 퇴학 먹었잖아."

"걔 지금 부산에 있대."

"너, 친해?"

"가끔 연락해."

"부산에서 뭐하는데?"

"무슨 배달 같은 거 한다던데, 얘기하면 도와줄 수 있을 거야."

"언제 가?"

"가려면 지금 가야지. 민지 누나에게 무슨 일이 생겼는데 우리가 어떻게 가만히 있어."

두 사람은 동시에 시계를 보았다. 저녁 9시였다. 무모한 계획을 실행하기에 알맞은 시간이었다. 생각할 시간이 없었다. 계획이 성공하려면 곧바로 움직여야 했다. 장우영이 집에 전화를 걸어 호준의 집에서 자고 간다는 얘기를 하는 동안 이호준은 짐을 꾸렸다. 필요한 게 어떤 것인지 생각해보았다. 돈만 있으면 모든 일이 수월하게 풀릴 것 같았다. 이호준은 엄마가 비상금을 놓아두는 장소를 알고 있었다. 돈이 없어진 걸 알 때까지는 시간이 좀 걸릴 것이고, 어쩌면 엄마가 알기 전에 돈을 채워놓을 수 있을지도 몰랐다. 비상용 신용카드도 한 장 챙겼다.

9시 30분에 모든 준비가 끝났다. 두 사람은 가방을 앞에 두고 마지막으로 출발을 고민했다. 달리 답이 나올 고민이 아니었다. 두 사람이 기차에 올라탄 것은 10시 10분이었다. 부산역에 도착하는 시간은 11시 40분이라고 차표에 적혀 있었다. 한 시간 반이면 잠을 자기도 애매한 시간이었다. 잠이 올 것 같지도 않았다. 두 사람은 가방을 무릎에 얹었다.

"부산에 도착하면 뭐부터 해야 할까?"

"일단 바닷가로 가야겠지."

"그다음엔?"

"호텔을 뒤져야겠지."

"어떻게 뒤져?"

"송진구가 도와줄 거야."

"확실해?"

"걔가 부산 바닷가 쪽은 꽉 쥐고 있댔어."

"그다음엔?"

"민지 누나를 찾아야겠지."

"그다음엔?"

"몰라. 나도 너하고 똑같아. 아무것도 모른다고."

"네가 가자고 얘기했잖아."

"그래서 내가 다 책임지라고?"

"아니, 책임지란 게 아니고…… 송진구한테 연락은 왔어?"

"전화 안 받아서 메시지 보내놨으니까 답이 오겠지."

기차가 출발하자 두 사람의 대화가 뚝 끊겼다. 기차의 덜컹거림
은 발길을 돌이킬 수 없다는 신호였다. 시간이 흘러가고 있다는 증
거였다. 초침이 흘러가듯 기차가 규칙적으로 덜컹거렸다.

"민지 누나 부산에서 찾아내면 우리 둘 다 완전 스타가 되겠
지?"

장우영이 창에다 기민지라고 쓰면서 중얼거렸다.

"누나 콘서트 갔을 때 기억나지?"

이호준이 손을 뻗어 창에 적힌 이름 옆에다 하트를 그리며 대답
했다.

"그럼, 기억나지. 나한테 하트 발사했잖아."

"몇 번을 말하냐. 네가 아니라 나한테 한 거라니까."

"웃기네. 손의 각도를 보면 몰라? 그 각도에서는 하트가 너를 향할 수가 없다니까."

"각도? 야, 누가 보면 너 수학 천재인 줄 알겠다. 수학 8점 맞는 앤 줄은 꿈에도 모를 거야. 그치?"

"그러는 너는 잘하냐."

"너보단 훨씬 낫지."

"지랄하지 말고, 잠이나 처자."

장우영은 소리를 지르듯 말하고는 이어폰을 귀에 꽂았다. 이어폰 속에 기민지의 목소리가 있었다. 이호준도 아이팟을 꺼내기 위해 가방에 손을 뻗었지만 아무것도 잡히지 않았다. 늘 아이팟을 넣어두던 주머니가 비어 있었다. 책상 위 충전기에 꽂아둔 아이팟이 생각났다. 이호준은 장우영의 귀에 꽂혀 있던 이어폰 하나를 빼서 귀에 꽂았다.

"뭐야."

"같이 좀 듣자."

이호준은 팔짱을 끼고 눈을 감았다. 장우영은 순순히 한쪽 귀를 내주고 눈을 감았다. 기민지의 목소리가 두 사람의 귀로 나뉘었다. 〈안녕을 훔치다〉가 이어폰에서 들려오자 두 사람은 눈을 감은 채 조그맣게 입을 벌려 노래를 따라 불렀다.

기민지는 스페이스호텔 27층에서 아래를 내려다보았다. 한 뼘 정도 열린 창문 사이로 바닷바람이 밀려들어왔다. 흔들리는 기분이었다. 창틀을 짚은 기민지의 손가락에 힘이 들어갔다. 바닷가에는 사람이 많지 않았다. 손톱보다 작게 보이는 사람들이 열 명 남짓 해안을 기웃거렸다. 기민지는 손가락으로 해안의 사람들을 짓눌러보았다. 비벼보기도 하고 사라지게도 해보았다. 해안의 사람들은 태연하게 산책을 계속했다.

노트북 화면에 새로운 이메일이 도착했다는 알림창이 나타났다. 기민지는 샌드위치를 먹으면서 메시지를 읽었다. 메시지를 읽는 기민지의 입가가 잠깐 일그러졌다. 이메일을 받을 수는 있지만 보낼 수는 없었다. 기민지는 노트북을 덮고 샌드위치를 마저 다 먹었다. 기민지는 텔레비전이 보고 싶었다. 창밖으로 펼쳐지는 실제의 풍경 말고 작은 텔레비전 속의 세상이 보고 싶었다. 실제의 풍경에는 활기라곤 눈곱만큼도 없었다. 실제의 풍경에는 소리도 없었다. 소음뿐이었다.

호텔방에는 텔레비전이 없었다. 라디오도 없었다. 텔레비전이 있었던 자리에는 작은 오디오와 수십 장의 CD가 놓여 있었다. 누군가의 부탁으로 외부와 연결될 수 있는 모든 것이 깨끗하게 사라진 상태였다. 한쪽의 작은 주방에는 물건들이 많았다. 냉장고 속에는 물과 음료수들이 가득차 있었고, 전자레인지 옆에는 냉동식품이 종류별로 쌓여 있었다. 냉동실에는 초콜릿과 얼음이 들어 있었다. 앞으로 며칠 동안 어떻게 살아야 하는지 호텔방의 물품들이 설명하고 있었다.

화장대 위에는 노트북이 한 대 놓여 있었다. 노트북에는 모든 프로그램이 지워져 있었고, 프로그램을 설치하려면 관리자 계정의 비밀번호를 알아야 했다. 기민지는 호텔에서 묵던 첫날 자신이 알고 있는 모든 숫자와 모든 단어를 거기에 써보았다. 달리 할 일도 없었다. 컴퓨터의 주인이 누구인지 알 수 없었으므로 비밀번호를 추측해내는 것은 불가능했지만 어쩌면, 어쩌면 하는 마음으로 밤새 노트북 앞에 앉아 있다가 잠이 들었다. 둘째 날 아침까지 비밀번호를 써보다가 포기하고 말았다.

납치되어 호텔방에서 처음 눈을 떴을 때 기민지는 이곳이 천국이 아닐까 생각했다. 천장에 달린 샹들리에가 제일 먼저 눈에 띄었다. 눈이 부셔서 곧바로 눈을 감았다가 다시 천천히 눈을 떴다. 빛의 긴 꼬리들이 샹들리에를 수호하는 천사들처럼 주위에서 어른거렸다. 어쩌다 나는 죽게 되었을까, 생각했다.

모든 것이 현실이라는 걸 알아차리는 데 시간이 필요했다. 기민지는 깨어난 지 3분이 지나서야 비명을 질렀다. 어딘지 모르는 곳으로 끌려왔고, 밀폐된 곳에 갇혔으며, 할 수 있는 일은 아무것도 없다는 걸 알게 되자 자신도 모르게 비명이 흘러나왔다. 문을 두드리고, 손잡이를 돌려보고, 옆방을 향해 소리를 질렀다. 아무런 반응이 없었다. 창가로 가서 아래를 보았다. 바다가 보였고, 사람들이 보였다. 간판들의 이름으로 그곳이 부산이란 걸 알았다.

자신이 갇혀 있는 곳이 집으로부터 수백 킬로미터 떨어진 부산의 한 호텔이라는 사실을 알고 기민지는 몸을 떨기 시작했다. 외부의 변화 때문에 생겨난 오한이 아니라 몸의 내부 깊은 곳에서 작은 씨앗 같은 게 온몸을 뒤흔들고 있었다. 두려움보다 더 깊은 곳에 숨어 있는 감정, 한 번도 겪어본 적 없어 설명할 수 없는 당황스러운 감정이 지진의 발원지가 되어 머리끝에서 발끝까지 뒤흔들었다.

머리맡에 놓여 있던 종이 한 장을 읽고 나서야 기민지는 겨우 몸을 추스를 수 있었다. 민지씨, 많이 놀라셨죠? 저는 민지씨를 오랫동안 사랑해온 팬입니다, 라는 문장으로 시작하는 긴 편지였다. 편지를 읽으면서 지금이 최악의 상황은 아니라는 생각이 들었고, 몸의 떨림도 잦아들었다. 이유가 있다는 게 기민지를 안심시켰다. 그 팬이 미친 사람이라고 해도 이유가 있으니 이해할 수 있을 것 같았다.

기민지는 살려달라는 쪽지를 종이비행기로 접어 날려볼까 생각했고, 묵직한 물체에다 매달아 떨어뜨릴까 생각했다. 그러는 게 좋을지 확신이 서지 않았다. 만약 일이 잘못됐을 때, 편지 속의 다정한 문장이 어떻게 변할지 알 수 없었다. 누군가를 괴롭히고 불편하게 하는 사람들은, 자신을 그런 존재로 생각하는 타인들의 두려움을 더욱 불쾌하게 생각하는 법이다. 기민지는 일단 시간을 두고 생각해보기로 했다.

기민지가 할 수 있는 일이라곤 소파에 누워서 하늘을 바라보거나 창가에 바싹 붙어서 바닷가의 사람들을 구경하는 것뿐이었다. 두 가지 모두 금방 질리는 일이었다. 잠들었다 깨면 구름의 위치가 조금 바뀌었을 뿐 시간은 별로 흐르지 않았다. 기민지는 오후가 얼마나 긴 시간인지를 깨달았다. 첫날 겪었던 온몸의 떨림이 가끔씩 생각났다. 오래 감기를 앓고 난 후처럼 몸이 노곤했다. 몸은 짧은 시간 동안 많은 일을 겪었다.

주방 식탁 위에 몇 권의 책이 놓여 있다는 걸 안 건 둘째 날 오후가 되어서였다. 호텔방에 있을 만한 책들이 아니었다. 『스타가 되고 싶은 그대들에게』『시간 관리법』『싱어송라이팅』 등의 제목을 보는 순간 기민지는 누군가 의도적으로 그 책들을 갖다놓았다는 걸 직감했다. 가수가 운영하는 호텔이 아니고서야 누가 호텔방에다 『싱어송라이팅』 같은 책을 갖다놓겠는가.

기민지는 책을 훑어보았다. 코드와 화성에 대한 전문적인 이야기들뿐이었다. 『스타가 되고 싶은 그대들에게』가 조금 쉬운 편이었는데, 그 책 역시 5분 만에 지루해지고 말았다. 기민지는 곧 책을 덮었다. 기민지는 소리를 질러보았다. 자신의 노래를 힘껏 불러보기도 했다. 이내 심심해졌다. 기민지는 자신의 목소리를 좋아하지 않았다. 기민지가 좋아하는 목소리는 대패질이 덜 된 나무책상처럼 꺼칠꺼칠하고 낮은 톤이었는데, 자신의 것은 여러 번 코팅한 나뭇결처럼 매끈했다. 새로운 노래를 녹음할 때면 무엇보다 자신의 목소리를 오랫동안 들어야 한다는 게 가장 힘들었다.

호텔방에 갇힌 지 사흘째가 되자 기민지는 파도의 흐름을 알게 되었다. 지식으로 암기한 것이 아니라 눈으로 반복해서 본 다음 궤적을 이해하게 되었다. 기민지는 책도 읽지 않고 더이상 노트북도 들여다보지 않고 바다만 바라보았다. 사람이 없는 바다의 풍경은 구간반복으로 설정해놓은 영상 같았다. 기민지는 반복되는 풍경 속에서 다른 그림 찾기를 했다. 파도의 높이가 달라졌고, 바람에 흔들리는 물결의 일렁임이 변했고, 빛이 약해졌고, 먼바다로 지나가는 배의 위치가 바뀌었다. 기민지는 바닷속으로 들어가서 풍경의 일부가 되고 싶다는 생각을 했다. 풍경의 일부가 되면 누구도 자신을 찾지 못할 것 같았다.

노트북에서 메시지가 도착했다는 소리가 들렸다. 기민지는 바다를 한참 더 들여다보다 노트북 앞으로 갔다. 메시지를 읽는 기민지의 표정은 전날과 다르지 않았다. 입가가 다시 일그러졌다.

넷째 날 아침, 기민지는 소파에 누운 채 잠이 들었다 깼다 하며 하늘을 보고 있었다. 흐린 날씨였다. 먹구름이 낮게 드리워져 언제라도 호텔에 닿을 것 같았다. 기민지는 먹구름을 타고 호텔에서 도망치는 상상을 했다. 만화영화의 주인공처럼 먹구름 속으로 풀쩍 뛰어내린 다음 유유히 하늘 속으로 사라진다. 하늘은 화창하게 맑고 먹구름은 폭신폭신하고 발밑에서는 비가 시작된다. 먹구름을 타고 공중회전을 하는 상상을 할 때 문을 두드리는 소리가 들렸다. 기민지는 상상 속에서 현실로 잘못 튀어나온 소리라고 생각했다.

문을 두드릴 사람은 없었다. 기민지는 소파에서 움직이지 않았다. 몇 초 후, 다시 문을 두드리는 소리가 들렸다. 뭐라고 대답해야 할지 알 수 없었다. 기민지가 망설이는 사이 삐빅, 하는 전자음이 들리더니 철컥, 하고 잠금장치가 풀렸다. 4일 동안 절대 열리지 않던 문이었다. 방 안쪽으로 문이 천천히 열렸다.

"어? 사람이 있었네. 미안합니다."

기민지는 청소하는 아주머니와 눈이 마주쳤다. 아주머니는 속옷만 걸치고 소파에 널브러져 있는 기민지의 몸을 눈으로 잠깐 훑고는 뒷걸음질로 나가려고 했다.

"잠깐만요."

정신을 차린 기민지가 뛰어나가 문을 붙잡았다.

"어머, 죄송해요. 제가 오늘 근무 첫날이라서 잘 모르고 열었어요. 죄송합니다."

"아니요. 괜찮아요. 잘하셨어요."

"잘했다고요?"

"네, 잘하셨어요. 그런데 밖에서 문 잠겨 있지 않았어요?"

"여기 호텔은 카드키로 문 잠그면 안쪽 바깥쪽 다 잠겨요. 안에서 문을 열려면 여기 버튼을 누른 다음 열어야 한대요."

"어떤 버튼요?"

아주머니가 문 옆을 살펴보았지만 버튼은 없었다.

"다른 방은 여기 어디 있었는데⋯⋯"

버튼이 있어야 할 자리에는 비상용 손전등이 붙어 있었다.

"아주머니, 감사합니다. 잘하셨어요. 이제 가보셔도 돼요. 청소는 안 하셔도 됩니다."

"아유, 감사합니다. 쉬세요."

기민지는 아주머니가 가길 기다렸다가 객실용 슬리퍼로 문을 괴었다. 문틈에 끼여 있는 슬리퍼가 위태로워 보였다. 기민지는 침대쪽으로 향하면서도 슬리퍼에서 눈을 떼지 못했다. 기민지는 핸드백에다 물건들을 쑤셔넣었다. 휴대전화와 지갑과 돈을 챙겨야 했지만 가방에 넣을 수 있는 것이라곤 반지, 시계, 화장품, 손톱깎이, 볼펜, 면봉, 전자우편 주소를 적어놓은 메모지뿐이었다. 핸드백에다 짐을 꾸리는 도중에도 슬리퍼를 여러 번 보았다. 슬리퍼는 곧 튕겨져나올 것처럼 불안해 보였다. 슬리퍼가 튕겨져나오고 다시 문이 잠길 것 같았다. 짐을 싸는 대신 뛰어가서 슬리퍼를 좀더 확실히 괴어야 하는 게 아닌가 생각했다. 기민지가 동작을 멈추고 침대에 걸터앉아서 슬리퍼를 보았다. 막상 밖으로 나가려니 겁이 났다. 과연 나가는 게 옳은 것인가. 자신을 납치한 사람은 아무런 위협을 가하지도 않았고, 그저 일주일만 호텔방에 머물러달라고 부탁했다. 지금 밖으로 도망간다면 그 사람을 도발하는 게 될지도 몰랐다. 마찬가지 이유로 경찰에 신고하는 것도 망설여졌다. 어쩌면 모든 게 조용히 넘어갈 수 있는 일인지도 몰랐다. 일주일 동안 호텔방에 머무르고 나면 아무 일 없었다는 듯 원래의 나날들로 되돌아갈 수 있을지도 몰랐다. 자신은 일상으로 되돌아가고, 납치범도 어떤 목적을 달성하고, 경찰은 범인을 검거하진 못하지만 피해자가 없으니 수사를 곧 종결한다. 그런 해피엔딩이 가능할까. 기민지는 고개를 저었다. 기민지는 핸드백을 들고 일어섰다. 일단은 나가야 했다. 나가서 생각해야 했다. 신발이 보이지 않았다. 며칠 동안 소지품을 확인하면서, 휴대전화는 있는지 지갑은 있는지 확인했지만 신발을 찾아보지는 않았다. 기민지는 문틈에 있던 슬리퍼를 발에 끼웠다. 맨발보다는 슬리퍼를 신은 게 훨씬 편했다.

호텔 복도의 거울에 비친 모습을 보았다. 선글라스를 끼고 머플러를 둘렀더니 가수 기민지 같지는 않았다. 평범한 모습이라고는 할 수 없었지만 기민지는 아니었다. 게다가 호텔 슬리퍼를 신고 있다. 미친 여자 같기도 했다. 머리와 팔과 손과 몸통과 다리와 발을 각각 다른 사람에게서 가져와 조립해놓은 모습 같았다. 호텔 밖으로 나가는 건 어렵지 않았다. 세상에는 특이한 모습의 정신 나간 사람들이 참 많아서 기민지의 분장 정도로는 사람들의 시선을 끌 수 없었다. 호텔 밖으로 나서는 순간, 기민지는 온몸으로 바다 냄새를 맡았다. 열린 창문 사이로 들어오는 바다는 코로 느낄 수밖에 없었다. 기민지는 슬리퍼를 끌고 두 눈으로는 공중전화를 찾으며 바다 쪽으로 걸어갔다.

이호준과 장우영이 탄 기차는 밤 11시 50분, 부산역에 도착했다.

두 사람은 주위를 두리번거렸다. 대도시를 보는 것은 처음이었다. 일단 두 사람은 이정표를 보면서 바다 방향으로 걷기로 했다. 버스는 이미 끊겼을 것이고, 택시를 탄다는 것도 어쩐지 겁이 났다.

"부산 구경이나 하면서 걸어가자. 밤도 긴데."

장우영이 호기롭게 말했다. 이호준도 순순히 그러자고 했다. 백팩의 어깨끈을 붙잡은 두 손에 힘이 들어갔다. 역 앞을 벗어나자 주택가인 듯한 조용한 동네들이 나타났다. 밤이 깊었지만 불 켜진 집이 많았다. 창문으로 사람들의 실루엣이 나타났다 사라지곤 했다. 모든 창문의 빛이 달라 보였다. 밤에 대도시에 갈 때면, 어둠 속에서 옹기종기 모여 있는 집집마다 비밀을 간직하고 있으리라는 엄숙한 생각이 든다. 그뿐인가. 집안의 방마다 비밀이 있으며, 그 방에 살고 있는 수천 수백 명의 가슴속에서 고동치는 심장은 가장 가까운 사람조차도 상상하지 못할 비밀을 품고 있다.* 창문 하나에 비밀 하나씩이 숨어 있고, 어쩌면 기민지가 저 수많은 창문 중 하나에 있을지 모른다고, 장우영은 생각했다. 그렇다면 기민지를 찾는 건 불가능한 일이 아닐까.

역에서 출발해 30분쯤 걷고 나자 두 사람 모두 다리에 힘이 빠져 신발을 끌면서 터덜터덜 걷고 있었다.

"송진구는 아직 연락 없냐?"

장우영이 추궁하듯 물었다.

---

* 찰스 디킨스의 『두 도시 이야기』에 나오는 문장.

"아직. 우리가 바다에 도착할 때쯤엔 연락 오겠지."

이호준이 들릴 듯 말 듯한 목소리로 대답했다.

"둘이서만 바다를 찾아간다고 생각하니까 어른이 된 것 같지 않냐?"

장우영의 말에 이호준은 대답하지 않았다. 대답할 기분이 아니었다. 이호준은 극단을 생각하고 있었다. 송진구에게 아무런 연락도 오지 않고 기민지를 찾지도 못하고, 결국 어머니의 손에 이끌려 집으로 돌아가는 장면을 떠올렸다. 괜히 왔다는 생각이 들었다. 이호준이 아무런 대답을 하지 않자 장우영 혼자 떠들어댔다.

"난 처음으로 면도하는 날, 어른이 된 것 같았어. 아빠가 면도 거품을 빌려줬는데, 그걸 턱에다 바르니까 막 간질간질하더라. 아빠가 그때 했던 말도 생각난다. 우영아, 면도할 때 왜 거품을 바르는 줄 알아? 내가 그랬지. 깨끗하게 면도하려는 거 아니에요? 아빠가 뭐랬는 줄 알아? 아니야. 거품을 바른 곳은 반드시 면도기로 밀어줘야 한다는 뜻이다. 흰 거품이 남지 않게 하는 거, 그게 책임인 거야. 남자는 책임질 줄 알아야 한다는 뜻이다. 알겠냐."

장우영이 계속 떠들어대는데도 이호준은 아무런 대꾸 없이 계속 걸었다. 열심히 걷던 이호준이 갑자기 멈춰 서며 주머니에 손을 집어넣었다. 주머니에서 꺼낸 휴대전화기 액정에 송진구라는 이름이 적혀 있었다. 이호준은 심호흡을 한 번 한 다음 통화 버튼을 눌렀다.

기민지가 기억하고 있는 전화번호는 회사와 회사 대표 조남일의 번호 두 개뿐이었다. 회사로 전화를 거는 것보다는 조남일에게 전화를 거는 게 나을 것 같았다. 돈이 한 푼도 없었기 때문에 수신자 부담으로 전화를 걸어야 했다. 전화를 받기까지는 시간이 별로 걸리지 않았다.

"민지야, 어디야? 어떻게 된 거야?"

조남일의 목소리가 수화기에서 들리자 기민지의 눈앞에 꾸불꾸불하게 말린 그의 턱수염이 보이는 듯했다. 데이트를 할 때면 자동차의 뒷좌석에서 그의 허벅지를 베고 누운 다음 턱수염을 만지작거리며 놀곤 했다.

"남일씨, 여기 부산이야."

"어떻게 된 건데? 응? 몸은 괜찮아? 다친 데 없지? 빨리 주소 말해봐. 내가 갈 테니까. 어디야?"

기민지는 어디서부터 얘기해야 할지 가늠할 수 없어 머리가 핑 돌았다. 해야 할 이야기의 덩어리에 비해 입이 너무 작았고, 버티고 있어야 할 세상이 너무 크고 묵직해 보였다. 기민지는 정신을 차리고 차근차근 하나씩 설명을 했다. 전화기를 붙잡고 있는 손에서 경련이 일었다. 입안에 뭉쳐 있던 이야기를 이야기로 풀어내면 속이 시원할 줄 알았는데, 오히려 더 두려워지고 있었다. 말로 내뱉는 순간 지금 벌어지고 있는 모든 일을 현실로 인정하는 것만 같았다. 이야기로 꺼내지 않으면 모든 게 없었던 일이 될지도 모른다는 생각이 들었다. 기민지가 수화기를 왼손에서 오른손으로 옮기는 순간, 몸의 감각이 산발적으로 흩어지는 찰나를 틈타 뒤에서 누군가 핸드백을 낚아챘다. 기민지는 깜짝 놀라 공중전화 부스 안쪽으로 몸을 피했고, 모자를 눌러쓴 남자는 핸드백을 들고 빠르게 달려갔다.

핸드백 속에 뭐가 들어 있는지 생각할 겨를이 없었다. 남자를 쫓아가는 게 위험한 일인지 판단할 시간도 없었다. 기민지는 전화기를 내려놓고 남자를 쫓아 뛰었다. 도둑이라는 단어가 목구멍에 걸려 나오질 않았다. 도둑이라는 단어를 말하는 순간, 남자가 뒤돌아서서 뚜벅뚜벅 자신을 향해 걸어올 것 같았다. 남자가 골목길로 사라졌을 때도 기민지는 망설였다. 중요한 물건이 들어 있는 것도 아닌데 굳이 쫓아갈 이유가 있을까. 그런 생각을 하면서도 계속 달리고 있었다. 쫓기는 게 아니라 누군가를 쫓아가고 있었기 때문에 계속 달릴 수 있었다. 조금 달렸을 뿐인데 숨이 찼다. 발바닥이 욱신거렸다. 골목길로 들어서서 큰 목소리로 "도둑이야" 하고 소리를 질렀을 때 남자는 이미 보이지 않았다. 길에서 놀던 아이들 몇 명이 신기한 듯 쳐다보았다. 기민지는 골목길을 계속 달렸다. 바다 뒤편에 이런 골목이 있다는 게 신기했다. 달리는 속도가 줄어들면서 주변의 풍경이 눈에 들어오기 시작했다. 낮은 담 위로 화분들이 줄지어 있었다. 기민지는 달리기를 멈추고 가쁜 숨을 골랐다. 많은 공기가 필요했지만 들이마실 수 있는 코와 입이 작았다.

기민지는 천천히 걸으면서 골목을 둘러보았다. 카퍼레이드를 환영해주러 나온 관중처럼 작은 화분들이 줄지어 환하게 웃고 있었다. 기민지가 알지 못하는 꽃들이었다. 비밀 통로를 통해 새로운 세상에 들어온 사람처럼 기민지는 꽃들을 구경하고 다녔다. 낮은 담, 높은 담, 낮은 옥상, 높은 2층 난간, 어디에나 화분이 놓여 있었다. 골목길 끝에서 머리가 하얀 할머니가 유모차에다 개를 태우고 천천히 걸어오고 있었다. 골목길을 다 지나가는 데 한나절이 걸릴 것만 같은 느릿한 움직임이었다. 기민지는 이 모든 풍경을 어디서 본 것 같았다. 진심으로 바라고 바란 탓에 실재했던 것으로 착각하게 되는 풍경이었다.

할머니를 지나쳐 중학생인 것 같은 아이 한 명이 뭔가를 열심히 들여다보며 걸어오고 있었다. 아이 역시 풍경의 일부처럼 평화로워 보였지만 그 손에는 기민지의 가방이 들려 있었다. 기민지는 표정을 들키지 않으려 노력하며 아이를 향해 계속 걸었다. 거리가 좁혀지고 있었다.

"야, 꼬맹이, 진짜 오랜만이다."

송진구의 목소리가 전화기 저편에서 들리자 이호준은 긴장했다. 오랜만에 듣는 목소리여서 어떤 상태인지 가늠하기 힘들었다. 송진구는 친구들과 잘 지내다가도 별일 아닌 일로 화를 내곤 했다. 동네 친구들의 패싸움에 쓸데없이 끼어들었다가 퇴학을 당한 것도 감정을 주체하지 못한 탓이다.

대부분의 아이들이 송진구를 겁냈지만 이호준은 그러지 않았다. 송진구가 어째서 화를 내는지 알 것 같았다. 송진구가 화를 낼 때마다 설명하기 힘든, 작고 미묘한 공통점들이 있다는 걸 이호준은 알아차렸다. 그것은 무시의 예감이었다. 누군가 자신을 무시할 것 같은 순간들마다 송진구는 미리 화를 냈다. 그런 일이 생기는 걸 애초에 막을 목적으로 화를 내고 시비를 걸고 싸움을 일으켰다. 그런 송진구가 어떻게 변했을지, 혹은 변하지 않았을지 그걸 알 수 없으니 긴장할 수밖에 없었다.

"어디야? 우리 지금 막 부산에 와서 바다 쪽으로 가고 있는데."

"우리? 누구랑 같이 왔어?"

"장우영이라고, 모르나? 3반이었는데."

"몰라. 씨바, 내가 퇴학 먹은 게 언젠데 그런 걸 다 기억해. 얼굴 보면 알려나?"

"지금 어디야?"

"바닷가 쪽. 넌 어딘데?"

"지금 주택가 쪽인데 택시 잡으려던 참이야."

"그래, 그럼 이쪽으로 와서 전화해. 내가 지금 누구랑 같이 있는지 알면 씨바, 깜짝 놀라서 까무러칠 거다."

"누구랑 같이 있는데?"

"얼른 오기나 해."

이호준은 전화를 끊고 택시를 잡기 위해 차가 다니는 길로 나갔다. 장우영은 이호준의 뒤에 바싹 붙어서 걸었다.

기민지의 가방은 여러 군데 흠집이 나 있었다. 들고 뛰다가 시멘트 벽에 긁힌 것 같았다. 시계를 빼고는 모두 그대로 있었다. 반지는 가방 속 작은 주머니에 들어 있었는데 보지 못한 모양이다.

"전 그냥 땅에 떨어져 있길래 주웠다니까요."

아이가 억울하다는 표정으로 대답했다.

"그래, 알았어."

기민지가 고개를 끄덕여주었다. 거짓말이 아니란 걸 알고 있었다. 같은 패거리라면 가방을 들고 범행 장소를 향해 걸어올 이유가 없었다. 기민지는 아이를 보내고 골목길에 놓인 작은 소파에 앉았다. 골목에 어울리지 않는 주홍색 소파였다. 오랜 시절 장사하다가 망해버린 찻집에서 길가에 내놓은 소파를 주워온 것 같았다. 벽에다 붙여두었는지 소파 뒤편은 시커먼 때가 잔뜩 묻어 있었고, 등판에도 대여섯 군데 담뱃불 자국이 있었다. 외양은 볼품없었지만 의자는 편안했다. 좁은 골목으로 바람이 찾아들었다. 서늘한 바람이 기민지와 의자를 관통해 지나갔다. 기민지는 소파에 앉아서 골목의 풍경을 자세히 들여다보았다. 어디서 본 것 같다고 생각했던 이유를 알 것 같았다. 기민지가 어린 시절 살았던 동네와 놀랍도록 비슷한 모습이었다. 곧게 뻗어 있지 않고 들쭉날쭉한 벽의 모양새

하며, 길바닥에 작은 비닐을 깔고 고추며 채소를 말리는 풍경도 닮았다. 거친 표면의 시멘트 벽은 똑같았다. 바닥은 울퉁불퉁했고, 좁은 골목만큼 하늘이 보였다. 누군가 어린 시절의 그 골목을 통째로 들어내서 여기로 옮겨놓은 것 같았다. 기민지는 골목을 천천히 지나가며 대문을 자세히 들여다보았다.

노란색 대문을 지나다가 기민지는 피식 웃었다. 대문 앞 널찍한 나무푯말에 "도둑 들었던 집, 경찰이 보고 있어요"라는 문구가 적혀 있었다. 기민지는 나무푯말을 손으로 만져보았다. 대문도 손으로 쓰다듬어보았다. 대문과 골목의 벽과 나무푯말을 만지고 있으니 무릎이 간질간질했다. 기민지의 왼쪽 무릎에는 여섯 살 때 난 커다란 상처가 있다.

해 질 무렵, 하루종일 기다리던 오빠가 눈에 들어오자마자 달려나가다가 단단한 시멘트 바닥에다 무릎을 찧었다. 왼쪽 무릎이 얼얼했다. 기민지는 지금도 오빠의 모습이 생생했다. 엎드린 상태에서 고개만 들고 있는데 커다란 오빠가 멀리서 뛰어오는 게 보였다. 무릎은 점점 축축해졌다. 울고 싶었지만 눈물이 나지 않았다. 오빠가 가까이 올 때까지 울음을 참았다. 오빠가 기민지를 일으켜세우고 무릎을 들여다볼 때 울음이 터졌다. 무릎은 이미 피범벅이 되어 있었다. 오빠는 어쩔 줄 몰라했다. 기민지보다 세 살 많을 뿐이었으니 급박한 상황을 어떻게 처리해야 할지 알 수 없긴 마찬가지였다. 오빠는 집에 들어가지 않고 기민지를 업고 어머니가 일하는 가게로 달렸다. 오빠의 등에 업히자 골목이 낯설어 보였다. 골목이 통째로 덜컹거렸다. 가수가 되고 난 후 흉터를 없애는 수술을 할 수 있었지만 기민지는 그러지 않았다. 작은 섬처럼 볼록하게 솟아 있는 그 흉터가 좋았다. 몸이 간지러울 때 거길 긁으면 온몸이 한꺼번에 시원해지는 것 같았다. 다시는 만날 수 없는 오빠를 흉터로라도 기억할 수 있어서 좋았다.

기민지는 동네를 돌아보며 무릎의 흉터를 긁었다. 찌릿찌릿한 시원함이 무릎에서 시작돼 팔꿈치며 등으로 퍼졌다.

"야, 이 씨바새끼, 얼마 만이냐, 이게."

송진구가 멀리서 소리를 지르며 이호준에게 인사했다. 이호준도 반갑게 손을 흔들었다.

"야, 송진구, 진짜 오랜만이다."

두 사람은 껴안은 양손이 닿을 정도로 깊이 포옹했다. 두 사람의 포옹을 보고 있는 장우영은 어색하게 주위를 두리번거렸다. 두 사람이 택시에서 내린 곳은 바닷가 뒤편의 골목길이었다. 망망한 바다와는 달리 집들이 다닥다닥 붙어 있는 동네였다. 골목의 초입에서 송진구가 두 사람을 맞았다.

"아, 네가 장우영이냐?"

송진구가 장우영에게 손을 내밀며 말했다.

"응, 난 3반이었어. 너희 반에 자주 놀러가긴 했는데."

"얼굴은 본 거 같네."

"응. 반갑다."

어색한 두 사람의 인사가 끝나자 이호준이 곧바로 부산에 온 이유를 설명했다. 송진구는 담배를 피우면서 조용히 이야기를 들었다. 골목 안 어떤 집에서 피아노 연습하는 소리가 들렸다. 거침없이 내달리지는 못하고 망설이고 더듬거리며 치는 피아노 소리였다.

"야, 진짜 또라이 새끼들이네. 그렇다고 아무 대책 없이 부산에 내려오냐. 이 형님이 없었으면 어쩔 뻔했어."

"진구 너 믿고 내려온 거지. 근데, 너희 집은 어딘데?"

"집? 우리집 없는데?"

"넌 어디서 자는데?"

"아, 친구네 자취방에서 네 명이 같이 살아."

"아, 그렇구나. 난 너희 집이 부산인 줄 알았어."

"잘 데 없지?"

"응? 구해봐야지. 이제부터."

"호텔에서 일하는 친구 있는데, 그 새끼한테 물어보면 소식 좀 알 수 있을지도 몰라. 내가 전화해볼게. 야, 일단 여기까지 왔는데 어디 가서 소주나 한잔 하자."

"소주? 우린 술 안 마시는데."

"아, 순수한 새끼들, 한 잔도 안 마셔?"

"응."

이호준과 장우영이 동시에 고개를 끄덕였다.

"그럼 방으로 갈래? 일단 가서 잠깐 쉬자."

송진구가 앞장섰고, 이호준과 장우영이 그뒤를 따라갔다. 골목 안은 어두웠다. 불빛이 있었지만 모든 곳을 밝혀주지는 못했다. 어둠이 빛보다 더 많은 골목이었다. 송진구는 익숙한 듯 골목 깊은 곳으로 들어갔다. 장우영이 맨 뒤에서 따라가다가 웃음을 터뜨렸다.

"호준아, 이거 봐, 좆나 웃겨."

장우영이 대문에 걸린 푯말을 가리켰다. 거기에는 "도둑 들었던 집, 경찰이 보고 있어요"라는 문구가 적혀 있었다.

"우와, 진짜 웃기는 집이네."

"그러니까. 완전 꼴통이잖아. 자랑할 게 없어서 도둑맞은 걸 자랑하나."

"자랑하는 게 아니라 도둑들한테 경고하는 거잖아. 여긴 너희들이 한 번 털었던 데니까 다시는 오지 말라고."

"경고한다고 안 오나. 한 번 뚫리면 또 뚫리는 거지."

"어, 여기 밑에 무슨 낙서도 있다."

이호준이 나무푯말에 분필로 적은 작은 글씨를 읽었다. "경찰이 보고 있어요"라는 문구 아래에 "민지도"라고 적혀 있었다.

"민지? 혹시 민지 누나가 적은 거 아닐까?"

장우영이 호들갑스럽게 말했다.

"이 멍충아, 민지 누나가 이 골목에 뭐하러 오겠니."

"모르지. 지금은 민지 누나에게 무슨 일이 생겼는지 모르잖아. 이게 살려달라는 신호일 수도 있어."

"살려달라는 신호를 이렇게 평온하게 적겠냐. 민지도 보고 있어요. 민지도 보고 있으니 도와주세요."

"글씨체도 비슷한 거 같지 않냐?"

"비슷하긴 한데, 여자들 글씨체가 다 거기서 거기지."

장우영은 낙서를 한 민지에게 답신을 보내고 싶었지만 송진구와 이호준의 뒤를 서둘러 쫓아갈 수밖에 없었다. 송진구는 파란 대문으로 들어가 마당을 가로질러 가더니 별채의 방으로 들어갔다. 방은 난장판이었다. 잡다한 물건들이 아무런 체계 없이 흩어져 있었고, 장판의 색깔이 어떤 것인지도 알 수 없었다. 벽에는 걸그룹의 포스터가 뒤죽박죽으로 붙어 있었다. 송진구가 바닥의 물건들을 한쪽으로 밀어냈다. 휴대전화 충전기, 알람시계, 컵라면, 안경, 티셔츠, 체육복 바지가 한쪽 구석에 쌓였다. 네 명이서 잠을 자기에 비좁은 공간이었다.

"야, 야, 일단 앉아봐."

송진구는 장우영과 이호준을 억지로 앉힌 다음 냉장고에서 소주 한 병을 꺼냈다. 고추참치캔도 하나 땄다.

"다른 애들은 다 어디 갔어?"

이호준이 물었다.

"알바하러 나갔지."

송진구는 얼룩이 묻은 유리컵에다 소주를 붓고는 반쯤 들이켜며 대답했다.

"참, 아까 누구랑 같이 있다 그러지 않았어? 깜짝 놀랄 사람이 있다고 그랬잖아."

"아, 너 1학년 때 1반이었던 진숙이 알지?"

"알지."

"걔가 아까 나 찾아왔더라고. 학교 관뒀다고."

"너를 왜?"

"왜긴, 씨발, 도움 받으려고 왔지. 내가 이래 봬도 이쪽에서는 완전 마당발이라니까."

"갔어?"

"응, 너희 온다고 조금만 기다리라니까 쪽팔리다고 가더라. 씨발, 지가 쪽팔릴 게 뭐 있어. 학교가 쪽팔려야지."

"진숙이 노래 잘 불렀는데. 완전 가수였는데, 그치?"

"가수는 아무나 하냐. 씨발, 그것도 돈이 있어야 하지."

송진구는 남은 소주를 다 마시고 다시 컵을 채웠다. 물과 다르지 않아 보였다. 송진구는 손가락으로 고추참치 한 덩이를 집어먹더니 바지에다 슥슥 손가락을 닦았다. 장우영은 피곤했던지 한쪽 구석에 앉아서 졸고 있었다.

"다들 좆나게 힘들게 사는구나."

"뭐? 이 새끼 웃기네. 네가 뭐가 힘들어."

"나도 힘들지."

"씨발, 그래 등하교하시느라 좆나게 힘들겠다."

"넌 앞으로 어쩔 건데?"

"뭘 어째, 이쪽에서 자리잡아야지. 아까 얘기했지? 내가 완전 마당발이라고. 알바 서너 개 하고, 형님들 심부름도 좀 하고 그러면 돈도 많이 땡겨."

"앞으론 뭐할 건데?"

"자꾸 뭐가 앞이래, 씨발. 네 걱정이나 해라, 꼬맹이."

"나야 뭐 등하교만 열심히 하면 되지 뭐."

"이 새끼 많이 컸네. 형님한테 개기기도 하고."

송진구가 이호준의 머리를 쥐어박았다. 장난이었지만 머리통이 얼얼할 정도였다.

"여기서 네 명이 자?"

이호준이 주위를 둘러보며 말했다.

"열 명까지 자봤어. 그리고 밤에도 알바 뛰니간 교대로 왔다갔다하는 거지."

"살 만해?"

"새끼, 왜 자꾸 어른 흉내야. 살 만하지 그럼. 너는 나한테 뒤질래?"

"그냥, 우리 놀던 거 생각나서 그러지."

"어쭈, 어른도 아니고 완전 할배 흉내네."

이호준은 벽에 어지럽게 붙은 걸그룹 포스터 아래에서 작은 그림 하나를 발견했다. 연필로 그린 그림이었다. 양쪽으로 낮은 담과 창문들이 원근법에 어울리게 늘어서 있고, 왼쪽 벽 앞에는 작은 소파가 놓여 있었다. 소파에 앉은 할머니의 옆모습이 두드러져 보이는 풍경이었다. 그림의 오른쪽 아래에 송진구라고 적혀 있었다.

"이거, 네가 그린 거야? 우와, 완전 잘 그렸다."

이호준이 그림을 가리키면서 물었다.

"좆까, 발로 그린 거야."

송진구가 심드렁하게 대답했다.

"여기, 좀 전에 우리가 왔던 골목이었지?"

"어, 어떻게 알아? 비슷해?"

"완전 똑같구만. 그림 천재네, 천재. 너, 나중에 화가 해도 되겠다."

"천재 다 죽었다."

"야, 여기 할머니 디게 웃겨. 옆에 유모차는 뭐야?"

"이 할망구, 맨날 유모차 밀고 다녀."

"유모차는 왜?"

"개새끼 넣어다니거든."

"개팔자 상팔자네."

"씨발, 너도 나중에 늙으면 내가 유모차에 실어줄게."

"너나 빨리 늙어라. 내가 밀어줄게."

"너도 얼른 소주 먹고 늙어."

송진구가 소주병을 내밀자 이호준이 받아들고 두 모금을 삼켰다. 병을 내려놓고 얼굴을 찡그리더니 고추참치를 집었다.

"와일드, 하다. 형님 앞에서 어디 나발질이야. 곱게 마셔야지. 자, 잔 내밀어."

"됐어. 야, 못 마시겠다. 이런 걸 어떻게 마시냐."

"이런 걸 마셔야 어른이 되는 거야. 이런 거 먹는 게 돈 버는 거보다도 더 좆나게 힘든 거야. 알겠어? 못 마셔도 마시다보면 또 마시게 되고, 그렇게 또 마시면 오바이트하고, 그러다 어느 날 딱, 보면 소주 대장이 돼 있는 거지."

"좋겠다. 소주 대장 어른 돼서."

"좋다, 그래, 씨발새끼야."

송진구가 웃으면서 말했다. 두 사람은 더이상 말하지 않았다. 함께하지 못했던 시간들이 어땠을지, 각자 얼마나 힘들었을지 상상하고 있었다. 상상은 할 수 있었지만 그걸 겪은 것처럼 말할 수는 없었다. 송진구는 소주를 마셨고, 이호준은 고추참치에 들어 있는 완두콩을 집어먹었다. 장우영은 코를 골면서 자고 있었다.

송진구의 휴대전화 벨이 울렸다. 벽에 걸린 포스터의 주인공들이 부른 노래였다.

"야, 호텔에 있는 후배다. 잠깐 전화하고 올 테니까 쉬고 있든지 심심하면 텔레비전 좀 보고 있어."

"여기서 해. 그래야 나도 물어보지."

"아, 이 새끼랑 개인적으로다가 얘기할 것도 있어서 그래. 호텔에 들어온 손님 확인할 방법 있는지만 알아보면 되는 거잖아. 맞지?"

"일단 그렇긴 한데."

"가만히 기다려봐. 형님을 믿어. 알았지?"

송진구가 급하게 밖으로 나가며 전화를 받았다. 호칭을 얼버무리면서 수화기 너머 상대방에게 인사를 했다. 이호준은 완두콩을 하나 더 집어먹고 방바닥에 드러누웠다. 불과 몇 시간 전만 해도 여기에 누워 있을 줄 몰랐다는 생각을 하자 재미있기도 했다. 이호준은 누운 채 발가락으로 텔레비전의 전원 스위치를 눌렀다. 새벽 1시가 넘은 시간이라 정규방송은 대부분 끝난 상태였다. 이호준은 발가락으로 채널 버튼을 눌렀다. 채널을 넘기다가 기민지의 얼굴을 알아보고는 벌떡 일어났다. 실종된 기민지가 부산의 한 호텔에 납치됐다가 탈출했다는 소식이었다. 이호준은 텔레비전의 볼륨을 높였다.

"아직 다른 사람한테는 얘기하지 마, 알았지? 말 안 했지? 경찰에 얘기하면 일이 커지니까, 아직 아무에게도 말하지 마, 알았지?"

기민지가 공중전화를 찾아 다시 전화를 걸었을 때 조남일이 말했다.

"응, 말할 시간도 없었어."

"내가 지금 바로 갈 테니까 어디 숨어 있어. 전화기 없지? 어디에 가 있을래? 어디 숨어 있을 만한 데 없어?"

"난 여기 잘 몰라."

"호텔 근처는 아직 위험할 테고, 어디 숨어 있을 데 없을까?"

"지금 있는 데가 호텔 뒤쪽 작은 골목이 있는 동넨데, 여기로 올래?"

"동네 이름 알아?"

"내가 알아보고, 다시 전화할게."

"그래, 다시 전화해. 나 혼자 갈 테니까 자세한 얘기는 가서 듣자. 빨리 갈게. 최대한 빨리 갈게. 알았지?"

기민지는 전화를 끊고 다시 골목으로 돌아갔다. 골목 어딘가에 주소가 적혀 있을 것이다. 골목길은 안전해 보였다. 지나다니는 사람도 별로 없었다. 기민지는 조남일과 전화하면서 이상한 생각이 들었다. 평소에 알던 조남일 같지가 않았다. 목소리에서 허둥대고 있다는 느낌이 들었다. 기민지는 골목길에서 이미 안정을 찾았고, 조남일은 이제야 사건의 충격을 온몸으로 받아들이고 있는 중이라고 해도, 평소와는 뭔가 다르게 느껴졌다. 자신이 예민한 탓일 거라고 기민지는 생각했다.

조남일이 다른 여자를 몰래 만나고 있을 때 기민지는 알지만 모른 척했다. 그게 사실의 전부가 아닐 것이라고 생각했고, 뭔가 오해하고 있는 것일지도 모른다고 생각했다. 기민지는 자신의 예민함을, 예민함이 상상하는 사실의 윤곽을 곧이곧대로 받아들이고 싶지 않았다. 결국 모든 것이 사실로 드러났을 때 화를 내면 된다고 생각했지만, 사실을 알게 됐을 때는 화가 나지 않았다.

골목의 주홍 소파에 다시 앉았다. 오래 알고 지냈던 의자처럼 편안했다. 기민지는 선글라스를 벗고 하늘을 보았다. 호텔방에서 바라보던 하늘과는 전혀 다른 하늘이었다. 먹구름은 옅었고 맑은 하늘은 훨씬 커 보였다.

이호준은 장우영을 깨웠다. 장우영은 잠이 덜 깬 상태로 텔레비전을 오랫동안 바라보았다. 텔레비전 뉴스에서 나오는 소식을 이해하는 데 시간이 많이 걸렸다.

"그러니까, 이게 무슨 소리야? 민지 누나가 구출됐다는 얘기지?"

"구출이 아니라 탈출했대."

"암튼, 우리가 개헛지랄하고 있다는 거네."

"그렇지."

"아, 씨발, 이럴 줄 알았어."

"뭐가 이럴 줄 알아."

"네가 오자고 할 때부터 뭔가 꼬일 줄 알았다고."

"이제 와서 무슨 소리야."

"아, 몰라. 이제 어쩔 거야."

"뭘 어떻게 해. 여기서 자고 내일 올라가면 되지."

"이렇게 된 거, 내일 낮에 바다라도 좀 보고 가자."

장우영은 눈을 비비면서 하품을 했다. 문이 열리고 송진구가 뛰어들어왔다. 특종이라도 잡아챈 듯한 표정이었다.

"야, 야, 아까 호텔 하나에 이상한 놈들이 자주 들락거렸대. 거기로 가보면 알 것 같아."

소리를 지르는 송진구에게 이호준은 말없이 텔레비전 화면을 가리켰다. 기민지의 사진이 화면을 가득 채우고 있었다.

기민지는 하늘에서 시선을 내려 집들을 보았다. 기민지는 집들의 창문을 보는 게 좋았다. 창문에 어른거리는 것들을 좋아했다. 창문은 질투의 시작이었다. 창문에 어른거리는 것들을 갖고 싶었다. 스캔들이 났던 남자배우 K에게 질투를 느낀 것도 창문 때문이었다. 대표 조남일은 기민지를 언론에 노출시키기 위해 스캔들을 흘렸고, 기민지와 K를 자주 만나게 했다. 기민지는 K에게 아무런 매력을 느끼지 못했지만 만나는 게 싫지도 않았다. 만나면 함께 밥을 먹고, K의 집에 가서 텔레비전을 보다 오곤 했다. K에게는 여자친구가 따로 있었다.

K의 집에서 저녁을 먹고 나오던 날, 기민지는 아무 생각 없이 그집의 창문을 보았다. 거기서 두 사람의 실루엣을 보았다. 아마도 K와

그의 여자친구였을 것이다. 기민지는 갑자기 화가 났다. 얼굴을 마주 대하고 밥을 먹을 때도, 함께 예능 프로그램을 보면서 낄낄거릴 때도 K를 자신의 남자로 만들고 싶지 않았는데 두 사람의 실루엣을 보는 순간 견디기 힘들 정도로 그 남자가 갖고 싶어졌다. 풍경의 주인공이 되고 싶었다. 질투심이 들끓는 이유를 알 수 없었다. 두 사람 중 누구를 질투하는지도, 질투의 근원이 무엇인지도 확실치 않았다. 그저 두 사람을 떼어놓고 싶은 마음뿐이었다. 기민지는 창문으로 뭔가를 집어던지고 싶었지만 간신히 참았다.

모든 창문에는 비밀이 있었고, 기민지는 그 비밀이 늘 부러웠다. 비밀을 가질 수만 있다면 누군가 바깥에서 자신의 창문으로 돌을 던져도 상관없을 것이라고 생각했다. 벽을 쌓는 것보다 창문을 만들기가 훨씬 어려웠다.

기민지가 바라보고 있던 창문의 집에서 아이 한 명이 뛰어나왔다. 아홉 살쯤 된 남자아이였다. 기민지는 깜짝 놀라 소파에서 일어섰지만 아이는 놀라는 기색 없이 기민지의 슬리퍼를 보았다. 기민지는 선글라스를 썼다. 아이는 목덜미를 긁더니 관심 없다는 표정으로 골목 반대편으로 걸어갔다.

"얘."

기민지가 아이를 불렀다.

"저요?"

아이가 대답했다.

"여기 주소 알아?"

"주소가 뭔데요?"

"무슨 동 몇 번지, 그런 거 있잖아."

"모르는데요."

"그래, 알았다."

"뭘 알아요?"

"응, 네가 모르니까 그걸로 됐다고."

"예."

아이가 시큰둥하게 돌아섰다. 아이는 기민지의 눈치를 잠깐 살피더니 주머니에서 뭔가를 꺼내 벽에다 그으며 걸어갔다. 아이가 지나가는 벽에 하얀색 선이 남았다. 아이는 고개를 푹 숙이고 걸어갔다. 세상 끝까지 걸어갈 기세였다. 기민지는 아이가 멀어졌을 때 벽으로 가보았다. 분필 선이었다. 아이는 분필이 다 닳으면 주머니에서 새것을 꺼냈다. 울퉁불퉁한 벽에 울퉁불퉁한 선을 그으며 아이는 계속 걷고 있었다. 기민지는 아이가 버린 분필 덩어리를 주워서 벽에다 문질러보았다. 분필이 완전하게 없어지면서 가루가 되어 벽에 붙었다. 사라지는 걸 바라보는 쾌감이 있었다. 기민지는 아이의 뒤를 따라 걸어갔다. 잘 찾아보면 어딘가 좀더 큰 분필 덩어리가 있을 것이다. 아이는 여전히 고개를 푹 숙인 채 한쪽 손으로는 벽에다 분필 선을 그으며 걸어갔다. 기민지도 땅을 보면서 계속 걸었다. 어딘가 분필 덩어리가 있을 것이다.

가짜 팔로
하는 포옹

지그소 퍼즐만 보면 이제 아주 신물이 난다. 규호는 오른쪽 다리를 왼쪽 허벅지 위에다 올려놓으며 약간 거들먹거리는 듯한 기분으로, 혼잣말을 하는 것처럼 정윤에게 말했다. 살이 빠졌는지 허벅지에 다리 올리는 게 전보다 쉬웠다. 규호는 자신의 목소리가 입 밖으로 나오는 순간 좀 취한 것인지도 모르겠다는 생각을 했다. 발음이 정확하지 않았다기보다는 목소리에 묻어 있는 미묘한 흥분을 스스로 감지한 것이다. 좀 천천히 마셔야겠다고 생각하면서도 규호는 가득차 있던 생맥주잔을 들고 반이나 비워버렸다.

지그소 퍼즐? 그게 뭔데?

정윤이 손가락으로 땅콩을 헤집으며 말했다.

그러지 마.

규호가 정윤의 손가락을 가리키며 말했다.

뭘 그러지 마?

그거, 땅콩. 그렇게 해버리면 껍질이랑 알맹이가 다 섞여버리 잖아.

그럼 어떻게 해, 탁자에 놓으면 껍질이 다 날리잖아.

뭐 어때, 좀 날리면.

알았어, 밖에다 놓을게. 얘기나 해.

정윤이 접시에 있던 땅콩 껍질을 골라서 탁자에다 올려놓았다. 정윤의 말처럼 어디선가 바람이 불어와서 순식간에 땅콩 껍질을 탁자 아래로 밀어버렸다. 정윤은 손을 저으며 자신의 앞으로 날아 드는 껍질을 막았다. 돌풍에 휘말린 것처럼 땅콩 껍질들은 제멋대 로 날아다녔다.

저기 지그소 퍼즐 있잖아.

규호는 벽에 걸린 반 고흐의 그림을 가리켰다.

아, 저게 지그소 퍼즐이야?

정윤은 고개를 빼서 그림을 보았다.

내가 저거 자주 해봤는데 모네의 그림이었는지 마네의 그림이었 는지, 2천 조각짜리 퍼즐 맞추는 데 꼬박 한 달 걸렸어.

인간 승리네.

인간 승리지. 그런데 막상 끝내고 나면 승리한 거 같지 않고, 오 히려 진 거 같은 기분이 들어. 왜 그런지 알아?

나야 모르지.

그림을 다 맞추고 나면 새로운 걸 완성했다는 기분이 들지 않고, 그냥 원래 있어야 할 것들을 제자리에 놓아둔 기분이야. 아버지는 밥상 뒤집어엎고 나가고, 나 혼자 남아서 반찬이며 밥이며 국물이며 사방에 엎질러진 걸 다 정리해놓고 소주 마실 때의 기분이랄까. 내가 지금 여기서 대체 뭐하고 있지? 그런 기분이 갑자기 들어. 다 맞춰진 퍼즐을 보고 있으면.

무슨 소린지 대충은 알겠다.

잘 모를 거야. 해봐야 알아, 그건.

규호는 남은 생맥주를 단숨에 들이켰다. 탁자 구석에 있는 벨을 누르자 익숙한 멜로디가 들렸다. 어디선가 들어본 멜로디였지만 곡목은 기억해내지 못했다. 종업원은 LCD창을 보고 자리 번호를 확인하더니 규호가 앉은 방향으로 고개를 돌렸다. 규호는 아무런 말도 하지 않고 빈 맥주잔을 들어 보였다. 무슨 뜻인지 알겠다는 듯 종업원이 고개를 끄덕였다.

자기, 요즘도 술 많이 마셔?

정윤이 땅콩 껍질이 묻은 손바닥을 탁자 옆으로 털며 말했다.

똑같지, 뭐.

종업원이 건네는 맥주잔을 받아들며 규호가 대답했다.

많이 마신단 소리네. 매일 마셔?

매일은 아니고, 거의 매일.

거의 매일이 매일이지.

건너편에 앉아서 술을 마시고 있던 단체 사이에서 비명 같은 웃음소리가 터져나왔다. 여자의 웃음소리는 시끄러운 음악과 사람들의 웅성거림을 뚫고 나와서 사방으로 퍼졌다.

씨발년, 좆나게 시끄럽네.

규호는 얼굴을 찡그리면서 욕을 뱉었다.

자기 왜 그래, 취했어?

정윤이 고개를 치켜들며 말했다.

아, 미안. 아까부터 계속 시끄러워서.

아까부터 시끄러웠어? 난 몰랐는데…… 그래도 씨발년이 뭐냐.

미안.

자기 취했어, 그만 마셔.

아냐, 아직은 괜찮아.

뭐가 괜찮아. 자기 취하면 욕하는 거 버릇이잖아. 기억 안 나? 나한테 욕했던 거.

그땐 술 많이 마셨을 때고.

지금도 그래. 취해 보여.

안 취했다니까.

알았어, 이제 내가 상관할 일도 아니지 뭐.

그렇게 말하니까 섭섭하네.

섭섭하긴 뭐가 섭섭해.

요새 만나는 남자 있어?

있어.

뭐하는 사람인데?

몰라, 말 안 해.

만나서 좋아? 잘해줘?

야, 이규호.

알았어, 알았어. 안 물어볼게.

한 번만 더 그딴 소리 하면 나 바로 갈 거야. 알았어?

그래, 알았어. 미안, 한잔하자.

규호는 가득찬 생맥주잔을 들어 정윤의 잔과 부딪치더니 몇 모금으로 반을 비웠다. 정윤은 생맥주잔을 들고 겨우 한 모금 정도를 들이켜고 나서 접시에 있는 땅콩 껍질을 집으려다 멈칫하고는 옆에 있는 한치 조각을 집어서 이로 물었다. 부드럽게 생긴 한치는 질겼다. 질깃한 조직은 누군가의 피부였다. 질깃한 피부 덕분에 바다에서 버틸 수 있었을 것이다. 두껍고 질깃하지 않으면 살아남기 힘든 세상이었을 것이다. 정윤은 그런 생각이 들자 남은 한치 조각을 접시에 내려놓았다. 규호는 고개를 숙이고 오른쪽 허벅지를 손가락으로 두들겼다.

너 편의점에서 제일 싼 위스키가 얼만지 알아?

나야 모르지.

하긴, 알 리가 없지.

야, 이규호, 퀴즈를 내지 말고 이야기를 해.

정윤이 입을 삐죽거리며 대답했다.

나 알코올중독자 모임에 나갔던 건 알지?

규호가 조금 풀죽은 목소리로 물었다.

그건 알지.

그건 알아줘서 고맙네.

비꼬지 마.

비꼬는 게 아니라, 그때는 네가 나한테 관심이 없었을 때였으니까.

야, 이규호. 너 그때 정말 지긋지긋하게 지긋지긋했던 거 알지?

알지. 내가 다 죄인이지. 전부 내 잘못이지. 그런데 그거 알아? 아무런 애정 없이 그냥 한번 안아주기만 해도, 그냥 체온만 나눠줘도 그게 한 사람을 살릴 수도 있대. 나는 그때 네가 날 안아주길 바랐는데, 네 등만 봤다고. 등에는 가시가 잔뜩 돋아 있었고.

아니 오늘 얘가 왜 이래? 이런 얘기 하자고 나 부른 거야?

알았어. 그 얘긴 그만할게.

그리고 솔직히, 먼저 등을 돌린 게 누군데?

알았어. 미안해. 피죤씨 얘길 하려다보니 갑자기 그때 생각이 나네.

피죤씨가 누군데?

응, 알코올중독자 모임에서 만난 사람. 이름이 아니고 닉네임이야.

세제 회사 사장 아들이야? 닉이 뭐 그래?

비둘기잖아.

뭐가 비둘기야.

피존이 비둘기란 뜻이라고.

비둘기는 도브 아니야?

도브는 산비둘기고, 피존은 우리가 흔히 보는 비둘기래. 몸집 크고 더러운 집비둘기. 그 사람이 설명해준 거야. 옛날 여자친구가 자기보고 집비둘기 닮았다고 했대. 잘 안 씻고 아무거나 다 집어 먹는다고. 실제로 몸도 좀 컸고.

피존씨라고 불렀어?

응. 알코올중독자 모임에선 서로 이름 안 불러. 전부 닉네임으로 통하지.

자기는 닉이 뭐였는데?

난 지그소.

아까 말했던 그 지그소?

응. 내가 쉬는 시간마다 지그소 퍼즐 맞추고 있으니까 별명이 그렇게 됐어. 좀 웃기긴 해. 만나면 서로 '어이, 피존' '헤이, 지그소' 그러니깐. 그래도 처음에만 좀 어색하지, 시간 지나면 익숙해져. 그렇게 별명 부르다보니까 나중에는 좀 이상한 기분도 들었던게, 완전히 새로운 삶을 살고 있는 거 같잖아. 이규호라는 사람이 사라지고 지그소라는 새로운 인물로 살아가는 거 아냐. 이름만 바

뀌어도 많은 게 바뀌더라고. 생각도 좀 바뀌고 사람들을 대하는 것
도 좀 바뀌게 되고. 피존한테 들은 얘긴데, 예전에 그런 사람이 있
었대. 지갑이랑 옷이랑 전부 차에다 두고 은행에 잠깐 볼일을 보러
갔는데, 누가 자기 자동차를 훔치고 있더래. 눈앞에서 말야. 그래
서 야 이 개새끼야, 하고 소리를 질렀는데 도둑새끼는 이미 운전석
에 앉아서 자기를 보고 있는 거야. 눈빛 마주치고 나서는 시동 걸
고 날아버렸지. 그래서 이 남자가 열받아서 택시 잡아타고 자기 차
를 쫓아갔어. 택시 기사한테 자기 차를 가리키면서 저 차 좀 따라
가달라고 말하고 나서 경찰에 전화를 걸려는 순간, 눈앞에서 엄청
난 폭발이 일어났어. 도둑놈이 신호 무시하고 급하게 도망치다가
몇 톤 트럭인지 어마어마하게 큰 트럭이랑 제대로 박았는데, 트럭
에 대체 뭐가 실렸던 건지 주변이 완전 박살나고, 계속 연쇄 폭발
하더래. 도둑새낀 그 자리서 완전 불타서 없어졌겠지. 택시 기사
도 놀라서 어, 손님, 저거 그 차 아니에요? 손님이 쫓아가달라고 한
차 아니에요? 그러는데 이 사람이 자기도 모르게, 아닌데요, 그렇
게 말해버리고 말았어. 도로가 완전 꽉 막혀서 이 남자가 택시에서
내려 자기 자동차를 봤어. 이상하게 기분이 좋더래. 자기 장례식을
구경하는 기분이라고 했던가. 이 남자는 집에 돌아가지 않고, 버스
터미널로 갔어. 요금이 가장 비싼, 그러니까 가장 멀리 있는 정류
장 이름을 대고 표를 끊었어. 새로운 삶을 살기로 마음먹은 거야.

　좋겠다.

정윤이 한 음절 한 음절 힘을 주며 말했다.

응? 뭐가 좋아?

규호가 맥주로 목을 축이면서 물었다.

좋잖아. 나도 가끔 그런 꿈 꿔. 아무도 모르는 데 가서 사는 거.

하긴, 누구나 그렇지.

너도 그래?

완전 새 이름으로, 사람들도 처음부터 새로 만나고, 다시 시작해볼 수 있잖아.

넌 술만 끊으면 완전 새로 시작할 수 있을 거야.

술 별로 안 먹는다니까.

알았어, 소리지르지 마.

네가 소리지르게 하잖아. 네가 뭔데 자꾸 술 마시지 말라는 거야, 응? 안 취했다잖아, 응? 내가 술 취해서 뻗으면 그냥 가버려, 걱정하지 말고. 그럼 되잖아.

자기야, 알았어. 알았으니까 진정해. 나 커피 한 잔 마셔도 돼?

그걸 왜 나한테 물어?

같이 술 안 마시면 자기 기분 별로잖아.

커피 마셔.

응, 고마워.

정윤은 탁자 구석에 있는 벨을 누른 다음 스트롱 커피 한 잔을 주문했다. 정윤은 규호가 화를 낼 때 어떻게 대처해야 하는지 방법을 알고 있었다. 규호가 선택하고 지시할 수 있는 일을 만들고, 자신이 우위에 있다는 걸 알게 하면 규호의 화는 쉽게 누그러졌다. 커피 마시는 걸 허락함으로 규호의 권위가 세워졌다. 정윤은 규호를 다루는 방법을 자세히 알고 있는 자신이 마음에 들지 않았다. 그렇게 간단하게 화가 누그러드는 규호도 마음에 들지 않았다.

자기는 지그소라는 이름이 좋았어?

좋았지. 지그소 하면 외계인 이름 같지 않아?

응, 자기랑 어울려.

난 피존이라는 이름도 좀 탐났어. 뭔가 대단한 일을 하는 사람 같잖아. 평화라는 영어 단어가 '피존' 아니었나. 가끔 착각하기도 해. 피존, 피스, 피스, 실제 피존은 덩치가 엄청났어. 난 피존씨 볼 때마다 풍선이 생각나더라고. 계속 바람이 차서 언젠가는 펑, 하고 터질 거 같은 거야. 근데 살이 흐물흐물하지 않고 실제로 만져보면 아주 탄탄해. 전에 무슨 운동을 했을 거야, 아마. 피존이 술 취하면 정말 장난 아니야. 아무도 못 말려.

술도 같이 마셨어?

몇 번 마셨지.

알코올중독자 치료 모임이었는데, 같이 술을 마셨다고?

치료 모임이지, 금주 모임은 아니니까.

그게 무슨 궤변이야.

같이 술 마시면 서로의 문제점을 알 수 있으니까, 그리고 서로

관찰하다보면 자기 문제점도 알 수 있으니까.

그래서 성과가 있었어?

없지. 관찰하기 전에 다 취해버리니까. 피존이 무시무시하다는 사실만 알았어.

뭐가 무시무시해?

한번은 술집에서 피존이 만취한 적이 있었어. 다섯 명쯤 마시다 가 나머지는 다 집에 가고 둘이서 끝까지 마셨는데, 술 취하니까 이상한 술버릇이 있더라고. 보통 술 마시면 답답해하면서 옷을 벗 어던지는 사람들이 많잖아. 피존은 완전히 반대야. 뭐든 다 잠가. 내 가방이 열려 있으면 그것도 잠그고, 한 잔 따른 소주병도 꼭 닫 아놓고, 와이셔츠 소매가 잠겨 있는데도 풀었다가 다시 잠그고, 그 러잖아도 몸이 커서 셔츠가 갑갑해 보이는데 계속 목 부분 단추를 끝까지 채워. 정말 병적으로 전부 잠가. 보는 내가 얼마나 답답했 는지 몰라. 한참 술을 마시다가 내가 장난을 걸고 싶어졌나봐. 아, 기억이 잘 안 나는데, 그랬겠지, 장난이었을 거야, 화가 나게 할 생 각은 발톱의 때만큼도 없었어. 내가 몰래 피존의 소매 단추 하나 를 풀었어. 단추가 뭐야, 잠겨 있는 걸 풀어야 단추지. 그런데 피존 이 갑자기 나한테 화를 내는 거야. 들고 있던 술잔을 바닥에 집어 던지면서 나한테 욕을 하는 거야. 술이 다 깼지. 몰라, 술이 깼다기 보다 술기운들이 다 놀라서 도망친 거 같았어. 술잔도 당연히 깨졌 지. 그러곤 뭐라고 했는지 알아? 지금 생각해도 진짜 어이없는 말이었어. 씨발, 좆 같은 새끼야, 닥치라고, 닥치라고, 응, 내 문에 손 대지 말라고, 씨발아, 그러는 거야. 내 눈을 보는 게 아니라 바닥을 보면서 욕을 하는데, 난 처음에 잘못 들은 줄 알았어. 뭐야 이 새 끼, 취했네. 내 문에 손대지 말라는 게 뭐야. 그런데 생각해보니까 그게 맞는 말인지도 모르겠더라고. 단추가 피존한테는 문이었던 거야. 피존은 온몸에 문을 수십 개 달고 다녔던 거라고. 그 얘길 들 는데 전에 피존이 했던 이야기가 하나 생각나더라고. 모임 때 맨정 신으로 했던 얘긴데, 이야기가 좀 유별나서 내가 생생하게 기억하 고 있었거든. 이 이야기는 피존 목소리로 들어야 해. 일단, 주의사 항이 하나 있는데 피존은 목소리가 나보다 훨씬 낮아. 그걸 감안하 고 들어. 이런 식으로 말해. '위스키를 주로 마셨습니다. 여자하고 헤어지면 당연히 위스키를 마셔야 합니다. 위스키에서는 향수 냄 새가 납니다. 독하고 매캐하고 향긋합니다. 냄새만 맡고 구별을 할 수 있는 건 아닙니다만, 위스키에서는 특별한 냄새가 납니다. 이혼 하고 한 달 후부터 마시기 시작했습니다.'

야, 느끼하다.

피존 목소리라니까. 피존이 진짜 이렇게 말해.

이상해, 그냥 네 목소리로 하면 안 돼?

아, 진짜, 이 이야기는 피존 목소리로 들어야 돼.

알았어, 참아볼게.

규호는 다시 맥주를 시켰다. 새로운 맥주가 오기를 기다리면서 규호는 화장실에 다녀왔다. 소변기 앞에 서서 규호는 피존이 했던 이야기를 떠올려보았다. 이야기 대부분이 좀 전에 들은 것처럼 생생했다. 이야기하면서 피존이 흥분하던 모습도 눈앞에 그려졌다. 규호는 정윤에게 이야기를 하면서 몸이 붕 뜨는 것 같은 기분을 느꼈다. 이 기분이 술기운 때문인지, 오랜만에 만난 정윤 때문인지 알 수 없었다. 술을 마시기 전의 참담한 기분은 어디론가 사라지고 없었다. 낮 동안 우울했던 마음이 흔적도 없이 녹아버렸다. 화장실에서 돌아온 규호 앞에는 새로운 맥주잔이 도착해 있었다. 규호는 헛기침을 몇 번 해서 이야기가 곧 시작될 거라는 걸 정윤에게 알렸다. 정윤은 커피를 마시면서 이야기를 기다렸다.

편의점에 가면 윈저 12년산이 가장 쌉니다. 아마 2만 원 조금 넘을 겁니다. 하루에 한 병씩 마시기엔 가격이 만만치 않습니다만, 어중간한 맥주를 마시고 취하지 않는 것보단 낫습니다. 전 이상하게 소주를 마셔도 잘 취하지 않습니다. 맥주나 소주를 마시면 계속 마시게 되니까 어느 순간부터 윈저를 마시게 됐습니다. 윈저 12년산을 마실 때도 있고, 임페리얼을 마실 때도 있습니다. 몇 년산이든 하루에 한 병, 더이상은 마시지 않았습니다. 마실 수 없었습니다. 그나마 다행이죠. 한 병을 다 마시면 쓰러져서 잠들었으니까요. 물은 타지 않았고, 커다란 물잔에 마셨습니다. 물을 타거나 작은 잔에 마시면 향수 냄새가 잘 나지 않습니다. 뚜껑을 돌릴 때가 참 지랄 같습니다. 딸깍 하는 소리와 함께 뚜껑의 봉인이 해제될 때, 아,

이제 이 술을 환불할 수는 없구나, 라는 생각이 들 때, 그때가 제일 괴롭습니다. 여러분들도 다들 잘 아시겠지만, 뭔가 잘못된 일을 저지르고 있다는 생각이 들 때가 있지 않습니까? 물론 첫잔을 마시면 그런 생각은 다 휘발되어 날아가지만요. 혀와 입천장에 불을 붙이며 위스키가 식도를 타고 넘어갈 때 저는 망가질 준비가 되어 있다는 다짐을 하곤 했습니다. 술을 마시면 거절당했을 때의 장면만 무한 반복됩니다. 그 여자가 제 앞에서 무표정하게 했던 말, 표정, 손짓, 웃음, 그런 게 계속 생각납니다. 여자는 저를 비웃고, 한심하게 바라봅니다. 저는 점점 작아지고 여자는 점점 커집니다. 어쩌면 그 여자는 예의바르게 행동하고 차분하게 말했을지도 모릅니다. 저는 기억이 잘 나지 않습니다. 술을 마시면서 떠올린 장면이 실제 같고, 나머지는 모두 휘발됐습니다. 비웃는 소리가 점점 크게 들리니까 술 먹는 속도가 점점 빨라집니다.

술 한 병 마시는 데 얼마나 걸려요?

내가 그렇게 물었어, 라고 규호가 말했다. 잠깐 자신의 목소리로 돌아온 규호는 맥주를 한 모금 마셨다.

한 45분쯤 걸릴 겁니다. 왜냐하면 그 시간 동안 전날 뉴스를 다운받아서 보거든요. 저는 매일 저녁 6시에 술을 마십니다. 오늘의 뉴스를 하기 전이니까 전날 뉴스를 다운받아서 보는데, 전날의 뉴스나 오늘의 뉴스나 별로 다를 게 없지만 전날의 뉴스를 보면 저건 이미 지나간 일이구나, 그런 생각이 드니까 화가 덜 납니다. 내일의 날씨를 보면서 잠이 들 때가 많습니다. 전날 뉴스에서는 내일의 날씨이지만 저는 오늘 그 날씨를 이미 겪었기 때문에 관심이 없어져서 그런 건지도 모르겠습니다. 나는 이미 오늘의 날씨를 알고 있는데, 저 사람들은 내가 아는 얘기를 뒤늦게 하고 있구나 그런 생각이 드니까 화가 안 나고 잠이 오는 겁니다. 생각해보니 스포츠 뉴스는 본 적이 없습니다. 날씨가 끝나고 스포츠 뉴스를 한다는 것도 한참 후에 알았습니다. 일주일 전에 술을 마시고 있을 때 이런 소리를 들었습니다. 찢어지는 목소리였습니다. 여자가 갑자기 '살려주세요'라고 소리를 지르는 겁니다. 제가 살고 있는 곳은 복도가 아주 기다란 원룸인데요, 이 지역의 특성상 대부분 직장인들이 살고 있어서 낮에는 사람들이 거의 보이지 않습니다. 그런 소리가 들리는 게 이상한 겁니다. 저녁 7시가 넘어서야 사람들이 북적이는 곳입니다. 저는 처음에는 환청을 들었나, 아니면 뉴스에서 들리는 소리였나, 싶어서 뉴스를 멈췄습니다. 다시 한번 그 소리가 들렸습니다. '사, 살려주세요'라는 소리가 또렷하게 들렸습니다. 분명 복도 끝 어딘가에서 나는 소리였습니다. 저는 이미 취해 있었기 때문에 그 소리가 실제 있었던 것인지 솔직히 자신할 수는 없습니다. 원저 12년산 병이 거의 바닥을 드러낼 때쯤이었으니까 6시 40분쯤이었을 거고, 저는 거의 가득 취해 있었습니다. 저는 너무 취해 있어서 나갈 자신이 없었습니다. 그래, 누군가 나가보겠지, 가까이에 살고 있는 사람이 나가보겠지, 멀리서 나는 소리니까 내가 가기엔 너무 멀겠지, 그런 생각을 했습니다. 나간다고 해도 만취한 상태로 누군가를 구할 수 있을 것 같지도 않았습니다. 일단 복도로라도 나가봐야 했지만 저는 자신이 없었습니다. 살려달라는 소리는 더이상 들리지 않았습니다. 어쩌면 일이 잘 해결된 것일까. 그냥 그런 생각을 하다가 잠이 들었습니다. 새벽 3시에 잠에서 깼습니다. 보통 그때쯤 잠에서 깹니다. 일하러 나갈 준비를 해야 하니까요.

어떤 일을 하는데?

정윤이 물었다.

그런 건 서로 안 물어봐.

규호가 대답했다.

하긴 그렇겠다.

그래도 둘이 술 마실 때 나한테는 얘기했어. 동대문 근처에서 큰 옷 가게를 한대.

큰 옷 가게라…… 어떤 사람인지 잘 모르지만 어쩐지 어울리네. 커피 한 잔 더 마셔도 돼?

마셔. 그런 걸 왜 자꾸 물어봐.

자기 혼자 마셔서 심심할까봐.

규호는 탁자 위의 벨을 눌러서 맥주와 커피를 주문했다. 종업원을 다시 부르더니 소주 한 병도 추가했다.

소주는 왜?

맥주가 밍밍해.

에이, 섞어서 마시지 마.

괜찮아, 이 정도는.

맨날 괜찮다지. 자기 요새는 거꾸로 구구단 안 해?

구구단?

전에는 거꾸로 구구단 하면 술 마시는 거 참을 수 있다고 했잖아. 구구 팔십일, 구팔 칠십이, 구칠 뭐지?

그만해. 머리 아파.

종업원이 소주 한 병과 소주잔 두 개를 탁자 위에 올려놓았다. 규호는 소주를 따서 생맥주에 부었다. 잔 한가운데서 작은 일렁임이 생겼다가 곧 잠잠해졌다.

어디까지 얘기했지?

규호가 생맥주 한 모금을 마시고는 만족스러운 표정을 지었다.

응, 일하러 나가야 한다.

정윤이 대답했다.

응, 일하러 나가려고 깼는데 이상한 일이 생겼대. 피존이 이렇게 말했어.

새벽 3시에 잠에서 깼는데 이상하게 그 목소리가 계속 귓속에 남아 있는 겁니다. 바깥에서가 아니라 제 귓속에서 소리가 시작되고 있었습니다. 저는 준비를 마치고 원룸 복도로 나섰습니다. 조용했습니다. 원룸 복도가 한 50미터쯤 될 텐데요, 그날은 더 길게 느껴졌습니다. 끝이 보이지 않는다는 기분이었습니다. 먼 쪽 복도에서 수명이 다한 형광등 하나가 깜빡이고 있었고, 누가 쏟았는지 검은 봉지와 과자 부스러기와 먹다 남은 생수병이 떨어져 있었습니다. 더이상 사람이 살지 않는 폐허 같기도 했습니다. 살려달라는 여자의 목소리는 어디서 난 것일까요? 저는 그게 궁금했지만 알 길이 없었습니다. 저는 복도 끝까지 가보기로 했습니다. 문 같은 데 어떤 표식이 있을지도 모르고, 바닥에 어떤 흔적 같은 게 있을지도 모르지 않습니까. 복도와 복도 양쪽으로 달린 문들을 자세히 살피면서 걸어가는데 계속 귓속에서 여자의 비명소리가 들렸습니다. 살려주세요, 라는 비명의 메아리가 계속 들렸습니다. 후회됐습니다. 술에 취했어도 나가봤어야 하는 건데, 어떤 일이 생긴 것인지 확인했어야 했는데, 저 자신이 원망스러웠습니다. 그렇게 계속 걸어가고 있는데 오른쪽 문 너머에서 어떤 인기척이 들렸습니다. 제 착각일 수도 있습니다. 누군가 문을 긁고 있는 것 같았습니다. 저는 문에다 귀를 갖다 댔습니다. 분명히 무언가 바스락거리는 소리가 들렸습니다. 문에다 귀를 대고 있는데 천장에 매달린 CCTV가 보였습니다. 제 모습이 화면에 어떻게 보였을까요. 도둑놈처럼 보이지 않았을까요. 엘리베이터를 타고 내려가면서, 아, 제가 사는 층은 5층입니다, 엘리베이터에서 이런 생각이 들었습니다. CCTV가 내 모습을 찍을 수 있다면 그 여자의 모습도 찍었을 거라는, 저녁 6시 40분에 무슨 일이 일어났는지도 찍었을 거라는 생각이 들었습니다. 저는 경비실로 가서 물어보기로 했습니다.

그런 거 잘 안 보여줄 텐데? 봤대?

피존 말로는 경비가 자고 있었대.

경비가 자? 그게 무슨 경비야?

규모가 작은 원룸들은 그래. 2교대나 말뚝박기로 경비를 서니까 새벽 되면 대체로 다 뻗어.

그래?

나도 경비를 서봐서 알잖아.

자기가? 처음 듣는 얘기네.

한 3개월 근무했나. 소주 한잔 마시다가 관리실 보스한테 걸려서 잘렸지. 개새끼.

개새끼가 뭐야, 자기가 잘못했으면서.

뭘 잘못해. 소주 반 병밖에 안 마셨어.

술 마시는 거 자체가 잘못된 거지.

소주 반 병이 술이야?

그럼 물이야?

술은 물보다 강합니다. 물은 몸에 에너지를 주지만, 적당한 술은 우리의 몸에 초능력을 줍니다.

그것도 피존씨가 한 말이야?

빙고. 술 취해서 가끔 명언을 남기는 거 보면 확실히 술이 초능력을 주긴 하나봐.

자기야, 그건 초능력이 아니라 이성을 상실하는 거야.

이성을 상실하는데 그렇게 멋진 말을 남겨?

그게 뭐가 멋져, 자기가 술 마실 핑계를 대고 싶으니 멋져 보이는 거지.

그날 일을 마치고 돌아오는 길에 경비실에 들렀습니다.

피존씨 다시 등장하는 거야?

네가 자꾸 시비 거니까 본론으로 돌아가려는 거야.

돌아가, 그럼.

이야기 듣기 싫어?

아냐, 얘기해. 경비실에 가서 영상 봤대?

경비실에 들렀습니다. 어제 5층에서 무슨 일 없었는지 경비에게 물어봤더니, 제 얼굴을 빤히 쳐다보면서 왜 그러냐는 겁니다. 5층에 살고 있는데 바닥에 뭐가 많이 떨어져 있길래 무슨 일이 있었나 싶었다고 둘러댔습니다. 경비의 눈빛이 잠깐 흔들리는 걸 본 것 같기도 하고, 아닌 것 같기도 했습니다. 경비는 아무 일 없다고 잘라 말하고는 창문을 닫아버렸습니다. 갑자기 새벽의 제 행동이 생각났습니다. 혹시 경비가 CCTV를 통해 저를 본 것은 아닌지, 문에다 귀를 대고 서 있는 저를 본 것은 아닌지, 그래서 저를 의심하는 것은 아닌지, 온갖 생각이 동시에 떠올랐습니다. 저는 다시 새벽의 일을 후회하기 시작했습니다. 복도의 끝까지 간 게 잘못이었습니다. 경비는 분명 뭔가를 숨기는 것 같았습니다. 저는 방으로 들어가 샤워를 한 다음 편의점에서 사온 윈저 12년산을 탁자 위에 올려놓았습니다. 숨기는 게 뭐였을까, 계속 그걸 생각했습니다. 이미 저에 대해 조사를 끝낸 것은 아닐까, 그래서 경비도 나를 그런 눈빛으로 본 게 아닐까, 그런 생각이 들었습니다. 저는 다시 한번 복도 끝의 방에 가고 싶었지만 차마 그럴 수 없었습니다. CCTV가 보고 있다는 걸 잘 알고 있었기 때문입니다. 저는 모든 걸 잊고 싶어서 윈저 12년산을 마시기 시작했습니다. 뉴스를 틀었다가 껐습니다. 전날의 뉴스는 더이상 보고 싶지 않았습니다. 뉴스를 틀어놓으면 다른 소리를 들을 수 없을 것 같았습니다. 이상한 일이었습니다. 깨어 있고 싶으면서도 한편으로는 취해서 잠들고 싶었습니다. 술을 마시면서도 깨어 있고 싶었습니다. 살려달라는 목소리가 들리면 반드시 뛰어나가고 싶었습니다. 뛰어나가서 그 여자를 구해내리라 마음먹었습니다. 꺼진 텔레비전을 들여다보는데 옆에 끼워두었던 지그소 퍼즐 박스가 눈에 들어왔습니다. 저기 지그소씨가 전에 선물해준 것인데요, 지그소씨에겐 미안하지만 난이도가 너무 높아서 일찌감치 포기한 것이었습니다. 에펠탑 사진이 담긴 2천 조각 퍼즐이었습니다. 저는 위스키를 마시면서 퍼즐을 맞추기로 마음먹었습니다. 탁자 위 잡동사니들을 깨끗하게 쓸어버리고, 위스키 잔 하나와 퍼즐 조각만 남겨두었습니다. 퍼즐을 다 맞추면 술을 끊자, 갑자기 그런 생각이 들었습니다. 저 자신이 너무 지긋지긋했습니다. 저는 위스키를 마실 때마다 창문을 꼭 걸어 잠급니다. 술에 취해서 저도 모르게 뛰어내릴까봐서요. 제가 비집고 나갈 수도 없을 만큼 작은 창문인데도 매번 창문을 잠갔습니다. 비겁한 제가 부끄러웠고, 소심한 제가 창피했습니다. 술을 정말 끊고 싶었습니다. 낮에도 손님이 없을 때면 술을 마셨으니, 하루종일 취해서 지냈던 셈입니다. 주방 싱크대에다 먹을 걸 넣어두고 그걸 까맣게 잊고 있다가 1년 후에야 갑자기 생각난 것 같은 기분이었습니다. 얼마나 썩어 있을까요. 문을 열면 바퀴벌레와 온갖 벌레들이 음식물을 뜯어먹고 있는 건 아닐까요. 음식물이 이상한 생명체로 변한 것은 아닐까요. 부풀어올라서 싱크대 아래 칸을 가득 채우고 있는 것은 아닐까요. 저는 문을 열기가 두려웠습니다. 싱크대 문을 열 수 없는 것처럼 저도 제 안을 들여다보기가 겁이 났습니다.

우와, 자기 어떻게 그런 얘기를 다 기억해?

물론 내가 약간의 문학적 양념을 더하긴 했지.

얼마나?

피존이 했던 말의 본질을 해치지 않는 정도로.

멋있는 말이네.

뭐가?

자기가 방금 했던 말.

내가 뭐라 그랬지?

이제 그만 마셔.

소주 한 병만 더 타서 마실게. 이거까지만 마시고 가자.

생맥주에다 소주 타서 마시면 앞으로 열 잔은 더 마셔야겠다. 그만 마셔.

안 돼. 이거까지만 마실게. 이야기도 좀더 남았고.

자기, 대체 왜 그렇게 술을 많이 마셔.

넌 몰라.

뭘 몰라.

술을 안 마시면 자꾸 꿈을 꾸거든.

무슨 꿈?

나쁜 꿈. 몹시 나쁜 꿈.

꿈을 안 꾸려고 술을 마시는 거야?

술을 어중간하게 마시면 꼭 그 꿈을 꿔. 기분 나빠지니까 꿈 얘기 하기 싫고, 아무튼 제대로 술을 마셔야 꿈도 안 꾸고 푹 잘 수 있어.

그렇게 생각하니까 술을 못 끊는 거야.

다르게 생각할 수가 없어.

다른 꿈을 꿔 봐.

그게 내 마음대로 되면 진작 꿈을 바꿨지. 나라고 물에 빠지고 피가 뚝뚝 떨어지는 꿈을 꾸고 싶겠냐. 안아달라고, 건져올려달라고 팔을 내미는데 팔이 뻗어지지 않는 꿈, 내가 겨우 힘들게 상대방의 팔을 잡으면 어떻게 되는지 알아? 전부 마네킹들이야. 나를 잡아올려주는 손들이 뚝뚝 부러지면서 나는 저 아래로 끝없이 떨어져. 그 기분은 진짜 아무도 몰라.

알았어, 그래, 안 그렇게, 술 마셔, 자기가 알아서 해야지 뭐.

저거 봐, 내가 필요하다고 말할 때마다 빠지는 거 봐.

이규호, 그럼 나보고 어떡하라고. 이래도 안 되고, 저래도 안 되고.

피존이 했던 말 중에 확실하게 술 끊는 두 가지 방법 생각난다.

뭔데?

첫째는 죽을힘을 다해 참는 거고, 둘째는 그냥 죽는 거.

자기 진짜 못 말리겠다. 말을 왜 그런 식으로 해?

내가 우습게 보이지?

왜 또 그래?

내가 우습게 보이니까 계속 네가 그러는 거 아냐.

내가 뭘 어쨌는데?

눈빛에 다 보여. 내가 그 눈빛 때문에 얼마나 무서웠는지 알아?
눈빛에서 '나가 죽어라, 주정뱅이야' 이런 말이 보여.

나 갈게. 혼자 술 많이 드시고 와. 더는 안 되겠다.

알았어, 안 그렇게, 가지 마.

이러려고 나 불러냈니? 오랜만에 할 이야기 있다고 불러내서,
좀 멀쩡할 줄 알았더니, 너 똑같구나, 이규호.

알았어, 안 그렇게. 그냥 좀 안아주면 안 되냐?

뭘 어떻게 안아줘. 온몸에 가시가 돋아 있는데.

알았어, 안 그렇게. 앉아봐. 응? 내가 잘못했어.

규호는 정윤의 팔을 끌어당겼다. 정윤은 잠시 망설이다 규호 앞

에 있는 소주병에 술이 얼마 남지 않은 걸 보고 다시 자리에 앉았다. 새로운 소주를 주문한다면 곧바로 일어나겠다고 마음먹었다. 정윤은 규호의 술버릇과 술 마시는 패턴을 누구보다도 잘 알고 있었다. 아직까지는 괜찮았다. 정윤은 자리에서 일어나야 할 시점과 규호를 버리고 떠날 수밖에 없는 시점을 잘 알고 있었다. 너무 일찍 일어난다면 규호가 끈질기게 따라붙을 것이고, 너무 늦게 일어난다면 규호가 저지르는 일들을 고스란히 지켜보고 처리해야 할 것이다. 오랜 시간 수많은 일들로부터 얻은 계산법이었다.

피존이랑 둘이 남아서 술 먹은 날, 내 문에 손대지 말라고 한 날, 결국 파출소까지 갔었는데, 거기서도 아주 장관이었지.

파출소는 왜 갔어?

포장마차에서 싸움이 붙었는데, 아니 씨발, 싸움도 아니지. 옆 테이블에서 피존보고 뭐라고 했는데, 피존이 조용히 가서 탁자를 엎어버렸어. 미친 개새끼들이 경찰에 신고했고.

자기도 따라갔어?

나도 갔지. 혼자 두고 도망갈 사람이 아니잖아, 내가. 의리가 있잖아.

그렇지, 의리 있지. 술 먹는 의리.

피존이 조사 받을 때 옆에 앉아 있었는데, 완전히 멀쩡하더라고. 경찰이 묻는 말에 조용조용 대답하는데 이상하게 막 살벌한 거 있지. 그런 거 있잖아, 킬러들이 얼굴색 하나 안 변하고 사람 죽일 때

표정. 소주를 진짜 많이 마셨는데도 멀쩡하더라고.

옆자리 탁자는 왜 엎으셨어요?

경찰이 피존에게 물었어.

엎어야 할 술자리였습니다.

피존이 그렇게 말하더라고.

심플하네.

정윤이 말했다.

제가 그렇게 말해줬습니다. 고통에 대해서 함부로 말하지 말라고, 절대 함부로 말하지 말라고, 그 얘길 해줬습니다.

그게 무슨 소리예요, 여기서 지금 고통이 왜 나옵니까?

경찰이 소리를 지르더라고.

옆자리에서 뭐라고 그랬는데?

정윤이 물었다.

나도 자세히는 못 들었는데, 저런 새끼들은 디룩디룩 살쪄서 며칠 굶어도 끄떡없을 거라고, 살찐 새끼들한텐 고통이 뭔지, 못 먹는 게 뭔지 알려줘야 한다고, 그랬나봐.

탁자 엎을 만했네. 피존씨 잘했네.

정윤이 손바닥이 닿지 않는 가짜 박수를 치며 피존을 응원했다.

저는 후회 안 합니다. 저를 풀어주시면, 저는 또 엎을 겁니다.

피존이 또박또박 말했어.

아, 이 아저씨가 막 나가시네, 여기 경찰서예요, 경찰서.

경찰이 나중에는 혀를 차면서 말하더라고.

경찰관님, 고통 같은 것은 말입니다, 절대 얼굴에 드러나지 않습니다. 아십니까? 그게 다 어디 붙는지 아십니까? 알코올에 달라붙어서 말입니다. 살에도 붙고, 조각조각 나서 뇌에도 붙고, 또 내보내려고 해도 손톱 발톱 그렇게 안 보이는 데 숨어살면서요, 조용히 있다가 중요한 순간이 되면요, 제 뒤통수를 후려치고요, 그러는 겁니다.

피존이 그렇게 말한 거야, 아니면 지금 자기가 취해서 혀가 꼬이는 거야?

정윤이 규호의 눈을 들여다봤다. 규호의 눈은 발갛게 충혈되어 있었다. 규호가 고개를 숙이며 정윤의 눈을 피했다.

맺힌다는 게 뭔지 알아?

규호가 혼잣말처럼 바닥에다 이야기했다.

맺힌다고?

정윤이 되물었다.

아, 아니지, 피존 말투로 해야지. 흐, 미안, 정윤아, 다시 물어볼게.

맺힌다는 게 어떤 건지 아십니까? 자, 여기 술잔을 잡아봅니다.

규호가 헛손질을 하다가 겨우 술잔을 잡았다.

여기에 왜 맺히는지 압니까? 이것은 온도 차이 때문입니다. 나는 차가운데, 바깥은 차갑지 않아서, 나는 아픈데, 바깥은 하나도 아프질 않아서, 그래서 이렇게 맺히는 겁니다. 그래서 저는요, 술을 마십니다.

규호는 피존의 말을 마치고 남은 생맥주를 모두 마셨다.

경찰한테 그렇게 말했다고?

아니, 이 얘긴 더 옛날에 한 거지. 경찰서 가기 전에, 아주 아주 아주 옛날에.

자기 이제 진짜 그만 마셔야겠다.

에이, 아냐 아냐 아냐. 아직 끄으으떡 없습니다.

규호는 생맥주 한 잔을 다시 주문했다. 생맥주가 도착하자 그 위에다 소주를 부었다. 남은 소주 반 병 정도를 모두 붓자 생맥주가 조금 넘쳤다. 보고 있던 정윤이 고개를 저으며 일어날 준비를 했다.

사실은…… 며칠 전에 전화가 왔어.

어디서?

알코올중독자 모임에서.

왜? 무슨 일인데?

피존씨가 죽었대.

응?

피존씨가 죽었다고.

그게 무슨 소리야?

원룸 탁자에 엎어져서 죽어 있었고, 탁자 위에는 위스키 두 병이랑 거의 다 맞춘 퍼즐이 있었다고. 왜 죽었는지 알 수 없지만 심장마비일 거 같다고 그랬어. 씨발, 왜 죽었을까. 진짜 심장마비일까.

자기 괜찮아?

정윤아.

응.

나한테 울지 말라고 해줘라.

무슨 소리야.

네가 울지 말라고 하면 안 울 거 같아서.

울지 마.

울면 네가 한 대 세게 쳐줘.

내가 자기를 왜 쳐.

피존씨랑 나랑 같은 게 있었어. 알코올중독자 모임 가입할 때 자신의 증세에 대해서 적는 게 있거든. 술을 마시면 어떤 기분이 듭니까? 이런 항목인데, 몸이 공중에 붕 뜨고, 무중력 상태를 체험하는 것 같습니다. 이렇게 적었거든. 나중에 얘기 들어보니까 피존씨도 똑같이 적었더라고. 술을 마시면 잡고 싶은 게 없어져. 땅 위에 붙어 있는 게 다 의미 없어 보이고, 다 놓아버리고 싶고 그래.

피존씨한테 갔다 왔어?

아니, 못 가겠어.

그래, 그럼 가지 마.

너한테 피존씨 얘기 하고 싶었어. 얘기할 사람이 너밖에 없더라.

잘했어. 안됐네, 그 사람.

그치, 안됐지. 나 소주 한 병 더 시켜도 돼?

안 돼.

생맥주는 한 잔 더 시켜도 돼?

알았어.

규호는 벨을 눌러 생맥주를 주문했다. 규호는 입술을 내밀어 생맥주의 거품을 빨아들였다. 정윤은 벽에 걸린 시계를 들여다봤지만 시간을 알 수 없었다. 술집에 걸린 시계는 7시에 멈춰 있었다. 언제부터 저렇게 멈춰 있는 것인지, 오늘 저녁 7시에 멈춘 것인지, 한 달 동안 계속 7시였던 것인지 알 수 없었다. 휴대전화기를 꺼내 시간을 확인하고 싶었지만 그러면 다시 규호가 신경을 쓸 것 같았다. 규호는 맥주를 마셨다. 건너편에 있던 여자가 커다란 휴대전화기를 들 때 정윤은 시간을 보았다. 뒷자리는 보지 못했고 밤 11시가 지났다는 사실만 확인했다. 몇 분 지나지 않았는데 규호의 맥주가 거의 바닥을 보였다.

그 남자는 어떻게 됐을까?

정윤이 식은 커피를 마시면서 말했다.

어떤 남자?

규호는 맥주를 아껴 마시며 말했다.

피존씨가 얘기했다는 그 사람, 버스표 끊고 멀리 간 사람.

글쎄, 뒷얘긴 나도 모르겠네. 이젠 물어볼 사람도 없고.

완전히 새로운 삶을 살기란 쉽지 않겠지? 신분증 같은 것도 문제일 테고, 직장을 구하기도 힘들 거고…… 그치?

어디 깊은 산속에 들어가서 농사지으며 살면 되겠지.

그게 말처럼 쉽나.

나야말로 그렇게 사라지고 싶다. 펑, 하고 사라지고 싶다.

이제 가야 되겠다.

응?

나 이제 들어가야 된다고.

벌써?

뭐가 벌써야. 안 가?

나는 잠깐 앉아 있다가 갈게.

혼자?

혼자.

술 더 마시려고 그러지?

딱 한 잔만 더 마시고 갈게.

혼자 무슨 재미로 마셔?

지금까지도 계속 혼자 마셨는데 뭐.

많이 마시지 마.

그렇게 걱정되면 더 앉아 있든가.

됐어, 갈래.

한 번만 안아주고 가라.

지금까지 마신 건 내가 계산하고 갈게.

정윤은 클러치백을 들고 일어섰다. 짙은 파란색 가죽 클러치백이었다. 규호는 정윤의 얼굴을 보지 않고 클러치백을 계속 봤다. 클러치백을 봤다기보다 눈높이를 바꾸지 않은 거였다. 규호는 멍하니 자신의 앞을 보고 있었다. 정윤은 손을 들어 인사를 한 다음 계산대에서 카드로 술값을 계산했다. 정윤은 밖으로 나서기 전 규호를 보았다. 규호는 여전히 멍한 눈빛으로 자신의 앞만 바라보고 있었다. 정윤은 입을 굳게 다물고 좌우로 고개를 흔들며 밖으로 나갔다.

규호는 정윤이 가고 난 의자를 계속 보았다. 정윤이 누르고 있던 의자 등받이의 천이 아주 천천히 되살아나는 모습을 보고 있었다. 규호는 생맥주와 소주 한 병을 주문했다. 소주 두 잔 정도의 양을 생맥주에다 부었다. 의자 등받이의 천은 아직도 복구되는 중이었다. 규호는 소주잔에도 소주를 따랐다. 정윤이 앉아 있던 자리의 커피잔을 옆으로 치우고, 거기에 소주잔을 놓았다. 규호는 혼자 술을 마실 때면 늘 그러곤 했다. 거기 누가 있기라도 한 것처럼, 누가 있었으면 좋겠다는 마음으로, 그러곤 했다. 규호는 소주를 탄 생맥주를 마셨다. 의자의 천을 계속 보았다. 계속 보니 거기 누가 앉아 있는 것 같기도 했다. 어디선가 바람이 불어와서 땅콩 껍질이 허공에 날렸다. 자신의 몸도 공중으로 붕 떠오르는 것 같았다. 규호는 양손으로 맥주잔을 꼭 쥐었다.

뱀들이

있어

지진으로 인한 사상자는 200명이 넘었다. 텔레비전 뉴스에서는 정확한 명단을 확인하지 못한 채 침통한 목소리로 "200명이 넘는 시민이……"라는 말만 반복했다. 추측과 예상뿐이었다. 아나운서의 목소리가 화면에서 터져나오는 비명소리와 겹쳤다. 때로는 묻혔다. 여자와 아이들의 날카로운 울음소리가 유독 크게 들렸다. 지진의 강도는 6.8, 진원의 깊이는 땅속 25킬로미터이며, 사상 최대의 강력한 지진이라고, 목소리가 잔뜩 가라앉은 남자 리포터가 반복했다. 더 할 수 있는 말이 없으니 같은 정보를 되풀이하는 수밖에 없었다. 새로운 정보가 하나씩 추가될 때마다 되풀이하는 내용이 늘어났다. 사망자가 최소 50명이 넘을 것이라고 얘기했다가, 아니, 70명일 것으로 추측된다고 얘기했다가, 부상자는 훨씬 더 많을 것이라는 뻔한 정보를 이야기 속에 욱여넣었다.

텔레비전을 보면서 밥을 먹고 있던 정민철은 젓가락으로 김치를 집어들다가 몸이 굳었다. 화면 속에 잘 알고 있는 동네가 보였다. 잘 알고 있는 동네지만, 잘 모르는 동네처럼 보였다. 마음에 들지 않아 찢어버린 사진처럼 예전에 알던 동네가 갈기갈기 조각나 있었다. 조각과 조각이 화면 속에 다 보이지 않아서 이어붙여볼 수 없었다. 텔레비전 화면이 동네만큼 크다면 풍경을 이어붙일 수 있을 텐데 화면은 계속 흔들렸고, 화면 속 풍경도 끊임없이 흔들렸다. 재해본부에서는 몇 차례의 여진이 올 가능성에 대해 말했다. 화면이 흔들리는 게 여진 때문인지는 알 수 없었다. 거기 있는 사람들이 지금 죄다 흔들리고 있는 것인지도 모르겠다고 정민철은 생각했다. 순댓국밥집 손님들은 몇 마디 탄성을 지르면서 계속 밥을 먹었다. 계산대에 앉은 주인은 리모컨을 꼭 쥐고 입을 벌린 채 텔레비전에서 눈을 떼지 못했다.

정민철은 식당에서 나와 공원 의자에 앉았다. 김우재에게 전화를 걸어볼 생각이었다. 받지 않는 경우도 생각해야 했다. 다른 일 때문에 받지 못할 수도 있었다. 전화를 받고 싶지 않은 상황이어서 받지 못하는 것일 수도 있었다. 자신의 이름이 액정에 뜬 걸 보고 받지 않을 수도 있고, 다쳤을 수도 있고, 김우재가 다친 게 아니라 주변 사람이 다친 것일 수도 있고, 주변 사람이 다친 것 때문에 휴대전화를 사용해야 할 수도 있고, 지진 때문에 휴대전화가 망가졌을 수도 있고, 통화량이 많아서 연결이 되지 않을 수도 있었다. 이유가 어찌됐든 전화를 받지 않는 순간, 정민철의 걱정이 시작될 것이다. 정민철은 수많은 경우의 수를 생각하느라 맨 처음 생각했던 경우가 어떤 것인지도 기억하지 못했다.

정민철은 전화기를 손에 쥐고 바라보기만 했다. 휴대전화 액정에 파란 하늘이 비쳤다. 파란 하늘 속에서 갑자기 아버지라는 이름이 튀어나왔다. 정민철은 전화를 받았다. 아버지 역시 지진 뉴스를 보고 많이 놀란 눈치였다. 전화를 걸어놓고도 한동안 말이 없었다.

"다친 친구들은 없어?"

"아버지 친구들 중에는 다친 분 없어요?"

"나야 새 여자 만나서 도망쳐나온 사람인데, 친구가 남아 있겠냐."

"고향이잖아요."

"그런 거다. 고향이란 게, 밀려나면 못 돌아가."

"친구분들한테 연락해보세요."

"가게에 손님은 좀 있냐?"

"예, 그럭저럭요."

"그럭저럭이 뭐냐. 좀더 악착같아야 살아남지. 너는, 매사에 그렇게 흐리멍덩해서 장사가 되겠냐."

"알았어요."

"말로만 알았다고 하지 말고."

"예, 끊을게요."

정민철은 전화를 끊고 엄지손가락으로 액정에 묻은 먼지를 쓸어 냈다. 손가락의 기름기 때문에 오히려 미끈거리는 먼짓길이 생겼 다. 기름기를 없애려고 다시 손가락으로 문지르자 더욱 복잡한 길 이 생겼다. 티셔츠 자락으로 휴대전화를 깨끗하게 닦았다.

"인마, 친구들 잊어먹으면 안 된다."

김우재의 목소리가 들렸다. 김우재가 전화할 때마다 늘 하던 말 이었다. 정겨운 말이기도 했고, 짜증나는 말이기도 했다. 친구를 위한 말처럼 들리기도 했지만 훈계처럼 들릴 때도 많았다.

정민철의 집은 5년 전, 정민철이 스물다섯 살 되었을 때 서울로 이사를 왔다. 이사 오기 며칠 전 동네 친구들이 해준 환송회 때 김 우재는 평소와 달리 말이 많았다. 여러 번 건배 제의를 했고, 술을 많이 마셨다. 친구들이 하나둘 고향을 떠나는 것 같다며 울적해하 다가도, 말년에는 친구들이 모두 고향에 모여 작은 마을을 만들면 어떻겠냐는 이야기도 했다. 다른 친구들도 술에 취해서 모두 그러 자고 했다. "자주 연락하고 지내. 바빠도 친구들 잊어먹지 말고." 김우재는 술에 취해 같은 말을 여러 번 반복했다.

정민철은 여러 번 망설인 끝에 김우재에게 전화를 걸었다. 연결 이 되지 않았다. 정민철은 괜히 전화를 걸었다는 생각이 들었다. 연결될 때까지, 김우재의 목소리를 들을 때까지, 하루종일 전화를 붙들고 있을 자신의 모습이 떠올랐다. 통화량이 많아서 그런 것이 라고, 지금쯤 수많은 사람들이 전화를 걸고 있을 것이라고 생각했지만 조급함은 사라지지 않았다.

서울로 떠난 정민철은 5년 동안 한 번도 고향에 내려가지 않았다. 내려가기 싫기도 했고, 시간도 없었다. 그야말로 살아남기 위해 열심히 일했다. 정민철은 컴퓨터 하드디스크를 만드는 회사에 들어갔다가 2년 만에 퇴사한 후 아파트 단지 상가에 작은 컴퓨터 가게를 열었다. 컴퓨터에 관련된 거의 모든 일을 하는 가게였다. 마우스나 키보드 같은 소모품도 팔았고, 컴퓨터 출장 수리도 했으며, 스캔, 복사, 팩스 등의 업무를 대신 처리해주는 일도 했다. 아침 7시에 문을 연 다음 밤 12시까지 가게를 지켰다. 아침이면 중고등학생들의 노트를 복사해줬고, 11시쯤에는 컴퓨터 수리를 부탁하는 곳에 출장을 다녀왔다. 오후에는 노트북을 고치려고 들고 오는 손님들이, 저녁에는 USB메모리 같은 액세서리를 사러 오는 손님들이 많았다.

정민철은 손님이 뜸한 저녁 시간을 이용해 오래전부터 꿈꾸어오던 게임 개발을 시작했다. 세상을 깜짝 놀라게 할 만한 롤플레잉 게임을 만들고 싶었던 적도 있었지만, 이제는 간단한 휴대전화 게임을 만드는 정도로 꿈이 줄어들었다. 줄어들었어도 쉽게 이룰 수 있는 꿈은 아니었다. 게임의 규칙을 정하고, 캐릭터를 만들고, 애플리케이션 게임 만드는 법을 공부하면서 밤마다 차근차근 새로운 세상을 만들어갔다. 정민철은 규칙적인 낮의 세계와 변수로 가득한 밤의 세계의 불균형 덕분에 지루할 새가 없었다.

가게로 돌아온 정민철은 인터넷으로 업데이트되는 지진 관련 기사를 보았다. 포털이든 게시판이든 어디에나 지진 관련 기사였다. 지진이 발생하는 이유에 대한 과학전문기자의 기사와 지각판이 이동하고 있다는 지진 전문가의 칼럼과 '우리도 이제 지진 안전지대가 아니다'라는 취재 기사가 사상자 속보를 기다리는 사람들의 초조한 시간을 메워주었다. 정민철 역시 궁금해서 몇 줄 읽어보았지만 대부분 이해할 수 없는 이야기들뿐이었다. 판구조론이니, 맨틀이니, 구텐베르크 불연속면이니, 어려운 용어들을 몇 개 읽고 나니 지진에 대해 알고 싶은 마음이 사라졌다.

"땅속에는 산보다도 더 커다란 뱀들이 살아."

오래전에 들었던 할머니의 이야기가 어디선가 튀어나와 컴퓨터 모니터를 덮었다.

"에이, 그렇게 큰 게 어딨어. 할머니 순 뻥쟁이."

누워 있던 아이 정민철이 고개를 들며 퉁명스럽게 대꾸했다. 할머니는 손바닥으로 아이의 이마를 지그시 누르며 다시 눕혔다.

"우리 꼬맹이, 지진이라는 말은 들어봤어?"

"응, 학교에서 배웠어. 땅이 흔들리고 건물이 막 넘어지고 그런 거."

"땅속에 있는 뱀들이 몸을 뒤틀면 온 세상이 흔들리는 거야. 쿵, 쿵, 쿵, 뱀들이 날뛰면 아무도 못 말려."

"뱀들이 왜 몸을 뒤틀어?"

"화나는 일이 있으니까 그러지."

"왜 화가 나?"

"자, 들어봐, 옛날 옛날 얘기야. 산이 높은 것처럼 땅속 깊은 곳엔 뱀들이 살고 있었어. 어느 날 그 뱀들이⋯⋯"

정민철은 할머니의 목소리를 들으면서 잠이 들었다. 방학 때면 늘 그랬다. 할머니는 밤마다 기묘한 옛날이야기를 하나씩 해주었는데, 정민철의 기억에 남은 이야기는 별로 없다. 분위기만 또렷하게 남아 있다. 불이 다 꺼진 시골집의 어둠 속에서 할머니의 목소리는 땅에서 솟아오르는 것 같았다. 지상의 목소리 같지 않았다. 할머니 덕분에 지진을 떠올리면 땅속의 뱀들이 생각나고, 귀신을 떠올리면 고무신이 생각나고, 쟁반을 보면 구슬이, 호랑이를 보면 콩떡이 떠올랐다.

인터넷에 속보가 늘어나면서 거대한 재난의 실체가 조금씩 드러나고 있었다. 정확한 사고 지점은 어디인지, 어떤 사람들이 죽었는지, 현재 상황은 어떤지, 지진으로 생겨난 거대한 흙먼지가 조금씩 걷히듯 빠르게 날아온 속보는 진상을 덮고 있던 흙더미를 천천히 걷어냈다. 정민철은 저녁때까지 계속 인터넷을 들여다보았다. 지진이 난 장소는 분명 자신이 살던 곳이었고, 친구들이 살고 있는 곳인데, 공포가 실감되지 않았다.

지진이 일어난 곳은 정민철의 고향 한복판이었다. 인구 15만 명 정도의 소도시였지만 시내에 주요 시설이 밀집돼 있어 지진의 피해가 더욱 컸다. 영화관이 있는 5층 상가에서 가장 큰 피해가 발생했고, 은행, 슈퍼마켓 등에서도 많은 부상자가 나왔다. 김우재의 옷가게는 5층 상가와 가까운 곳에 있었다. 가보지는 못하고 전화로 위치만 들었지만 어디쯤인지 훤히 알 수 있을 만큼 시내는 작았다. 김우재가 전화를 걸어 "가게가 어디냐면, 우리 자주 가던 정육식당이랑 창범이네 만둣가게 사이에 있는 골목 알지? 그 골목에 들어서자마자 왼쪽 첫번째 건물 1층 가게야. 어딘지 알겠지?"라고 하는데, 거기에 함께 서 있는 것 같았다. 정민철은 김우재에게 다시 한번 전화를 걸었다. 여전히 연결되지 않았다.

4년 전, 옷가게를 열었다는 김우재의 전화를 받았을 때 정민철은 마음이 복잡했다. 축하부터 해주고 싶었는데, 가장 먼저 떠오른 감정은 질투였다. 질투를 깊은 곳으로 내리누르면서 축하 인사를 했다. 전화하는 내내 질투의 감정은 얌전히 있지 않았다. 불쑥불쑥 위로 솟아올랐다. 김우재가 기뻐하는 목소리를 들을 때마다 수화기를 집어던지고 싶었다. 정민철은 자신의 질투를 들키고 싶지 않았다. 들키지 않았다. 전화를 끊고 나자 질투의 감정이 날뛰며 돌아다녔다. 정민철은 질투의 감정을 자세히 들여다보았다. 질투의 원인은 분명했다. 류영선 때문이었다. 김우재와 류영선이 함께 서 있는 장면만 떠올려도 정민철의 마음은 끓어넘쳤다. 옷걸이에다 옷을 걸며 가게를 꾸밀 두 사람을 생각하니, 정수리가 뜨끈뜨끈해졌다. 뭔가 집어던져서 부수고 싶었다. 책상 위에 놓여 있던 컴퓨터 키보드를 바닥에다 내리쳤다. 갑자기 가게로 들어온 손님이 '왜 그렇게 화가 난 겁니까?' 하고 물어보면 '아, 키보드 속에 들어 있는 먼지를 털어내는 중입니다'라고 대답할 작정이었다. 손님은 찾아오지 않았다.

정민철은 김우재와 류영선이 키스하는 장면을 본 적이 있다. 셋이서 술을 마시다 정민철이 잠깐 화장실을 다녀오던 참이었다. 술집으로 들어가려던 정민철은 건물 밖으로 나가 담배를 한 대 피우며 시간을 보냈다. 씨발, 자신도 모르게 입에서 욕지거리가 튀어나왔다. 바닥에 침을 뱉고 술집으로 들어간 정민철은 집안일을 핑계로 먼저 일어났다. 집으로 가면서도 계속 욕이 나왔다. 길거리의 쓰레기를 괜히 발로 찼다. 두 사람이 키스하는 장면은 정민철의 뇌 한복판에서 바탕화면이 됐다. 한동안 지워지지 않았고, 오랜 시간이 지나도 금방 되살아났다.

김우재와 류영선은 정민철이 고향을 떠나던 해에 결혼했다. 정민철이 고향을 떠날 수 있어서 다행이라고 생각한 것은 두 사람이 함께 있는 모습을 보지 않을 수 있어서였다. 도망치는 방식이 아니라서, 어쩔 수 없이 고향을 벗어나는 것이어서 다행이었다. 세 사람은 같은 고등학교를 졸업하고, 고향에 있는 대학에 입학했다. 류영선은 의상 디자인을 전공했고, 정민철과 김우재는 컴퓨터를 전공했다. 많은 친구들이 서울의 대학으로 진학했기 때문에 고향에 남은 친구들은 자연스럽게 친해졌다. 서로 이름만 알고 있던 김우재와 류영선은 1학년이 끝날 때쯤 급속도로 가까워졌다. 정민철 역시 류영선을 좋아했지만 급속도로 가까워지는 두 마음의 속도를 멈추게 할 수 없었고, 두 마음의 방향을 바꿀 수도 없었다. 류영선의 마음은 이미 김우재에게 가 있었다. 가 있는 마음을 가져오려면 많은 걸 잃을 것이다. 잃는 게 무엇일지 하나하나 따져보고서 정민철은 류영선을 포기했다. 포기해야겠다고 생각했다. 포기하는 게 맞다고 생각했다. 포기할 수밖에 없다고 생각했다. 실제로 정민철은 '포기'라는 단어를 생각했고, 소리내어 발음해보기도 했다. '포기'라는 발음에서 쏟아져나오는 한숨은 정민철의 마음을 더욱 비참하게 만들었다.

정민철은 류영선의 마음의 방향을 되돌리고 싶었다. 불가능한 일이라는 걸 알고 있었다. 셋이서 보는 일이 많았지만 류영선은 김우재만 보았다. 누가 봐도 김우재가 정민철보다 훨씬 매력적이었다. 김우재는 고등학교 육상 선수 출신이고 키도 훤칠하게 큰데다 남자다운 무심함이 있어서 많은 여자들이 좋아했다. 정민철에게는 별다른 특징이 없었다. 할머니는 '꼬맹이'라고 불렀고, 친한 동네 어른들은 '똘똘이'라고 불렀고, 대부분의 사람들은 정민철을 기억하지 못했다. 꼬맹이였던 아이는 평범하고 작고 눈길 가지 않는 남자로 자랐다. 정민철은 자신이 그렇게 늙어갈 것이란 걸 알았다.

정민철과 김우재는 가끔 테니스 시합을 했다. 류영선은 당연히 김우재를 응원했다. 정민철은 티내지 않고 웃으면서 죽을힘을 다

해 테니스를 쳤다. 무조건 게임을 이기고 싶었지만 역부족이었다. 정민철은 테니스공이 자신의 코트로 떨어질 때마다 좌절감을 느꼈다. 세상에는 열심히 쫓아다녀도 절대 치지 못할 공이 있다는 걸 알게 됐다. 손을 힘껏 뻗고 라켓을 한껏 내밀어도 닿지 못하는 공이 있었다. 정민철은 웃을 수밖에 없었다. 웃지 않으면 패배하는 자신이 더욱 초라하게 느껴질 것이었다.

두 사람이 결혼한다는 소식을 들었을 때, 정민철은 이제 가슴을 진정시킬 수 있을 것이라고 생각했다. 머리로 그렇게 생각했다. 함께 침대에 눕고 함께 아침을 먹을 두 사람을 생각하자 가슴은 다시 미친 듯 날뛰었다. 류영선 옆에 서 있는 사람이 자신이었으면 좋겠다는 생각을 지울 수 없었다. 류영선과 키스하는 사람이 자신이었으면 좋겠다는 생각이 떠나지 않았다. 생각은 가슴에 기름을 들이부었고, 가슴은 이제 머리까지 장악했다. 다른 생각을 할 수 없었고, 손끝이 저릿하게 아려왔다. 정민철은 류영선을 사랑하는 마음이 먼저인지, 김우재를 향한 류영선의 사랑을 없애고 싶은 마음이 먼저인지 알 수 없었다. 애초에 자신의 소유가 아니었지만 빼앗겼다는 상실감이 가장 컸다. 정민철은 김우재가 보는 앞에서 테니스 라켓을 바닥에다 힘껏 집어던지고 싶었다. 라켓이 부서지는 장면을 보여주고 싶었다. 테니스 라켓이 부서지는 상상만 해도 분이 조금은 풀렸다.

밤늦게까지 정민철은 가게에 앉아 있었다. 간판의 불을 끄고, 두 개의 모니터를 켰다. 왼쪽 화면에서는 인터넷 뉴스 속보가, 오른쪽 화면에서는 게임을 만드는 프로그램이 나타났다. 김우재에게 계속 전화를 걸었지만 연결이 되지 않았다. 혹시라도 전화하게 될까 봐, 전화하고 싶어질까봐 류영선의 휴대전화번호는 오래전에 지워버렸다. 지워버리길 잘했다고, 정민철은 다시 한번 생각했다. 김우재에게 한번 더 전화를 걸었지만 통화량이 많아서 연결이 힘들다는 메시지가 나왔다. 친구 오규호에게도 전화를 걸었다. 김우재 말고 유일하게 전화번호를 아는 고향 친구였다. 오규호의 전화도 연결되지 않았다. 정민철은 비밀번호를 입력하고 컴퓨터 바탕화면에 있는 '류영선' 폴더를 열었다. 폴더 안에는 연도별로 가지런히 정리된 일곱 개의 폴더가 들어 있었다. 일곱 개의 폴더 안에는 더 많은 폴더가 들어 있고, 많은 폴더 속에는 더 많은 파일이 들어 있다. 텍스트 파일도 있고, 사진 파일도 있고, 메시지를 압축한 파일도 있고, 종이를 스캔한 파일도 있다. 정민철은 파일을 열려다 그만두었다. 일에 몰두하는 게 나을 것 같았다. 컴퓨터를 수리하거나 손님을 만나거나 게임 만드는 일에 집중하면 불안은 줄어들었다. 정민철은 한 번도 자신의 불안을 자세히 들여다본 적이 없었다. 불안이 자신을 들여다보면 눈을 피하는 쪽이었다. 불안과는 눈을 마주치지 않는 게, 행여나 좁은 골목에서 마주치지 않도록 늘 조심하는 게 상책이라고 생각했다.

정민철이 2년째 만들고 있는 게임은 스마트폰으로 간단하게 할

수 있는 것이었다. 열 가지 중 하나의 캐릭터를 선택하고, 시작을
누르면 화면은 점집으로 바뀐다. 빨간 문 뒤에서 괴상하게 생긴 할
머니 한 명이 등장해 자신의 소개를 늘어놓는다.

내가 누군 줄 알아? 나는 우주의 음기를 온몸에 담고 있는 마녀야.
지금부터 내가 구슬점을 칠 테니까 잘 봐둬. 쟁반에다 100개의 구슬
을 던져서 나오는 점괘에 따라 오늘 너의 운세가 결정될 거야.

괴상한 할머니는 구슬을 쟁반에다 던지고, 구슬은 제각각 흩어
진다. 이리저리 부딪치기도 하지만 얽히는 법은 없다. 할머니는 점
괘와 함께 오늘의 운세를 읽어준다. 점괘를 부여받은 캐릭터는 운
세 마을로 들어가서 갖가지 일을 겪게 되는데, 새로운 일이 벌어질
때마다 운세대로 행동할 것인지, 운세에 반대되는 행동을 할 것인
지 결정해야 한다.

몇 달 전부터 정민철은 운세 마을에서 벌어질 일을 하나씩 기록
하고 있었다. 귀인을 만나러 동쪽으로 갈 것인지 서쪽으로 갈 것
인지, 친구에게 돈을 빌려줄 것인지 말 것인지, 네 살 연하의 여성
을 만났을 때 프러포즈를 할 것인지 말 것인지, 시비가 붙었을 때
싸움을 할 것인지 말 것인지, 수많은 갈림길을 만들었다. 갈림길을
지나면 새로운 갈림길이 나오고, 더 많은 갈림길이 계속 이어져야
했다. 끝이 없는 일이었지만 정민철은 모든 경우의 수를 기록하는

게 재미있었다. 세상의 모든 일을 기록하는 기분이었다. 이 세상과는 다른, 누구도 예측할 수 없는 괴상한 세상을 만들고 싶었다. 때로는 폭력이 구원이 되기도 하고 실수가 정답이 되기도 하며 우연이 지름길이 되는 세상을 만들고 싶었다.

캐릭터의 선택에 따라 새로운 일이 어떻게 연결될지, 캐릭터의 선택이 몰고 올 결과의 파급력은 어느 정도로 할 것인지, 할머니의 점괘가 운세 마을에 미치는 영향은 어느 정도로 할 것인지, 해결해야 할 과제가 산더미처럼 많았지만 그걸 하나씩 풀어가는 재미가 있었다.

정민철은 운세 마을에서 생기는 일에다 '지진'이라고 적어넣었다. 지진이라고 적어넣고는 조금 미안한 마음이 들었다. 김우재에게 다시 전화를 걸었지만 연결은 되지 않았다.

지진이 일어났을 때의 갈림길을 생각해보았지만 마땅한 게 떠오르지 않았다. 정민철은 '지진—죽는다/산다'라고 적었다. '지진—건물 안에 갇힌다/죽는다' '지진—구덩이에 빠진다/산다'고도 적었다.

인터넷 뉴스 화면에서는 계속 속보를 내보냈지만 피해가 커서 사상자 명단을 확보하는 데 오랜 시간이 걸렸다. 부상자는 확인됐지만 사망자는 확인할 수 없었다. 사고 현장에서는 불확실한 실종과 확실한 죽음 사이에서 수많은 이름이 거론될 것이다. 시간이 지나면, 어떤 사람은 실종에서 돌아와 생존할 것이고, 어떤 사람은 죽음에서 돌아오지 못할 것이다. 정민철은 친구의 이름이 명단에 있는지 계속 살펴보았다.

저녁 8시가 다 되었을 때 전화가 걸려왔다. 정민철은 깜짝 놀라서 전화기를 집어들었다. 오규호였다. 무언가 생각할 겨를도 없이 통화 버튼을 눌렀다.

"전화했었네? 뉴스 봤지?"

"그래, 피해가 많지?"

"우재가 행방불명됐어."

"그래?"

"지금 제수씨가 피해자 가족 대기실에 나가 있는데, 아직 연락이 없나봐. 야, 여기 완전 지옥이야. 지옥. 텔레비전으로 보는 거랑 달라. 땅이 내려앉고 건물 무너지고 이런 지옥은 처음 본다. 걱정되는 게, 제수씨가 충격이 큰지 자꾸만 이상한 소리를 하네."

"이상한 소리?"

"응. 무슨 소리인지 혼자 계속 중얼중얼하더라고. 아휴, 우재한테 왜 자꾸 나쁜 일만 생기는지 모르겠다. 내가 또 새로운 소식 있으면 알려줄게. 다들 정신이 없어."

"그래, 고맙다."

정민철은 전화를 끊고 쉴새없이 움직이는 인터넷을 바라보았다. 속보와 광고가 화면을 가득 채웠다. 마우스를 건드리지 않은 채 시간이 흐르자 속보와 광고가 사라지고 화면보호기가 나타났다. 하늘에서 찍은 평화로운 땅의 사진들이 임의로 재생되었다. 계곡과 바다와 산맥이 까마득히 멀어서 평화로워 보였다. 평화로운 풍경은 얼마나 쉽게 부서질 수 있는지, 그 풍경이란 얼마나 연약한 고요함인지, 정민철은 실감했다. 정민철은 운세 마을에 비정기적으로 지진이 생기게 해야겠다고 마음먹었다. 많은 건물이 파괴되고, 수많은 장소가 폐허로 바뀔 것이다. 게임 이용자는 폐허에서 다시 시작해야 할 것이다. 정민철은 마을을 순식간에 폐허로 만들 생각을 하니 기분이 좋아졌다.

화면보호기 사진 위로 현재 시간이 깜빡이며 지나갔다. 깜빡이는 시간은, 자신이 현재의 시간이라고 거들먹거리는 것 같았다. 나타났다 깜빡이곤 지나가며 사라졌다. 정민철은 현재의 시간을 유심히 보았다. 바꿀 수 없는 시간이었다. 다른 시간 속에서 살고 있는 자신을 현재의 시간이 비웃는 것 같았다. 정민철은 마우스를 흔들어서 다시 인터넷 속보 화면이 나타나게 했다.

정민철은 현재의 시간을 보며 대학 시절의 교수 한 명을 떠올렸다. 현재의 시간을 알라는 의미로 교탁 위에다 커다란 전자시계를 올려놓고 강의를 하던 교수였다. 수업이 끝날 때쯤 교수가 늘 하던 이야기가 있었다. "어이, 지방대 학생들. 너희들이 빌 게이츠가 되겠냐, 스티브 잡스가 되겠냐. 어설프게 여기저기 기웃거리지 말고, 제대로 된 게임이나 하나 만들어. 그게 사는 길이다." 교수는 학생들에게 동기부여를 하기 위해 한 말이지만, 정민철은 그 소리를 들을 때마다 주먹으로 교수의 면상을 날려버리고 싶었다. 자신을 비웃는 소리가 싫었다. 지진으로 누군가 다쳐야 한다면 바로 그 교수라고 정민철은 생각했다. 아직도 학교에 남아 있는지는 알지 못했다. 그런 놈들이 더 오래 살아남지, 정민철은 화면을 보면서 중얼거렸다.

컴퓨터 화면의 사진을 보다가 정민철은 고향에 가야겠다는 생각을 했다. 부러진 나무와 갈라진 땅과 다친 사람 들을 직접 보고 싶었다. 정민철의 생각에는 동정심과 묘한 기대심리가 뒤얽혀 있었다. 다쳐야 할 사람과 다치지 말아야 할 사람을 자신이 정할 수 있으면 좋겠다는 생각이 들었고, 자신이 직접 가서 누가 다치고 누가 다치지 않았는지 확인하고 싶어졌다. 잘 알고 있는 동네가 어떻게 망가졌는지, 얼마나 부서졌는지 직접 보고 싶었다. 정민철은 묘한 기대감으로 마지막 기차 시간을 확인했다. 서두르면 탈 수 있었다. 정민철은 가게를 정리하고 기차역으로 향했다.

김우재와 류영선 사이에는 아이가 한 명 있었다. 김우재는 3년 전, 흥분된 목소리로 정민철에게 전화를 걸어서 아들이 생겼다는 소식을 전했다. 이름을 무엇으로 정하면 좋겠냐고, 정민철에게 계속 물었다. 이제 아빠가 되니까 책임감도 훨씬 많이 느낀다는 이야기도 했다. 새로운 사업을 구상중이라는 이야기도 했다.

정민철은 돌잔치에 초대받았을 때에도 여러 가지 핑계를 대면서 가지 못해 아쉽다는 이야기만 했다. 실제로 바쁜 시기이기도 했다. 김우재의 아이가 사고로 죽었다는 소식을 전한 것도 오규호였다. 정민철은 김우재에게 전화하지 않았다. 어떤 위로의 말을 해야 할지 알 수 없었다. 문장은커녕 위로의 단어 하나조차도 찾아낼 수 없었다. 누군가에게 위로를 받아본 적 없어서 위로에 서툴 뿐이라고 스스로를 위로했다. 김우재를 위로할 만한 말을 찾지 못한 게 아니라 애당초 찾을 생각이 없었다는 걸, 정민철은 몇 달 후에야 깨달았다. 김우재에게 전화를 걸었다가 위로할 마음이 없는 자신을 들키게 될까봐 겁이 났던 것이다. 류영선 폴더에다 적어둔 당시의 일기를 읽고 나면 정민철은 그때의 감정이 되살아나곤 했다. 퍼렇게 날이 서 있는 증오의 문장들이 누군가를 베지 못해 안달나 있었다.

기차와 버스를 갈아타면 고향까지 세 시간 정도 걸리지만 교통 상황이 어떨지는 확인할 수 없었다. 일단 가보는 수밖에 없었다. 정민철은 기차를 타고 가는 내내 휴대전화로 인터넷 속보를 확인했다. 밤이 깊어지자 속보의 속도는 느려졌고, 새로운 정보의 양도 눈에 띄게 줄어들었다. 매몰된 건물의 인명 구조 작업이 늦어지고 있다는 기사가 눈에 띄었다.

정민철이 기억하는 할머니의 이야기 중에는 기차에 대한 것도 있었다. 방학 때마다 기차를 타고 오는 손자에게 그런 이야기를 해주었다는 게 믿기지 않지만, 분명 할머니에게서 들은 이야기였다.

"터널을 지날 때 절대 창밖을 보면 안 돼."

"왜?"

"우리 꼬맹이, 터널 지날 때 창밖 내다본 적 있어?"

"응."

"뭐가 보였어?"

"내 얼굴."

"네 얼굴 맞아? 자세히 들여다봤어?"

"몰라."

"그건 우리 꼬맹이 얼굴이 아니고 귀신 얼굴이야. 어둡고 어둡다가 잠깐씩 밝은 순간이 있지? 그 짧은 순간에 터널 귀신이 나타나서는 창문에 착 달라붙은 다음 안을 들여다보는 거야."

"에이, 할머니 순 뻥쟁이."

"뻥 아니야. 귀신들은 누가누가 밖을 내다보나 기다리다가 눈이 딱 마주치면, 정신을 쏙 빼가. 알겠어? 그러니까 절대 밖을 내다보면 안 돼."

정민철은 할머니의 이야기가 끝나기도 전에 울음을 터뜨렸다. 할머니는 어린 정민철의 등을 토닥여주었지만 갑작스럽게 생겨난 두려움을 없앨 수는 없었다. 기차를 탈 때마다 할머니의 말을 떠올렸고, 터널을 지날 때마다 창문을 보지 않기 위해 고개를 돌렸다. 눈을 감을 때도 많았다.

정민철의 할머니는 동네에서 선무당이라 불렸다. 동네 사람들의 점도 쳐주고, 어설프게 액막이굿을 하기도 했다. 동네 사람들은 할머니의 점괘를 믿지 않았다. 믿을 생각이 없으면서도 할머니에게 자주 놀러왔다. 할머니의 구슬점은 점괘의 확실함을 떠나, 구경하는 재미가 있었다. '할머니도 참, 웃기는 사람이었어.' 정민철은 할머니의 모습을 떠올리며 웃음을 지었지만 기차가 터널을 지날 때면 창밖을 내다보지 못했다.

운세 마을에 등장하는 괴상한 할머니는 정민철의 할머니를 모델로 만든 것이었다. 괴상한 할머니가 치는 구슬점과 점괘는 대부분 정민철이 어릴 때 들었던 내용들이었다. 정민철은 게임을 만들면서 할머니를 자주 떠올렸다. 할머니와 함께했던 시간과 할머니가 했던 이야기를 떠올렸다. 할머니 특유의 장난기 섞인 말투를 게임 속에다 넣고 싶었다.

교통이 통제된 곳이 많았지만 정민철은 버스와 택시를 이용해 새벽 2시쯤 고향에 도착할 수 있었다. 피해자 가족 대기실은 정민철이 졸업한 초등학교 강당에 마련돼 있었다. 지진 피해지역으로 먼저 가볼까 싶기도 했지만 출입을 통제하고 있는데다 밤이 깊어 볼 수 있는 게 많지 않을 것 같았다. 어린 시절을 생각하며 강당 입구에서 안을 바라보던 정민철의 등골이 갑자기 서늘해졌다. 울음소리가 강당을 감싸고 있었고, 정민철을 가로막고 있었다. 이 속으로 들어올 자신이 있는지 울음이 정민철에게 묻고 있었다. 정민철은 망설이지 않고 울음 속으로 들어갔다.

류영선은 강당 구석에서 기묘한 자세로 엎드려 있었다. 두 손을 모아 앞으로 뻗고 이마를 땅에 닿게 한 채 무릎 꿇고 있었다. 기도하는 자세처럼 보이기도 했고, 요가의 한 동작처럼 보이기도 했다. 정민철은 다가가지 못한 채 멀리서 류영선을 보았다.

정민철은 꿈에서 류영선을 자주 만났다. 류영선은 늘 정민철을 사랑했고, 정민철을 바라보며 환하게 웃었다. 웃음이 너무 밝아 잘 보이지 않을 정도였다. 기분좋은 꿈인데도 일어나면 온몸이 흠뻑 젖어 있곤 했다. 젖은 이불이 죄의 증거인 것 같아서 햇볕에 내놓았다. 이불을 말리면서도 정민철은 언제나 변하지 않는 류영선의 얼굴을 떠올렸다.

정민철은 서울에 와서 두 명의 여자와 데이트를 했다. 한 명은 아버지가 중매를 한 사람이었고, 다른 한 명은 가게의 단골이 소개해준 사람이었다. 그중 한 사람과는 잠자리까지 했다. 가게의 단골이 소개해준 사람이었다. 정민철은 여자와 데이트를 하고 돌아온 날이면 어김없이 마음이 부글부글 끓어오르는 걸 느꼈다. 밥 먹고 차 마시고 영화도 보고 손도 잡았는데, 이상하게 아무것도 하지 못한 느낌이었다. 여자가 적극적이면 자신을 귀찮게 하는 게 싫었고, 소극적이면 자신의 마음대로 여자를 움직일 수 없는 게 싫었다. 데이트를 하고 돌아왔는데도 숙제를 다 하지 못한 채 등교하는 기분이었고, 양말을 신고 잠드는 기분이었다. 어쩌면 류영선 때문일지도 모르겠다고 정민철은 어렴풋이 짐작했다. 류영선의 목소리가 가까워지자 정민철의 가슴이 뛰었다.

"그래, 다 빼앗아 가, 번개로 내려치고, 갈기고, 남은 거 더 없어? 더 흔들어봐, 내가 끄떡이라도 하나 봐, 보라고, 내가 전부 다 복수할 거야, 응, 그래, 더 밀어보라고, 더, 더…… 오, 주여, 뜻대로 하시고, 채찍으로 제 몸을 때려주시옵고…… 오, 주여."

정민철은 류영선의 목소리를 듣고는 한걸음 뒤로 물러섰다. 기억하고 되새기고 생각하고 상상하던 류영선의 목소리가 아니었다. 류영선의 목소리를 들은 게 오래전 일이긴 했지만 이 정도로 달라져 있을 줄은 몰랐다. 벼랑 끝에 서 있는 사람의 목소리였다. 정민철은 달라진 목소리를 더이상 듣지 않기 위해, 무시무시한 내용의 이야기를 더 듣고 싶지 않아서 류영선의 어깨를 흔들었다.

고개를 든 류영선의 눈빛에는 다른 세상이 담겨 있었다. 어디 먼 곳을 다녀온 여행자의 눈빛이었다. 류영선은 말없이 정민철을 보았다. 정민철도 눈빛을 피하지 않고 마주앉았다. 류영선은 정민철의 눈 속에서 뭔가를 보려고 애썼다. 뭔가를 찾아내기 위해 깊이 들여다보았다. 혹시 김우재의 모습이 거기에 있을지 몰라서, 마지막 남은 잔상이라도 건져보려고 애쓰는 것 같았다. 류영선은 정민철의 얼굴을 보다가 울음을 터뜨렸다. 아무것도 없다는 걸 뒤늦게 깨달았다. 정민철의 얼굴을 보고, 눈빛을 보고, 표정을 보는 순간, 무슨 일이 벌어지고 있는지 이해했다. 류영선은 계속 울었다.

피해자 가족 대기실에서 울음은 흔했다. 이불을 뒤집어쓴 채 우는 사람도 있었고, 앞사람을 끌어안고 우는 사람도 있었고, 두 다리를 아무렇게나 벌린 채 우는 사람도 있었고, 아이를 붙들고 우는 사람도 있었다. 아이는 울지 않았다. 저마다 다른 사람을 위해 우는 것이었지만 정민철이 보기에 모든 울음은 비슷했다. 강당 중앙에 설치된 텔레비전에서 밤샘 구조 작업을 중계하고 있었다. 수많은 조명이 지진으로 매몰된 사고 현장을 환하게 비추고 있었다. 울면서도 모두들 텔레비전 화면에서 시선을 떼지 않았다. 작은 소리라도 놓치지 않으려고 텔레비전 앞에 모여 앉아 있었다. 류영선만 텔레비전에서 멀찍이 떨어진 곳에 엎드려 있었다. 정민철은 울고 있는 류영선의 어깨를 잡아주었다.

"어떻게 왔어?"

한참 울고 난 류영선이 정신을 차리고 정민철에게 물었다.

"어떻게 오긴…… 기차 타고 왔지."

정민철이 대답했다.

"썰렁한 건 여전하네."

류영선이 눈을 내리깔면서 말했다.

"괜찮아?"

정민철이 말했다.

"응? 몰라. 이게 다 무슨 일인지 모르겠어."

"우재는 가게에 있었던 거야?"

"있잖아, 민철아, 나도 느꼈어. 슈퍼에서 물건 사고 있는데 건물이 위아래로 좌우로 흔들렸어. 케첩 병이 흔들리고, 커다란 딸기잼

병이 바로 내 옆에 떨어졌어. 나 너무 무서웠어. 무서워서 다리가 후들거렸어. 지붕이 내려앉을 것 같아서, 있잖아, 막 기어서 계산대로 갔어. 아무 생각도 안 나고, 우재 생각도 안 났어."

"그래, 무서웠겠다."

"슈퍼에서 나와서 막 뛰었는데, 앞이 하나도 안 보였어. 아니, 앞이 보이긴 했는데, 어디가 진짜 앞인지 모르겠고, 다른 사람들도 전부 뛰고 있어서 난 그 자리에 계속 서 있는 것 같았어. 무서워서 계속 뛰려는데 발이 안 떨어지고, 아무 생각도 안 났는데, 나 진짜 바보같이 가게 반대쪽으로 뛰고 있었던 거야. 진짜 바보 같지? 응? 바보 같지, 나?"

"아냐, 당황해서 그런 거잖아. 그리고 가게 쪽으로 갔으면 더 위험했지."

"하느님이 우릴 시험하는 걸까?"

"그게 무슨 소리야."

대형 텔레비전에서는 지진의 흔적을 보여주고 있었다. 갈라진 땅과 어긋난 담장과 뒤틀린 잔디밭을 클로즈업한 화면이 반복되고 있었다. 전문가인 듯한 사람이 손가락으로 갈라진 땅을 가리키며 무엇인가 말하고 있었다. 소리는 들리지 않았다.

"저거 봐. 아무도 저럴 수는 없다고."

류영선이 텔레비전을 손가락으로 가리키며 말했다.

"아무도 저럴 수는 없지."

정민철이 따라 말했다.

"나 때문일 거야. 맞아, 전부 나 때문이야."

"무슨 소리야. 왜 너 때문이야?"

"우재가 같이 나가서 점심 먹고 오자고 했는데, 내가 그냥 사온다고 했어. 같이 점심 먹으러 나왔으면 안 그랬어."

"아냐, 그냥 우연이야."

"우연이 아냐. 나 때문이야."

"그런 생각 하지 마."

"나 때문이야, 확실해."

"네 탓이 아니라니까."

"네가 뭘 알아? 넌 몰라."

"내가 왜 몰라."

"넌 몰라, 넌 여기 없었잖아."

"여기 없었다고 모르는 건 아냐."

"네가 뭘 아는데? 응? 네가 뭘 아냐고."

정민철은 말문이 막혔다. 자신의 눈에서 뭔가 발견한 게 아닌가 하는 생각도 들었다. 친구들에 대한 걱정이나 고향에 대한 그리움보다 이상한 호기심과 설명할 수 없는 쾌감 때문에 여기에 있다는 걸 눈치챈 것인지도 몰랐다.

"미안해."

류영선이 누그러진 목소리로 말했다.

"아냐, 맞아. 난 아는 게 없어."

정민철이 말했다.

"우재 괜찮을까? 괜찮겠지?"

류영선은 정민철의 대답을 기다리지 못하고 다시 얼굴을 파묻고 엎드렸다. 정민철은 재킷을 벗어놓고 류영선 옆에 앉았다. 초가을이라 바깥 날씨는 쌀쌀했지만 강당은 옅은 열기가 느껴질 정도로 따뜻했다. 눈물의 온도일지도 모른다고, 정민철은 생각했다. 정민철은 강당 안의 사람들을 천천히 훑어보았다. 그들의 감정보다 그들의 모습을 유심히 살펴보고 있는 자신을 발견하고는 조금 짜증이 나기도 했다. 정민철은 타인의 슬픔을 잘 느낄 수 없었다. 스스로에게 자주 되묻곤 했다. '다른 사람의 슬픔을 함께 느낄 수 있다는 게 말이 되는 거야?' 언제나 관찰할 뿐 공감하지는 못했다.

아침이 가까워지자 울음이 잦아들었다. 고요가 강당에 가득찼다. 사람들은 힘을 잃은 채 텔레비전 화면만 들여다보았다. 정민철도 벽에 기댄 채 텔레비전을 보았다. 텔레비전에서는 여전히 구조 장면을 보여주고 있지만 현재라는 실감은 들지 않았다. 아주 오래전의 사고 장면을 재방송으로 보는 기분이었다.

정민철은 오래전에 인터넷에서 본 기사를 떠올렸다. 지하에 매몰된 사람들이 오랜 시간 후에 구조됐다는 기사를 본 적이 있었다. 지하에 파묻힌 사람들의 마음을 아주 잠깐 생각했다. 사람들의 슬픔은 공감할 수 없었지만 공포는 쉽게 상상할 수 있었다. 사람이 땅속에 파묻혔다. 는 문장을 생각하는 것만으로도 숨이 막혔다. 김우재가 땅속에 갇혔다는 생각, 그 속에 묻혔다는 생각, 어쩌면 지금도 가느다란 숨을 힘들게 쉬고 있을지도 모른다는 생각, 그런 생각을 하자마자 숨이 막혀왔다. 숨이 막히는 이유가 김우재의 고통을 대신 느껴서인지, 자신에게도 그런 고통이 닥칠지 모른다는 가능성 때문인지 단정지을 수 없었다.

"먼 나라 일 같지?"

류영선이 정민철의 마음을 꿰뚫어보고 있다는 듯 말했다. 일어나 앉은 류영선이 퉁퉁 부은 눈으로 텔레비전을 바라보고 있었다. 힘없이 고개를 왼쪽으로 꺾은 모습은, 몸속의 모든 힘이 빠져나가고 남은 껍데기 같았다.

"그러게, 바로 옆인데."

정민철이 힘없이 대답했다. 정민철은 류영선의 얼굴을 흘깃거렸다. 눈은 퉁퉁 부어 있고, 입술은 바싹 말라서 벗겨졌지만 정민철에겐 여전히 매력적으로 보였다. 정민철은 류영선의 도톰한 이마와 볼록한 볼을 보고 있는 게 좋았다. 처음 만날 때부터 그랬다. 밋밋할 수도 있는 얼굴이지만 이마와 볼이 얼굴에 입체감을 주어서, 보고 있기만 해도 생기가 돌았다.

"진짜 왜 왔어?"

류영선이 정민철의 눈을 들여다보며 물었다.

"왜 오긴, 걱정되니까 왔지."

정민철은 류영선의 눈을 피했다.

"별일이네. 네가 올 줄은 꿈에도 몰랐다."

"내가 온 게 그렇게 이상해?"

"그럼, 이상하지. 우재가 맨날 뭐라 그랬는지 알아? 민철이는 서울 사람 다 된 거 같다고. 자기 전화 귀찮아하는 거 같다고."

"정말?"

"응, 망설이다 전화 안 한 적도 많을걸."

"귀찮아한 적 없는데……"

"그럼 다행이고."

"둘이서 내 얘기도 해?"

"우재는 네 얘기 많이 했어."

"무슨 얘기?"

"너 요즘도 구슬점 쳐?"

"구슬점?"

"그거 있잖아. 쟁반에다 구슬 100개 놓고 운세 보는 거."

"내가 그걸 보여줬어?"

"기억 안 나?"

정민철은 기억을 더듬어보았다. 기억은 보이지 않고, 만질 수만 있었다. 주머니 속에 손을 집어넣어 운명의 구슬을 만지듯 기억을 만지작거렸다. 류영선이 말한 것과 비슷한 촉감의 기억은 있었지만 정확하지는 않았다. 술을 마실 때였던가, 아니면 셋이서 함께

보드게임을 하러 갔을 때였나, 아니면 문방구 앞을 지나다 구슬을 발견했을 때였나.

"그랬던 것 같기도 하고."

정민철은 자신 없는 목소리로 말했다.

"네가 우재한테 그랬대. 꽃의 아름다움에 빠지고, 산으로 들로 신기루를 쫓아다니다 외로워질 수 있는 팔자다. 늘 곁에 사람을 두어라."

"내가?"

"그랬대. 그 말이 인상적이었나봐. 점괘가 맞는 거 같다면서 수첩 앞에 적어놓기도 했어"

"아마 할머니한테 주워들은 이야길 대충 했을 거야."

"나도 네가 구슬점 보던 건 기억나. 구슬들 되게 예뻤는데…… 난 방식이 재미있었어. 처음엔 100개 놓고 하다가, 두번째는 70개 놓고 하고, 다음엔 50개, 그다음엔 30개, 마지막엔 10개 놓고 했잖아. 그게 어떤 의미야?"

"잘 기억이 안 나."

"내가 생각해봤는데, 남은 구슬로 매번 새롭게 시작할 수 있다는 뜻일 거야."

"그랬을 수도 있고……"

"그랬으면 좋겠어. 처음에 작은 구슬 100개가 쟁반에서 막 춤을 추면서 뛰는데, 난 그걸 볼 때마다 가슴이 조마조마했어. 구슬이

부서질까봐, 쟁반 밖으로 전부 튀어나갈까봐. 난 그게 너무 무시무
시하게 불안했어."

"네가 구슬처럼 될까봐?"

"몰라, 그냥 빛나는 게, 소리들이, 쟁반에서 부딪치는 모습이, 예
쁜데, 불안했어."

류영선은 언제부턴가 정민철을 보지 않은 채 멀리 있는 농구 골
대 쪽을 보며 말하고 있었다. 눈빛은 정확한 물체에 가닿지 않고
더 먼 곳을 보고 있는 듯했다. 정민철은 류영선의 시선이 시작되는
눈동자를 들여다보았다.

"괜찮을 거야."

정민철은 그 말을 한 자신에게 놀랐다. 도대체 뭐가 괜찮다는 것
일까.

"뭐가? 뭐가 괜찮아?"

류영선이 정민철을 보며 물었다.

"우재."

정민철이 대답했다.

"그럴까?"

"그럴 거야."

"네가 그런 얘기 하니까 웃긴다."

"뭐가 웃겨. 나중에 너랑 우재랑 다시 구슬점 봐줄게."

"구슬점 기억 안 난다면서."

"할머니한테 배우면 되지."

정민철은 생각지도 못한 거짓말을 하고 말았다. 할머니는 2년 전에 돌아가셨고, 구슬점을 가르쳐줄 만한 사람도 알지 못했다. 정민철은 거짓말을 하면서도 그게 나쁘다고 생각하지 않았다. 이 세상 어딘가에는 할머니처럼 작은 구슬 100개로 점을 치는 사람이 분명히 있을 것이다. 아니면, 자신이 만든 게임으로 구슬점을 칠 수도 있다. 정민철은 우재와 영선이 자신의 게임을 어떻게 생각할지 궁금했다.

"난 점 같은 거 무서워서 못 보겠어."

류영선이 한숨을 내쉬며 말했다.

"왜?"

"무섭잖아. 미리 안다는 게."

"재미로 보는 건데, 뭐."

"미리 아는데, 그게 어떻게 재미가 돼."

사람들이 웅성거리면서 텔레비전 앞에 모였다. 정민철은 시계를 보았다. 6시였다. 구조 장면을 보여주던 텔레비전 화면이 빠르게 움직였다. 구조되는 사람이 자신의 가족이길 간절히 바라면서 사람들이 텔레비전 화면을 바라보았다. 화면만 보아서는 어떤 일이 벌어진 건지 알 수 없었다.

손으로 바닥을 짚고 일어서려던 정민철은 똑똑히 느낄 수 있었다. 땅이 흔들렸다. 분명히 땅이 흔들렸어, 라고 정민철은 속으로 말했다. 정민철은 곧바로 주저앉았다. 강당에 있던 사람들도 모두 텔레비전에서 시선을 떼고 주위를 둘러보았다. 강당 천장에 달린 등이 일제히 제각각의 방향으로 흔들렸고, 땅속 깊은 곳에서 무엇인가 꿈틀거리는 듯한 소리가 들렸다. 전등의 불빛이 깜빡거리며 빛과 어둠이 반복됐다. 어둠 사이로 희미한 불꽃 같은 게 보였다. 정민철은 오랫동안 잊고 있던, 꿈속에서 들었던 할머니의 이야기가 생각났다. 할머니, 뱀들은 왜 화가 났어? 옛날 옛날 한 사람이 산길을 걷다가 새끼뱀 한 마리를 잡아서 곧바로 껍질을 벗기곤 먹어버렸어. 뒤따라가던 어미뱀이 땅바닥에 버려진 껍질을 보고 울기 시작했지. 너무 괴로워서 막 몸을 비틀면서 꿈틀거렸는데 땅속의 모든 뱀들에게 그 고통이 전해진 거야. 땅속에서는 태산보다도 더 큰 뱀들이 한꺼번에 움직이기 시작했어. 산이 들썩거리고 나무들이 뽑혀나가고 강물이 솟아올랐어. 새끼뱀을 먹었던 사람은 갈라진 땅으로 빨려들어가서 뱀들의 먹잇감이 되었고, 세상이 조용해질 때쯤 그 사람의 뼈만 땅으로 되돌아왔어. 우리 꼬맹이 잠들었니? 지진 날 때 들리는 소리가 바로 뱀들이 우는 소리야.

　류영선은 정민철의 손을 잡았다. 여자 몇 명이 소리를 지르면서 바닥에 주저앉았다. 농구 골대의 그물이 좌우로 흔들렸다. 정민철은 자신도 모르게 류영선을 잡지 않은 나머지 손으로 바닥을 힘껏 눌렀다. 손바닥이 덜덜 떨렸다. 어, 어, 하는 낮은 탄식이 사방에서 들려왔고, 무언가 넘어져서 데굴데굴 굴러다니는 소리가 들렸다. 굴러다니는 게 무엇인지 아무도 신경쓰지 않았다. 정민철은 류영선의 손을 놓고 어깨를 감싸안았다. 강당 한쪽에 쌓아놓은 의자들이 서로 부딪치며 괴상한 소리를 냈다. 전구가 계속 깜빡였다. 낮은 탄식은 좀더 큰 목소리로 변했고, 곳곳에서 엄마, 하는 비명이 들렸다. 어둠 사이로 보이던 짧은 빛이 소리를 삼켰다. 정민철은 숨이 막혔다. 누군가 자신의 멱살을 쥐고 흔드는 것 같았다. 멱살을 쥐고 흔들던 손이 자신을 번쩍 들어 내동댕이치는 것 같았다. 자신의 발목을 잡고 땅으로 끌어내리려는 것 같았다. 정민철은 아무런 소리도 내지 못했다. 정민철은 강당 건너편의 화이트보드가 자신에게 날아오고 있는 것 같은 환각을 보았다. 세상이 꿈틀거리면서 자신을 휘감고 있었다. 류영선은 두 손을 말아쥔 채 무릎 사이로 고개를 파묻었다. 눈을 뜨지 않았다. 정민철은 눈을 감을 수 없었다. 세상이 미친 듯 흔들렸다. 멱살을 잡고 있는 손은 정민철을 풀어주지 않았다. 정민철은 바닥을 짚고 있던 손으로 목을 만졌다. 숨이 막혔다. 류영선을 감싸고 있는 왼손에 힘이 들어갔다. 누가 누구를 보호하고, 누가 누구에게 의지하고 있는지 알 수 없는 순간이었다. 거대한 힘 앞에서 작은 힘들은 의미를 잃고, 방향을 잃었다. 서로 의지하는 힘이 갈 길을 잃고 헤매고 있었다. 우우웅, 하는 소리가 사방에서 나타났다가 땅속으로 사라졌다.

두번째 지진이 지나가고 흔들림이 멎자 사람들은 참았던 숨을 내뱉고, 한껏 들이마셨다. 태어나서 처음으로 하는 호흡처럼 다급

하고 절실한 숨이었다. 류영선은 주먹에서 힘을 풀지 않았다. 지나
갔어, 정민철이 류영선에게 작게 말했다.

"나 좀 안아줄래?"

류영선이 눈도 뜨지 않은 채 말했다. 정민철은 류영선을 안았다.
작은 생명이 품속에서 팔딱이는 게 느껴졌다. 정민철은 떨지 않아
야 한다고 다짐했다. 류영선이 안심할 수 있도록 꼭 안아줘야겠다
고 다짐했다. 괜찮아, 지나갔어, 정민철이 다시 말했다. 자신에게
하는 말이기도 했다. 지나갔어, 지나갔어, 정민철은 류영선의 등을
두드리며 계속 말했다. 다시 올 거야, 류영선이 흐느끼며 말했다.
다시 올 거야, 류영선이 반복했다. 그 말이 맞다는 걸 정민철도 알
고 있었다. 피하고 싶지만 피할 곳이 없었다. 지나갔다는 말을, 지
나갔으니 괜찮다는 말을, 더이상 할 수 없었다.

종이 위의 욕조

그거 있잖아.

그거 뭐?

전에 창고에 넣어뒀는데 아무리 찾아도 없네.

그러니까 뭐가?

하늘에다 쏘는 거.

하늘에다?

응, 하늘에다.

총?

우리집에 총이 있어?

당연히 없지.

생각 안 나서 미치겠네. 하늘에서 펑, 펑, 터지는 거 말야.

아……

뭐였지? 기억이 안 나.

자기야, 그래도 떠올려봐. 자꾸 그러면 버릇돼.

누군 잊어먹고 싶어서 그러냐? 답답하니까 빨리 알려줘.

그래도 기억하려고 노력해봐.

노력으로 되는 문제가 아니라니까.

'ㅍ'으로 시작해.

피읖, 피읖이라…… 파, 파, 퍼, 포, 푸…… 아, 맞다. 폭죽.

잘했어.

빌어먹을, 힘드네.

자기야, 그렇게 하나씩 단어 잊어버리다가 나중에 빈털터리 되
겠다.

빈털터리 되면 네가 나 먹여 살려야지.

우와, 끔찍한 소리 하지 마. 뇌보험이나 치매보험 같은 건 없나.

왜, 나 치매 걸리면 보험금 타먹게?

바보야, 결혼도 안 했는데 내가 보험금을 어떻게 타냐?

보험금 받으려고 나한테 청혼할지도 모르지.

자기야, 꿈 깨.

안 넘어가네.

자기 수법이 맨날 그렇지. 폭죽은 뭐하게?

오늘 전시 오프닝이잖아. 쇼 좀 해야지.

안 보여? 잘 찾아봤어?

안 보이네. 가다가 사야겠다.

자기야, 나 커피 한 잔만 뽑아줘라. 지난번에 말했던 그 화가 오프닝이야?

응, 그 화가. 에스프레소?

리스트레토. 난 그 여자 그림 이상하더라.

전시장에서 보면 그럴싸해.

이름이 뭐였지? 이상한 이름이었는데.

미요.

맞다. 그게 무슨 뜻이야?

몰라. 들었는데 까먹었다.

그런 게 미니멀리즘 계열인 거야? 샌드위치 먹을래?

아니, 괜찮아, 속이 좀 더부룩하네. 미니멀리즘까진 아니고, 뭐랄까, 그냥 약간 결벽증 있는 또라이?

큐레이터가 화가한테 막 그렇게 얘기해도 되나?

내가 막 어떻게 말했는데?

또라이.

또라이가 뭐 나쁜 말인가. 스타로서의 가능성이 보인다는 표현이지.

그래? 표현 참 터프하고 좋네. 자기 오늘 늦게 들어와?

아마도. 이 셔츠랑 가방이랑 어때 보여?

괜찮네. 그럼 나도 오늘 친구들 좀 만나야겠다.

술 마셔?

마시지 마?

마셔. 누가 뭐래.

번역 늦어진다고 구박했잖아.

내가 또 언제 구박했냐. 그냥 해본 소리지.

번역 괜히 한다 그랬어. 아주 미치겠어.

책 많이 이상해?

이상하다기보다 뭔가 좀 달라. 미술 쪽 책은 다 이런가?

확실히 미술가들이 뇌가 좀 이상하긴 해.

그렇지?

아무래도 그렇지. 뇌가 머리 바깥에 달려 있는 느낌이랄까.

자기 뇌는 어디 붙어 있어?

나는 머리 안쪽에 고이 모셔뒀지.

자긴 미술가 아냐?

미술가와 포장 전문가 사이 어디쯤?

포장 전문가?

큐레이터를 그렇게 부르기도 해.

비하하는 말 같은데?

포장이 얼마나 좋은 건데.

포장하는 게 좋은 건가?

비포장도로는 힘들잖아.

하긴 포장이사도 좋은 거고.

당연하지.

맞아. 내가 번역 못해서 그런 게 아니야. 그렇지?

나, 간다.

가.

전화해.

용철은 전시장으로 가는 길에 폭죽을 샀다. 가게에 들어가서도 폭죽이라는 단어를 떠올리기 위해 잠시 멈칫했다. 폭죽이라는 단어가 낯설었다. 폭과 죽, 뭐 이렇게 이상한 단어가 다 있어. 용철은 그렇게 생각하고 다시 한번 폭죽이라는 단어를 발음했다. 용철은 단어를 자주 잊어버렸다. 잃어버린다는 기분이 들기도 했다. 최근 들어 더욱 그랬다. 쉬운 단어부터 어려운 단어까지, 맥락도 공통점도 이유도 없었다. 폭죽처럼, 발코니라는 말도 잃어버렸다. 어떤 날은 배꼽이라는 단어가 생각나지 않을 때도 있었다. 배꼽을 들여다보면서도 단어가 떠오르지 않았다. 정강이라는 단어도 잊어버렸고, 뒤꿈치라는 말도 잃어버렸다. 단어를 떠올리려고 하면 수십만 개의 단어들이 한꺼번에 머릿속으로 몰려들었고, 용철은 단어들의 더미 사이에서 길을 잃었다. 단어와 단어가 서로 얽히고는 알 수 없는 형체로 변했다. 용철은 단어를 떠올리려던 생각조차 잊어버리고 멍한 얼굴로 단어 속에 파묻히고 말았다. 민희는 병원에 가보라고 조언했지만 용철은 그럴 정도는 아니라고 무시했다.

용철의 휴대전화기에서 알람이 울렸다. '박물관 전시 체크하기'라는 창이 떴다. 박물관의 대규모 전시를 두 달째 도와주고 있었다. '현대 미술의 풍경—컨템퍼러리 클래식'이라는 모호한 제목이었다. 박물관에 있는 그림과 새로 공개하는 그림의 재배치를 도와주는 일이었다. 어떤 그림을 어디에 걸 것인지 결정하는 데 오랜 시간이 걸렸다. 시뮬레이션을 여러 번 했다. 그림의 위치를 재배치하기 전에 100명의 관객을 선정했다. 위치를 바꿀 때마다 100명의 관객을 불렀다. 100명은 같은 전시를 다섯 번 이상 봤다. 미술계에서는 전례 없는 일이었다. 용철은 박물관의 학예사 준철에게 전화를 걸었다.

접니다.

아, 정큐. 오늘은 못 오지?

정큐라고 부르지 말라니까요.

에이, 큐레이터를 큐레이터라고 부르는데 뭐가 문제야.

정큐라고 하니까 이상하잖아요.

정용철씨, 오늘 심기가 불편하신가봐. 큐레이터 정이라고 불러줘?

됐고요, 오늘 그림 바꾸는 날이잖아요.

응, 보내준 'E4' 배치는 봤어. 로드코 그림이랑 루이스 그림 바꾼 건 정말 신의 한수더라.

괜찮죠?

다 괜찮은데 1번 자리에다 오스틴을 넣은 건 무리 아닌가?

그래요?

난 좀 그렇던데.

한번 테스트해보죠.

그래, 그럼. 내일 모의 전시에는 올 거지?

가야죠.

내일 봐.

네.

용철은 전화를 끊고 머릿속에 있던 그림의 순서를 다시 한번 꺼내보았다. 1번 자리에다 오스틴을 넣은 게 파격적이긴 했다. 충분히 시도해볼 만한 파격이라고, 용철은 생각했다. 지난번 'E3' 배치의 반응도 좋았지만 무언가 조금 부족했다. 아무튼 내일 반응을 보자고. 용철은 혼잣말을 하고 전시장으로 들어갔다.

저는 어렸을 때부터 뭉개버리는 걸 좋아했어요. 그거 알죠? 짜부라진 우유곽. 주저앉은 사람들요.

전시를 앞두고 인터뷰를 하던 미요의 목소리가 용철에게 들렸다. 마이크를 들고 고개를 끄덕이던 방송국 기자가 용철에게 알은체를 했다. 이미 여러 번 만난 사이였다. 미요는 용철에게 손을 흔들었다. 미요의 가는 손가락이 해초처럼 흐느적거렸다. 손가락에는 여러 개의 반지가 맥락 없이 끼워져 있었다.

용철은 미요의 그림을 좋아했다. 미요의 그림을 보고 있으면 마음 어딘가에서 성냥이 켜지는 듯했다. 유황불에 뜨끔했다. 불이 켜진 성냥은 마음을 잠깐 비추다가 곧 꺼졌다. 짧은 순간이었지만 명징한 찰나였다. 미요는 기자와 계속 인터뷰를 했다. 크지 않은 전시실이라 인터뷰 내용이 다 들렸다. 인터뷰를 마치고 기자가 마이크를 들고 다가왔다.

늦었네.

인터뷰 다 했어요?

대충.

말 잘 못하죠?

작가들이 말 잘해도 이상하지.

인터뷰 내용 들어보니 전부 뜬구름 잡는 소리던데?

사람들은 구름 좋아해. 뭉실뭉실하니까.

긍정적이네요.

미요 작가 매력 있어. 화면도 잘 받고.

매력이야 넘치죠. 철, 철, 넘쳐흐르지.

〈문화 포커스〉로 짧게 나갈 거야. 30초.

고맙죠, 그것도. 참, 내일 모의 전시하는데 올 거죠?

아, 내일이었나? 전시 오픈하면 갈게. 내일은 다른 취재가 있어서.

그래요, 그럼.

방송국 기자는 카메라기자와 함께 전시장 밖으로 나갔다. 스태프 몇 명이 조명 위치를 확정짓고 있었다. 서른 점의 그림이 작은 전시실에 흩어진 채 불빛을 받고 있었다. 그림은 대부분 사물을 그린 것이었다. 안경, 의자, 책 같은 사물을 그렸지만 형체를 알아보기긴 쉽지 않다. 모든 두께를 없애고 뼈대만 살린 다음 그걸 평면으로 그린 작업들이다. 입체는 가라앉고 평면 위에 여러 선들이 어지럽게 널려 있었다. 그림 속 사물은 사물이지만 사물이라고 부를 수 없었다. 용철은 전시장을 천천히 걸어다니면서 그림을 보았다. 용철과 미요는 전시의 제목을 '뼈骨본 전'이라고 붙였다. 한글 '뼈'와 한자 '骨'과 영어의 'bone'을 합성한 제목이었다. 제목을 결정하면서 용철은 한중미 삼국에 널리 통용될 수 있는 제목이라고 농담을 던졌고, 전시 끝났을 때 본전만 챙기면 좋겠다고 미요가 농담을 되돌려주었다. 용철은 전시가 성공적일 것이라는 예감이 들었다. 전시장으로 돌아온 미요에게서 담배 냄새가 짙게 났다.

이제 뭐해요?

기다려야죠.

전시 오픈하려면 두 시간이나 남았잖아요.

기자들 몇 명 더 올 거예요.

인터뷰 또 하라고?

미요씨가 할 일이 그거잖아요.

내가 얘기하면서도 무슨 말 하는지 모르겠어요.

아까 잘하던데요?

잘하긴 뭘 잘해요. 뭔가 있어 보이려고 아무 얘기나 막 하는 거지. 큐레이터님이 대신 인터뷰 해줘요.

내가 하면 너무 번드르르해서 별로예요.

말을 너무 잘해서?

사람들이 날더러 사기꾼 같대요.

하하, 그러고 보니, 좀 그런 느낌이 들긴 하네.

말이 심하시네.

나 오늘 그걸 안 가지고 와서 그래요.

뭘 안 가져와요?

그걸 뭐라 그러지. 인터뷰 하면 무슨 이야기 해야지, 써놓은 게 있어요.

핸드폰에 썼어요?

아니요. 그거 뭐라 그러지, 노트가 아니고……

다이어리?

아뇨. 더 작은 거. 손바닥만한 거.

메모패드?

아뇨.

몰스킨?

몰스킨은 상표잖아요.

아…… 수첩?

맞다, 수첩. 수첩을 안 가져왔어요.

수첩이란 말이 생각이 안 났어요?

자주 그래요.

저도 자주 그래요.

그래요?

혼자 병명도 지었어요.

뭐요?

명사 분실증.

그러고 보니……

그렇죠?

명사만 잃어버리네요.

원래 그런 거래요.

뭐가 원래 그래요?

명사부터 잃어버리고 다음엔 형용사와 동사를 잊어버리고……

정전될 때처럼 완전 깜깜해지죠?

맞아요.

하나씩, 결국 다 잃는 거래요?

안 그런 사람도 있겠죠.

그럼 저는 분실증 초기 환자인 거네요. 다행이다.

위로가 되죠?

무척.

언제부터 그랬어요?

모르겠어요. 언제부터 그랬는지도 기억 안 나요.

힘든 시기를 통과한 뒤에 그럴 수 있대요.

통과한 뒤에요?

통과하고 나서는 잊어버리고 싶고, 지워버리고 싶어서.

난…… 지금 통과중인 거 같은데요.

통과중에도 그럴 수 있겠죠.

현재를 지워버리고 싶어서요?

그렇겠죠.

그건 아닐 거예요. 지금을 지워버리고 싶진 않아요.

요새 힘든 일 있어요?

힘들 만한 일이 있긴 하죠.

오늘은 좋은 날이니까 좋은 일만 생각해요. 주인공이잖아요.

바보 같은 소리 마요.

뭐가요?

좋은 일만 생각하는 날이 어디 있어요. 내가 어린애인 줄 알아요?

그런 얘기가 아니라……

네, 알아요. 알겠어요.

슬슬 손님 맞을 준비 해볼까요?

얼마 전에 친구가 죽었어요.

네?

제일 친했던 친구요. 유서는 없었어요.

사고로?

아뇨, 자살일 거예요.

유서가 없다면서요.

유서는 생략한 거죠. 원래 별로 말이 없던 애였어요.

갑자기 그런 거예요?

갑자기 뭐요?

갑자기 죽었냐고요.

저한테는 갑자기죠. 걔는 어떨지 몰라도.

마지막 인사 같은 것도 없었어요?

걔 가방이 제 방에 있어요.

두고 갔어요?

일부러 그랬는지도 몰라요. 찾으러 올 것처럼 두고 가더니, 안 왔어요. 아직까지 가방을 열어보지도 못했어요.

왜요?

못 열어보겠어요.

뭔가 들어 있을 것 같아서요?

모르겠어요.

아니면 아무것도 없을 것 같아서?

그럴지도.

어떤 심정인지 알 것 같아요.

알겠어요?

네, 알겠어요.

바보, 알긴 뭘 알아요. 손님 맞을 준비나 해요.

폭죽이 하늘로 올라가면서 전시가 시작됐다. 용철만의 의식이었다. '이것은 정용철이 기획한 전시입니다'라는 인증 같은 것이었다. 관객을 들뜨게 하는 효과도 있었다. 폭죽 소리를 듣고 난 후 전시장에 입장한 관객들은 맥박이 빨라질 수밖에 없다. 청각은 시각에 영향을 미친다.

많은 사람들이 다녀갔다. 용철의 영향력과 미요의 인기가 합해진 결과였다. 종이컵에 와인을 따라 마시면서 사람들은 미요의 그림에 대해 이야기했다. 3차원과 2차원과 입체와 평면과 형체와 구조에 대해 이야기했다. 미요는 사람들 틈에서 그런 이야기를 들었다. 자신의 작품에 대해서 이야기하는데도 무슨 말인지 모르는 것처럼 어리둥절한 표정을 지었다. 용철은 잘 아는 사람들에게 미요를 소개하기도 했고, 미요에게서 낯선 사람을 소개받기도 했다. 멀리 떨어져 있을 때에도 용철은 미요가 뭘 하고 있는지 살폈다. 주인공에 대한 예우였다. 전시가 끝나고 사람들은 회식 장소로 이동했다. 스무 명 정도의 사람이 싸구려 횟집에 자리를 잡았다. 두께가 얇은 광어회와 우럭회가 낮게 깔린 접시가 다섯 개 나왔다. 오, 사, 이십, 용철이 낮게 중얼거렸다. 모자란 거 있으면 더 말씀하세요, 용철이 큰 소리로 외쳤다. 용철과 미요는 멀리 떨어져 앉았다. 누군가 소주를 쏟았고, 누군가 매운탕을 휘젓다가 냄비가 기울기도 했다. 용철의 잔에 쉴새없이 소주가 가득찼다. 칭찬과 함께 소주를 따라주면 마다하기 힘들었다. 용철은 한 시간도 버티지 못하고 취했다. 술에 취하자 용철의 시간이 변했다. 실선이던 시간이 점선으로 변했고, 점선의 간격은 점점 넓어졌다. 내일 아침이면 기억나지 않는 순간이 많을 것이라는 예감이 들었다. 먼 쪽의 탁자에 있는 미요의 얼굴이 보였다. 용철의 눈에 미요의 얼굴은 고요하고 평온했다. 미요가 술을 잘 마시던가. 미요의 잔에 소주가 채워져 있었지만 마시는 걸 보지는 못했다. 용철은 다시 소주잔을 비웠다.

어이, 아저씨. 일어나봐.

응?

고주망태 아저씨.

뭐……야.

큐레이터 선생님, 얼른 일어나보시어요. 오늘 일하러 가셔야죠. 돈 벌어서 집세 내셔야죠.

여기 어디야?

어디긴, 집이지.

집?

기억 하나도 안 나지?

기억?

어떻게 들어왔는지 기억 안 나지?

왜 안 나. 전부 기억나.

웃기시네. 기억 전부 다 나는 사람이 옷장에다 소변을 봐?

응? 정말?

뻥.

야, 뭐야, 깜짝 놀랐잖아.

자기 내가 데리고 온 건 기억나?

정말? 뻥이지?

뻥 아냐. 술 마시다 전화 받고 데리러 갔잖아.

아, 그랬구나, 미안.

미안한 줄 알면 빨리 씻고 밥이나 먹어.

알았어. 잠깐만 정신 좀 차리고.

　용철은 정신을 되돌리기 위해 천장의 한 점을 응시했다. 용철이 기억을 되살릴 때 쓰는 방법이다. 계속 응시하면 어느 순간 점이 넓어지고 커진다. 그 안에 있던 기억들이 점의 구멍을 비집고 나와 용철의 눈앞에 나타난다. 미요의 얼굴이 보였다. 더이상 나타나는 게 없었다. 둥근 술잔이 보였고, 비틀거리면서 걸어가고 있는 자신의 모습이 보였다. 어디로 걸어가는지는 알 수 없었다. 웃음소리도 들렸다. 용철의 눈앞에 뜻밖의 기억이 나타났다. 용철이 누군가의 손을 잡고 있었다. 누구였지? 얼굴은 보이지 않았다. 용철은 머리를 좌우로 세게 흔들었다. 천장의 점이 사라졌다. 용철은 머리맡에 있는 휴대전화기를 확인했다. 민희에게 전화를 걸었던 시간은 새벽 1시였다. 1시까지 무슨 일이 있었던 걸까. 휴대전화기 옆의 지갑을 열었다. 현금은 그대로였다.

나 가방은 들고 왔어?

가방? 없었는데? 들고 나갔었어?

들고 나갔잖아.

그랬나?

술자리에 없었어?

사람들은 계속 마시고 있었고 난 자기만 데리고 나왔지. 가방은 못 봤어.

분명히 술집 들어갈 때 들고 있었어.

그럼 누가 챙겼겠지. 술집에서 보관해놓았거나.

술집이 어디였지?

그것도 기억 안 나?

아니, 나긴 하는데, 약간 헷갈려서.

웃기시네. 자기 자주 가는 이자카야.

맞다. 기억난다.

명사 분실증도 모자라서 이제 가방 분실까지 하시네. 이러다 나도 분실하는 거 아냐?

거기 있을 거야. 내가 이자카야 갈 때까지 들고 있던 거 기억나.

용철은 기억나지 않았다. 인터넷 검색으로 이자카야의 전화번호를 알아냈지만 연결은 되지 않았다. 아침 10시에 전화를 받을 리가 없었다. 용철은 서둘러 씻고 밥을 먹으면서 가방에 들어 있는 게 뭔지 생각했다. 스케치 노트와 전시 도록 몇 권과 필통, 휴대전화

충전기, 며칠 전에 산 시집 한 권이 들어 있었다. 잃어버린다고 해서 크게 문제될 건 없었다. 뭔가 더 들어 있었던 것 같았지만 더이상은 기억나지 않았다. 문제는 가방이었다. 유럽여행중 벼룩시장에서 산 것인데, 잘 들지 않다가 하필이면 전날 챙겨 나갔다. 아끼는 물건이라기보다 몇 번 쓰지 못한 물건이라 아쉬움이 생겼다. 아직은 잃어버린 게 아니었지만 각오는 해야 했다.

박물관으로 향하면서도 찜찜함은 사라지지 않았다. 가방이 없는 것도 문제였지만 무슨 일이 있었는지 기억나지 않는 게 더 큰 문제였다. 미술계 선배들에게 실례를 한 건 없는지, 싸움이 일어난 건 아닌지, 다들 무사히 잘 돌아갔는지, 빨리 취한 주제에 뒤늦게 걱정이 넘쳤다. 용철은 술자리에 있던 후배 화가에게 전화를 걸었다.

깼어?

응, 형. 목소리 쌩쌩하네.

어제 잘 들어갔지?

잘 들어갔지. 형 가고 나서 30분쯤 있다가 다들 갔어.

혹시 너 내 가방 봤나?

가방? 모르겠는데.

너, 마지막에 나왔어?

다 같이 일어났어. 가방은 없었는데……

그래?

다들 취했으니까 술집에 있을지도 모르겠네.

그래, 술집에 있겠네, 그럼.

형 어제 많이 취했지?

초반에 빨리 마시니까 확 취하더라.

내가 민희 누나한테 전화했어. 형 데려가라고.

그랬구나.

둘이서 아주 쌩쇼를 한 거 기억 안 나지?

둘이서? 누구랑?

누구긴, 미요씨지.

무슨 쇼를 했어?

끝말잇기 한 거 기억 안 나?

끝말?

자기들이 뭐라더라? 맞다. 단어 분실증 환자들이라고 계속 끝말
잇기를 해야 살아남을 수 있다고⋯⋯

오래했어?

오래하는 게 문제가 아니고, 계속 이상한 단어들 얘기하는데 웃
겨 죽는 줄 알았지.

미요씨도 취했어?

몰라. 미요씨는 별로 취한 거 같지 않았는데, 소리지르는 거 보
면 아주 정신 나간 사람 같았어.

씨발, 쪽팔리네.

쪽팔릴 거까진 없고, 그냥 웃겼어.

다른 별일은 없었고?

응, 후배 한 명 토한 거 말고는 비교적 유쾌하게 끝났어.

다행이다.

형 기분좋아 보이더라.

기분좋아야지. 전시 오픈인데.

형은 돌파구를 발견한 것 같아서 보기 좋아.

그래 보여?

그렇잖아.

나도 깜깜하다.

형이 깜깜한 거면 우리들은 통째로 블랙아웃이다.

곧 전기 들어올 거야.

근처에 발전소가 없어.

그렇게 있다보면 성냥불 같은 게 갑자기 보일 거야.

술 먹고 나면 이게 문제야. 다음날 되게 우울하다니까.

다음에 둘이서 한잔하자.

형, 미요씨 전시 좋더라.

그래?

형은 잘 기억 못하겠지만 다들 전시 좋다는 얘기 많이 했어.

그건 기억나.

자기 좋은 거만 기억하네.

원래 인간이 그런 거야, 인마.

어서 해장이나 하셔.

그래, 나중에 보자.

얘기를 듣고 보니 기억이 날 것 같았다. 용철은 미요의 손을 잡고 계속 무언가 이야기를 했다. 단어를 말했던 것 같았다. 어떤 단어였는지는 기억나지 않았다. 용철은 미요의 전화번호를 검색했지만 발신 버튼은 누르지 못했다. 좀더 기억이 되살아난 다음에 전화를 거는 게 나을 것 같았다. 전화기 액정을 들여다보고 있는데 전화가 걸려왔다.

자기야, 잠깐 통화 가능?

응, 가능.

셔츠 냄새나서 빨려고 봤더니 종잇조각이 있더라.

종이?

이게 뭐야, 무슨 암호문 같기도 하고…… 숫자도 적혀 있고, 글씨도 있는데, 뭔지 알아보진 못하겠다.

사진 찍어서 보내줄래?

그럴게.

고마워.

자기 이상한 사람 아니지?

그게 무슨 말이야?

스파이나 이중 첩자나 그런 거 아니지?

진심이야?

하긴……

하긴, 뭐?

단어도 다 까먹으시는 분이 무슨 스파이를 하겠어.

빨리 전화 끊고 사진이나 찍어서 보내줘.

롸저. 카피 댓.

종이의 앞뒷면을 찍은 사진 두 장에는 흘려 쓴 글씨가 가득했다. 끝말잇기를 하면서 적어놓은 단어들이 분명했다. 꾸불꾸불한 선들이 이리저리 흘러다니고 있었다. 용철은 두 손가락으로 사진을 확대해봤다. 한두 글자를 알아볼 수는 있었지만 어떤 단어인지는 파악하기 힘들었다. 스파이들의 암호문으로 착각하는 것도 이해할 만했다.

박물관에서는 모의 전시를 관람할 관객이 입장하고 있었다. 용철은 서둘러 사무실로 들어갔다. 학예사 준철은 자리에 앉아서 모니터를 들여다보고 있었다.

늦었네.

죄송해요. 시작했죠?

나도 막 들어왔어. 아주 늦진 않았어.

오늘 동선은 어떻게 짰어요?

순방향.

그럼 1번이 오스틴이네요?

큐레이터 정선생님께서 1번에다 오스틴을 넣었는데 역방향으로 돌릴 수야 있나.

고마워요.

고맙긴. 관객들 표정부터 좀 보자고.

5번 카메라 봐요.

저 아가씨 눈빛, 그림 뚫고 들어가겠는데?

지난번 배치보다 일단 집중도는 올라간 것 같죠?

8번 남자 봐.

팔짱 낀 거 보니까 마음에 드는 눈치인데요.

무슨 그림을 이따위로 그렸어? 이런 마음일 수도 있어.

노려보는 거 같진 않아요.

조금 있으면 '여기 담당자 어디 있어. 당장 그림 그린 사람 나오라고 해' 그럴 수도 있어. 식당에서 주방장 부를 때처럼.

다행이네요.

뭐가?

화가가 아프리카에 있잖아요.

혹시 화가 불러달라고 하면 아프리카는 정큐가 다녀와.

고맙네요. 출장도 보내주시고.

자, 관객들 2번 섹터로 넘어갔다.

지금까진 확실히 흐름이 좋아요. 관람 시간도 늘었고, 표정도 훨씬 좋아요. 그림 앞에 서 있는 평균 시간도 길어졌고, 초반부터 집중력 좋은데요?

날씨랑 상관있을 수도 있고.

좀더 보죠.

난 솔직히 모의 전시가 얼마나 효과 있는지 모르겠어.

제가 효과를 보여드릴게요.

자신만만하네.

그럼요.

관람객의 평균 관람 시간은 45분. 모의 전시 중 최장 시간이다. 30분 만에 전시장을 빠져나간 사람은 바쁜 일이 있어 보였다. 휴대전화를 받으면서 빠른 걸음으로 걸어나갔다. 최고점과 최저점은 평균에 합산하지 않는 것이라고, 용철은 생각했다. 한 시간이 지났지만 전시장에는 열 명 넘는 사람이 남아 있었다.

전시장의 동선 중에서 용철이 가장 중요하게 생각하는 것은, '되돌아가고 싶은가'였다. 전시장을 한 바퀴 돌아본 다음 처음부터 다시 보고 싶어야만 성공한 배치라고 생각했다. 한번 더 보고 싶어진다는 것은 전체 맥락을 이해했다는 것이고, 맥락을 이해한 사람은 전시를 처음부터 다시 보면서 디테일을 찾고 싶어한다. 두번째 볼 때 그림은 더욱 아름답다. 용철은 관객의 움직임과 표정을 꼼꼼히 기록했다. 전시 시작 후 한 시간 반이 지났을 때 전시장 입구에 낯익은 얼굴이 보였다. 전시장 입구에서 직원에게 뭔가 이야기하고 있는 사람은, 미요였다. 용철은 준철에게 양해를 구한 다음 전시장 입구로 갔다.

미요씨.

오라고 해놓고 입구에다 얘기도 안 했어요?

네?

그 표정은 뭐예요? 설마 기억 못해요?

제가, 그러니까…… 오라고 한 거죠?

우와, 뒤통수 제대로 치시네요. 술 취한 거 같더라니.

미안해요. 어서 들어와요.

어제, 기억 전혀 안 나요?

기억나요. 우리 끝말잇기도 하고 종이에다 단어도 엄청 적었잖
아요.

푸하. 하이라이트는 기억하시네.

그건 기억해야죠.

어디서부터 보면 되는 거예요?

용철은 미요와 함께 그림을 보기로 했다. 컴퓨터로 동선을 짜면
서 수백 번 넘게 그림을 봤지만 실제 'E4' 배치를 보지는 못했다.
실제 배치를 할 때 현장에서 지휘를 하지만 전날엔 미요의 전시 때
문에 그럴 수 없었다. 용철은 미요의 뒤를 따라갔다. 앞질러 설명
하지 않았다. 미요의 미묘한 반응을 놓치지 않기 위해 표정을 살폈
다. 미요는 천천히 걷다가 멈춰 서기도 하고, 손가락으로 턱을 만
지작거리거나 검지와 중지로 번갈아가며 허벅지를 두드렸다. 처음
엔 뒤따라오는 용철을 신경쓰는 것 같더니 어느 순간 주위에 뭐가

있는지 잊어버린 듯했다. 설탕이 물에 풀리듯 미요는 천천히 공간 속에서 녹고 있었다. 전시장 중간 지점에서 미요가 갑자기 용철을 바라보았다.

이 그림 누구 거예요?

맞혀봐요.

내가 아는 사람이에요?

알 수도, 모를 수도……

됐어요. 몰라도 그만이에요.

맞아요. 몰라도 그만이에요.

지금까진 훌륭한데요?

그래요?

가끔 큐레이터의 야망이 지나치게 드러난 대목이 있긴 하지만, 그 정도는 애교로 봐줄 수 있어요.

애교 부린 거네요, 미요씨한테.

애교를 들킨 거죠.

낯뜨겁네요.

이제 이 그림으로 전시의 반이 접히는 건가요?

데칼코마니 전시가 아니에요. 계단참 같은 거죠.

잠깐 쉬어가는 그림이에요?

게임 좋아해요?

별로요.

게임하다보면 세이브포인트라는 게 있어요. 지금까지 게임한 걸 저장해두는 지점이죠.

지워지지 않도록?

상기시키는 거죠. 지금까지 본 걸.

그럴싸한데요?

그럴싸한 전시를 만드는 게 제 직업이에요.

미요는 세이브포인트에 걸린 그림을 한참 들여다보다가 다시 걸었다. 미요의 걸음은 점점 느려졌다. 힘이 빠져서가 아니라 신중해진 것이었다. 전시의 절반을 지나고 나서는 미요의 뒤를 따라가며 용철도 그림을 보기 시작했다. 한 사람의 관람객이 되어 전시를 객관적으로 보기 시작했다. 조명의 위치와 작품의 높이나 간격보다 그림에 집중했다. 대부분 용철이 좋아하는 그림들이었다. 어둡지만 탁하지 않은 작품들이었다. 크지만 황량하지 않은 작품도 많았다. 화려하지만 불투명한 작품도 더러 있었다. 용철은 그림들을 보면서 천천히 걸었다. 전시장엔 관람객이 모두 빠져나가고, 뒷정리를 하고 있는 스태프 몇 명과 미요와 용철뿐이었다. 미요의 하이힐 소리가 동선 따위 염두에 두지 않고 어지럽게 뻗어나갔다.

미요는 10분째 한 그림 앞에서 움직이지 않았다. 고개를 오른쪽으로 살짝 젖힌 채 하염없이 그림을 들여다보고 있었다. 용철도 미요의 뒤편에서 그림을 보았다. 두 명의 여자가 손을 꼭 붙들고 화면 밖을 응시하는 그림이었다. 왼쪽 여자는 옅은 미소를 지었고,

오른쪽 여자는 표정이 없었다. 왼쪽 여자의 왼손과 오른쪽 여자의 오른손은 단단하게 얽혀 있었다. 식물의 뿌리처럼 뒤엉켜 있었다. 절대 떨어지지 않겠다는 의지가 근육과 힘줄로 드러났다. 둘의 얼굴은 붉었다. 뺨도 붉었다. 아랫눈시울은 촉촉했고 턱은 굳세게 닫혀 있었다. 두 사람의 다리는 자신들을 끌어당기는 외부의 힘에 맞설 수 있을 만큼만 벌어져 있었다.

그림을 보고 있는 미요의 모습은 두 여자와 닮았다. 그림이 아니라 거울 같았다. 용철은 차마 미요의 얼굴을 훔쳐보지 못했지만 그림 속 두 여자의 표정과 비슷하지 않을까 생각했다. 길고 긴 시간을 사이에 두고, 두 여자와 미요는 대치하고 있었다. 20분쯤 그림을 들여다본 미요가 걸음을 뗐다. 다른 그림은 보지 않고 곧장 걸었다.

큐레이터님, 저 갈게요.

다 봤어요?

네. 그만 봐도 될 거 같아요.

미요씨.

네.

미요씨.

네.

울어요?

아뇨.

눈이 빨개요.

그런 건 좀 모른 척해주면 좋잖아요.

미안해요.

저도 모의 전시 관객으로 생각하는 거예요? 왜 우는지 알고 싶어요?

아니에요. 미안해요.

저 여자들, 화가 앞에서 포즈를 취했겠죠?

그랬겠죠.

얼마나 오랫동안 저렇게 손을 꼭 붙들고 있었을까요.

꽤 긴 시간이었겠죠.

깍지 낀 손을 아무리 들여다봐도 시간이 보이질 않아요.

막 잡은 손 같죠?

그림은요, 순간을 낚아채진 못해요.

그렇죠.

사진이 부러울 때도 있어요.

찰나가 부러워요?

그림을 그리는 중에도 시간은 흐르니까요. 멈출 수 없어요.

그렇죠.

그림 속 여자들이 나한테 말을 걸었어요.

뭐라고요?

멈출 수 없어요. 아무것도.

멈출 수 없다.

네.

무슨 말인지 알겠어요.

진짜 알겠어요?

아뇨, 모르겠어요.

몰라도 상관없어요.

고마워요.

전시 고마워요. 잘 봤어요.

전시가 왜 좋은 줄 알아요? 똑같은 지점에서 출발하지만 절정은 다 달라요.

클라이맥스 말하는 거예요?

오르가슴일 수도 있고요.

절정이 끝나면, 모든 게 시들하죠.

그렇죠? 모든 게 무의미해져요.

이걸로 다 됐다, 싶죠. 더이상 보고 싶은 게 없어요.

더이상 필요한 게 없기도 하고, 필요한 걸 찾았던 내가 바보같이 느껴지기도 하고……

염세적이시네요.

가끔 이 전시장이 인간의 뇌 같다는 생각을 해요. 내가 만든 뇌 속에 관객들이 들어와서 생각을 하는 거죠.

자신의 기억도 보고요.

환청을 듣는 사람도 있어요.

우리 같은 분실증 환자들에게 딱 좋은 장소네요.

왜요?

여긴 명사가 필요 없잖아요.

그러네요.

전 제 전시장 가볼게요. 뼈들이 잘 있는지 봐야죠.

저도 저녁때 들를게요.

그래요.

미요가 가고 난 후 용철은 미요가 오랫동안 바라본 그림 앞에 다시 섰다. 손을 잡고 화가 앞에 선 두 여자를 생각했다. '멈출 수 없다.' 용철이 중얼거렸다. 용철은 그림 몇 점의 배치를 바꾸고 순서를 최종 확정했다. 전시 시작이 15일 앞으로 다가왔다. 전시는 두 달 넘게 이어질 것이다. 박물관 일을 모두 끝낸 시간은 저녁 6시였다. 용철은 일하는 동안 여러 번 이자카야에 전화를 했지만 연결되지 않았다. 직접 갔더니 매주 월요일은 정기휴무라는 종이가 유리문에 붙어 있었다. 용철은 전시장으로 갔다.

전시장에는 열 명 정도의 관객이 그림을 보고 있었다. 평일 저녁치고는 많은 편이었다. 미요는 입구 책상에서 전시회 도록을 보고 있었다. 미간을 찡그리고 입술을 앙다문 미요의 모습을 용철은 지켜보았다. 미요가 고개를 들어 용철을 확인하고는 손을 흔들었다.

뭐해요?

큐레이터 선생님이 쓴 해설 읽고 있어요.

왜요?

한 번 읽었는데 잘 모르겠어서 또 읽고 있어요.

전부 헛소리예요. 읽지 마요.

제 작품에 대해서 쓴 거잖아요. 다 외워버릴래요.

왜 그래요, 부끄럽게.

이 말 좋아요. 평면은 무한한 입체이다.

왜 좋아요?

무슨 말인지는 잘 모르겠는데, 어감이 좋아요. 평면, 입체, 무한.
무한 입체 평면. 입체 평면 무한. 무한. 무한.

미요씨 그림에 다 들어 있는 거예요.

대단한 작가네요.

그렇죠. 이제 알겠어요?

모르겠어요.

난 미요씨 초기작 보고 깜짝 놀랐어요. 제일 먼저 봤던 게……
그거 있잖아요.

뭐요?

화장실에 있는 거 있잖아요. 아, 또 단어가 생각 안 나네.

칫솔?

칫솔도 그린 적 있어요?

네.

그럼 재미있겠네요. 그거 말고 물 받을 수 있는 곳요.

세숫대야? 세면대? 그건 그린 적 없는데……

아뇨.

세수하는 곳 말고요?

세수 아니고. 몸 씻는 곳이요.

아……

알겠죠?

네. 맞아요. 그거 그린 적 있어요.

이름이 뭐죠?

물 받아서 목욕하는 곳이잖아요.

맞아요. 목욕. 목욕탕. 목욕실. 목욕장 아니고, 뭐지.

생각났어요. 욕조.

맞다. 욕조. 그 그림 되게 좋아했어요. 종이 위에다 물을 부으면 욕조가 부풀면서 물이 담길 것 같았어요.

욕조 그림 저도 좋아해요.

명사 분실증 환자 둘이 얘기하니까 힘드네요.

그래요? 저는 재미있는데. 스무고개 하는 거 같잖아요.

참, 어제 술자리 끝까지 있었죠?

네.

혹시 가방 하나 못 봤어요? 밤색 가죽 가방인데 손잡이 근처에 낙서도 있고……

아, 봤어요. 그거 큐레이터님 거예요?

네. 분명히 가게에 있었죠? 가게에 가봤는데 오늘 쉬는 날이네요.

어, 그 가방 제가 가지고 있어요.

미요씨가요?

네. 어제 제가 들고 갔나봐요.

왜요?

몰라요. 일어나니까 방에 있던데요?

어제 취했어요?

좀 취했었나봐요. 일어나서 누구 가방인가 싶었죠.

가방 열어보면 제 이름 적혀 있는데……

못 열어봤어요.

아무튼 다행이네요.

지금 갖다드릴까요? 자동차에 있어요.

주차 어디에 했는데요?

지하철역 공영주차장이요.

멀잖아요. 이따 줘요.

가방 안에 뭐 들어 있어요?

별거 없어요.

가방 안에 든 것 중에서 제일 중요한 게 뭐예요?

글쎄요.

잃어버리면 절대 안 되는 거.

없을걸요. 절대 잃어버리면 안 되는 건 가방에 안 넣죠.

그래요?

전 그래요.

그렇구나.

전시장 문을 닫을 때까지 미요와 용철은 함께 있었다. 용철은 전시장 안쪽 사무실에서 잡지에 기고할 글을 썼고, 미요는 자신의 도록을 계속 들여다봤다. 가끔 휴대전화기로 무언가를 확인하기도 했다. 미요와 용철은 8시에 전시장 문을 닫고 밖으로 나섰다. 주차장까지는 10분 정도 걸어야 하는 거리였다. 둘은 나란히 걸었다. 미요가 말을 걸었다.

큐레이터님은 왜 명사 분실증 된 거 같아요?

네?

그랬잖아요. 힘든 시기를 통과하고 나면 그럴 수 있다고.

모르겠어요.

모를 수도 있구나.

자연적인 퇴화 아닐까요?

에계, 겨우 삼십대 중반인데요?

인간의 전성기는 십대래요.

에이, 누가 그래요?

과학자들이 그랬어요.

못 믿을 과학자들이네.

십대 땐 별로였어요?

완전 별로였죠.

하긴, 저도 그랬어요.

뭔가 통과하고 나면 그럴 수 있다고 했잖아요.

네.

그런 것 같아요. 통과하면서 하나씩 지불하는 기분이에요.

통과할 때마다 단어 하나씩?

와, 그런 거면 좋겠어요. 잘 통과할 수 있으면 명사 같은 건 마음대로 줄 수 있는데.

그러다가 나중엔 말도 제대로 못하겠는데요?

명사 말고 부사나 감탄사나 동사로만 얘기하죠 뭐.

그래도 되긴 하겠네요.

나는 걷는다.

오호.

나는 잘 걷는다.

어디로 가요?

나는 도착한다.

어디에?

나는 매우 빨리 도착한다.

그리고?

나는 타고 간다.

뭘 타고?

나는 굴러가는 걸 타고 도착한다.

웃겨요. 그만해요.

명사 없으니 이상해요?

이상해요.

괜찮아요. 나중엔 아무 말 없이 그냥 그림만 그리죠, 뭐.

좋겠네요.

뭐가 좋아요?

그림을 그릴 수 있어서요.

아무나 그릴 수 있어요.

아무나 그릴 수 있지만 누구나 그릴 순 없어요.

누구나 그릴 수 있어요.

미요는 고개를 양쪽으로 흔들면서 앞으로 걸었다. 용철은 가방을 들고 있는 미요의 손을 보았다. 앞으로 걸었다. 공영주차장에는 차가 가득했다. 미요는 자신의 자동차를 찾는 데 한참 걸렸다. 공영주차장을 두 바퀴나 돌았다. 뒷자리에서 용철의 가방을 꺼냈다. 미요는 가방을 한 번 툭 치더니 용철에게 건넸다. 미요의 손등과 용철의 손가락이 가볍게 스쳤다.

이거 맞죠?

네. 맞아요.

반갑죠?

반갑네요.

용철은 가방을 손에 쥐었다. 가죽 손잡이의 솔기가 손바닥에 닿았다. 미요가 운전석 문을 열며 용철에게 물었다.

태워드려요?

아뇨. 걸어갈게요.

내일 봐요.

네. 내일 봐요.

미요의 자동차가 떠나고 난 후, 용철은 생각보다 가방이 가벼워졌다는 느낌을 받았다. 무언가 빠져나간 것이 있을지도 몰랐다. 미요가 무언가 빼낸 것이 아니라 술자리에서 가방 속에 든 무언가를 용철이 직접 버렸을지도 몰랐다. 기억나지 않는 일들이었다. 뭐가 없어졌기에 가방이 가벼워졌을까. 착각일지도 모른다. 가방 안은 그대로일 것이다. 용철은 가방을 들고 손목을 까딱거려 보았다. 가방 속에 뭐가 들어 있었는지 정확하게 잘 기억나지 않았다. 가방을 열어보기 전에는 모를 일이었다.

보트가 가는 곳

이것은 아마도 마지막 기록이 될 것이다. 남은 시간이 많지 않으므로 기억의 상한선을 미리 정해놓아야 할 것 같다. 무작정 기억을 거슬러올라갈 수는 없다. 기억은 시간의 순서대로 늘어서 있지 않고, 사방으로 뻗어 있으며 관계없는 내용들이 링크된 것도 많으므로 기억을 골라낼 때는 핀셋으로 조심스럽게 집어내야 한다. 기억의 상한선을 넘지 않으려면 온몸의 신경을 곤두세운 채 집중해야 한다.

상한선은 아마도 2개월 전이 될 것 같다. 다른 기준은 있을 수 없다. 2개월 전, 도시 가득 눈발이 흩날리던 크리스마스이브에 세상의 모든 것이 바뀌었다. 물론 그 이전의 기억들이 섬광처럼 번쩍일 것이다. 지금은 10년 전의 일처럼 아득하지만, 때로는 어제처럼 생생한 기억들이 순간순간 의식의 수면 위로 튀어오를 것이다. 하지만 최대한 무시해야 한다. 그러지 않으면 나는 이 기록을 끝낼 수 없다.

이 기록을 읽게 될 누군가를 위해 2개월 전에 일어난 일부터 상세하게 설명해야 할 것 같다. 아니, 솔직히 말해서 누군가 읽을 것이라고 생각하지는 않는다. 도대체 누가 이곳에서 살아남을 수 있단 말인가. 설혹 살아남았다 한들 이따위 기록을 읽고 싶겠는가. 이토록 암담한 문장들을, 희망이 아닌 절망의 기록을 도대체 누가 읽고 싶겠는가. 하지만 쓸 수밖에 없다. 기록할 수밖에 없다.

3개월 전, 그러니까 작년 11월, 미국 시카고에 다녀온 적이 있다. 어렵게 휴가를 내서 형네 가족과 어머니를 만나고 왔다. 비행기에서 내내 우울했다. 모든 걸 버리고 떠난 사람은 형네 가족과 어머니였는데, 한국에 남아 있는 내가 버린 것 같은 기분이 들었다. 어쩌면 다시는 형과 어머니를 못 만날지도 모른다는 예감이 들었다. 흔한 예감이었다. 예감했다는 걸 잊어버리는 바람에 예감이 틀렸다는 사실조차 확인할 길 없는 종류의 사소한 예감이었다. 근거 없는 예감이기도 했다. 도대체 무슨 근거로 형과 어머니를 다시는 만나지 못한다고 생각했는가. 설명할 길이 없다.

돌아오기 며칠 전, 형은 시카고에서 같이 살면 어떻겠냐는 제안을 했다. 그럴 마음이 전혀 없었던 것은 아니었다. 어딘가로 벗어나면 좋겠다는 생각을 자주 했고, 그곳이 어디든 상관없었다. 이곳이 아니면 어디든 상관없다고 생각했지만, 형의 이야기를 듣는 순간 나는 그러지 않겠다고 얘기했다. 고민 없는 결정이었다. 빨리 거절해야 할 것 같았다. 고민하는 모습을 보이고 싶지 않았다. 내게는 형과 다른 확고한 신념 같은 게 있어, 형이 그걸 흔들 수는 없어, 그런 메시지를 되도록 빨리 전달하고 싶었다. 내게 확신이 있었던 적이 있었던가.

기억의 상한선을 정해놓고는 그걸 곧바로 어기고 말았다. 하지만 미국에서 돌아오던 날까지는 상한선을 연장해야겠다. 비행기에서 한국으로 돌아오던 그 순간, 내가 예감했던 것들, 다시는 형과 어머니를 만나지 못할 것이라는 예감, 무언가 불길한 것이 내 앞을 가로막을 것 같은 예감, 내 삶이 커다란 변화를 맞이하게 될 것 같다는 예감이 모두 들어맞았으니까 말이다. 나는 어머니에게서 사진 한 장을 받았다. 어머니와 형과 내가 나란히 서 있는 흑백사진이었다. 형은 젊었고, 나는 어렸다. 형은 지금 몸무게의 절반도 안 될 것처럼 날씬했고, 나는 훨씬 작았다. 어머니는 성경책 갈피 속에 잘 보관해두었던 사진을 내게 건넸다. 비행기에서 그 사진을 들여다보고 있으니 어머니와 형과 헤어진 게 훨씬 이전의 일처럼 느껴지기도 했다.

시카고에서 돌아온 다음날, 시내의 대형 서점에 나가서 지구본 하나를 샀다. 시카고가 여기에서 얼마나 먼 땅인지 깨닫기 위해서였다. 돌아갈 곳이 없다는 걸, 여기에서 혼자라는 사실을, 매순간 스스로에게 각인시키고 싶었다. 서울과 시카고 사이에는 땅과 바다가 겹겹이 쌓여 있었다. 릴케의 책『말테의 수기』첫 문장이 어렴풋하게 떠오른다. 정확하게 떠올릴 수는 없다. 찾아볼 곳도 물어볼 사람도 없다. 내 기억으로는, '사람들은 살기 위해 이곳으로 오지만 실은 여기에서 죽어갈 것이다'라는 내용이었을 것이다. 책의 내용은 기억나지 않고, 오직 시작 부분만 떠올랐다. 지금 내 눈에 보이는 풍경이 정확히 그렇다. 나도 마찬가지다. 시카고를 떠나 살기 위해 한국으로 돌아왔지만 나는 여기에서 죽어갈 것이다. 죽어갈 것이다, 라고 소리내어 발음하면 오히려 마음에 안정이 찾아오기도 한다. 죽어갈 것이다. 곧 죽어갈 것이다. 인간이란, 스스로 죽을 수 있어서 얼마나 행복한 동물인가.

이제 더이상 기억의 상한선을 넘지 않겠다. 뇌 속에 들어 있는 전용 제트기를 타고 2개월 전, 12월 24일로 곧장 날아가겠다. 크리스마스이브였기 때문에 거리는 무척 시끄러웠다. 사람들 얼굴 속에 스민 밤에 대한 기대는 끓어오르기 직전의 냄비처럼 들썩였다. 웃고 있는 얼굴이 많았다. 아마도 내 얼굴에는 아무런 표정도 없었을 것이다. 그즈음 내 얼굴에는 졸린 표정이거나 잠든 표정이거나 깨어 있는 표정, 세 가지 정도뿐이었다. 감정이 스며들 여지가 없었다. 일이 많았고, 일부러 일을 많이 하기도 했다. 거리의 누군가 소리쳤다.

야, 눈 온다.

근처에 있던 사람들이 모두 고개를 들어 하늘을 올려보았다. 눈이 내리고 있었다. 하늘에서 떨어지는 것은 눈뿐이 아니었다. 어떤 물체가 눈보다 더 빠른 속도로 낙하하여 사람들의 눈앞에 멈춰섰다. 눈송이보다 훨씬 컸고, 날카로웠고, 선명했고, 반짝였다. 정체를 알 수 없었지만 위험한 물체라는 건 한눈에 알아볼 수 있었다. 누군가 찢어지는 목소리로 비명을 질렀다. 눈이 온다고 소리쳤던 그 사람일지도 몰랐다. 비명소리는 빠른 속도로 전염됐고, 어째서 비명을 질러야 하는지 모르는 사람들도 이유 없이 비명을 질러댔다. 나 역시 그 장면이 너무 무서워 건물 벽에 등을 기댄 채 움직이지 못했다. 사람들 머리 위에는 볼링공 모양의 비행물체가 수천, 수만, 수백만 대, 아니 그보다 더 많이 떠 있었다. 너무 많아서 헤아린다는 게 무의미했다. 비행물체의 표면은 알루미늄 같기도 했고, 합금 같기도 했다. 아마 인간들이 추측할 수 없는 재질일 것이다. 비행물체에는 길고 짧은 여러 개의 돌기가 삐죽 비어져나와 있었는데, 그 돌기들이 물풀처럼 흐느적거리며 사람들을 살폈다. 그 짧은 순간이 수십 년처럼 길게 느껴졌다. 지금도 그때의 초침 소리가 들리는 것만 같다. 관찰은 곧 끝났고, 학살의 시간이 시작됐다.

비행물체는 인간들에게 직접적인 공격을 가하지는 않았다. 확언할 수는 없지만 총알이든 레이저든 무언가 발사하는 걸 본 적은 없다. 비행물체는 강하게 회전하며 땅으로 내리꽂혔고, 땅에다 지름 1미터 크기의 구멍을 만들었다. 수많은 비행물체가 순차적으로 땅바닥에 구멍을 냈고, 곳곳에서 사람들의 비명이 들려왔다. 거대한 우박이 땅에다 구멍을 내는 풍경 같기도 했다. 건물 가까이 있던 나 같은 사람들은 구멍을 피할 수 있었지만, 길을 걷던 수많은 사람들이 구멍 속으로 빨려들어갔다. 앞에 있는 구멍을 피하려 뒷걸음질하다 빠진 사람도 있었고, 중심을 잡지 못해 비틀거리다 빠지는 사람도 있었다. 많은 비명소리들이 아득하게 멀어져갔다. 구멍이 얼마나 깊은지 어디로 연결돼 있는지 알 수 없었다. 구멍을 만든 비행물체가 되돌아나오지 않는 걸로 봐서는 지구의 한가운데로 연결되는 것인지도 몰랐다. 소리 없는 살육이었고, 피 한 방울 볼 수 없는 학살이었다. 간신히 살아남은 사람들은 건물에 바싹 붙어 서서 자신이 지금 본 것이 실제로 일어난 일인지 의심하고 있었다.

비행물체를 이용해 땅에다 구멍을 만든 게 누군지는 알 수 없지만, 지능이 있는 존재인 것만은 분명했다. 게다가 그 존재가 지극히 '인간적인' 생각을 한다는 것도 확실해졌다. 그렇지 않고서야 사람들이 길거리로 쏟아져나오는 크리스마스이브를 공격 날짜로 정했을 리 없다. '인간적인' 지능이 있다는 근거는 그 외에도 많다. 땅바닥에 구멍을 내면서 살아 있는 사람들을 한 방향으로 몰아간 것도 그렇고, 저녁이 되면 작은 불빛을 내어 사람들이 잘 걸어갈 수 있게 한 것도 그렇다. 사람들은 살기 위해서 구멍이 없는 쪽으로 계속 이동해야 했다. 인간들이 소나 양을 한쪽으로 몰아가듯, 비행물체는 인간들을 자신들이 원하는 방향으로 몰고 갔다. 선택의 여지가 없었다. 구멍에 빠지거나 앞으로 걸어가야 했다.

수많은 구멍을 만들어 지반을 들쑤시면서도 하수도를 전혀 건드리지 않은 점도 그들의 능력을 추측게 하는 대목이었다. 비행물체는 지능적으로, 조용히, 지구를 박살내고 있었다. 비행물체가 바다에 구멍을 낼 때에도 커다란 굉음은 들리지 않았다. 드르륵, 하는 작은 소리만 났다. 시간이 좀 지나서는 땅을 뚫었을 때 그 모든 흙들이 어디로 사라졌는지, 얼마나 빨리 회전해야 그렇게 완벽한 원을 만들 수 있는지 궁금한 게 많아졌지만, 처음에는 공포스럽기만 했다. 사람들의 비명소리를 제외하면 도시는 평온했다. 바다에 구멍이 나 있을 뿐이었다. 구멍 속으로 사람들이 빠졌을 뿐이었다. 죽었는지도 확인할 수 없었다. 어쩌면 구멍 속으로 들어간 사람들은 그 속에서 새로운 세상을 건설하고 살지 모른다고 생각할 수도 있었다. 그렇게 생각하고 싶었다. 단 한 구의 시신도 발견하지 못했으므로, 죽어가는 사람들의 마지막 절규는 들리지 않았으므로, 구멍 속에서 기어나온 사람도 없었으므로 아무것도 확언할 수 없었다. 죽음은 지상의 일이 아니라 땅속의 일이었다. 땅속의 일인 것이 다행이라는 생각이 들었다. 나도 한번 구멍을 들여다본 적이 있다. 바닥에 엎드린 다음에 구멍 속에 얼굴을 집어넣고 '아' 하고 소리를 내본 적이 있다. 소리는 울리지 않았다. 어둠은 대꾸하지 않았다. 금방이라도 그 속에서 무엇인가 튀어나올 것 같아서, 아니면 구멍에 빠진 사람이 내 머리카락을 쥐고 기어올라올 것 같아서, 나는 구멍을 피했다.

모든 전파가 먹통이 된 것 역시 그들의 능력을 보여주는 증거였다. 살아남은 사람들은 연신 휴대전화를 들여다보았지만 신호는 잡히지 않았다. 거리의 공중전화도 불통인 건 마찬가지였다. 비행물체들은 아마도 자신들끼리 신호를 주고받을 것이며, 지구인의 신호 따위는 필요하지 않을 것이다. 지구인의 신호를 없애버리는 것도 그들에겐 간단한 일일 것이다. 하늘에 그토록 많은 비행물체들이 떠 있으니 전화가 걸리지 않는 게 당연한 일인지도 몰랐다. 하늘은 그들의 세계이고, 땅이 우리들의 영역이었다.

수많은 비행물체들이 땅으로 떨어지며 구멍을 냈지만 그들의 숫자는 좀처럼 줄어들지 않았다. 더 많아진 것 같기도 했다. 어디선가 비행물체는 끊임없이 리필되고 있었다. 없어지는 만큼 보충됐다. 어쩌면 비행물체들이 지구를 한 번 관통한 다음 다시 돌아오는 것인지도 모르겠다는 생각이 들었다.

거리에서는 살아남은 사람들의 기다란 행렬이 시작됐다. 비행물체들이 만들어준 길은 세 사람이 걸어갈 수 있을 정도로 좁은 길이었다. 2미터에서 3미터 정도 너비였고, 갓길은 없었다. 갈림길도 없었고, 오직 한 방향이었다. 사람들은 겁에 질려 벌벌 떨면서도 계속 앞으로 걸어갔다. 자동차는 움직일 수 없었기 때문에 사람들은 차에서 내려 모두 걷기 시작했다. 오토바이 한 대가 멀리서 달려오다 앞바퀴가 구멍에 빠지면서 고꾸라지는 모습이 보였다. 오토바이에 타고 있던 남자는 하늘로 붕 떠올랐다가 구멍으로 빠져

들어갔다. 오토바이에 타고 있던 남자가 구멍 입구를 손으로 붙들며 안간힘을 썼지만 도와줄 사람은 없었다.

사람들이 다니는 길로 오토바이가 들어온 적도 있지만 그리 오래 달릴 수는 없었다. 사람들은 살기 위해 오토바이를 붙잡았고, 오토바이는 곧 구멍 속으로 처박혔다. 길 곳곳에서 싸움이 일어났지만 그래도 사람들은 묵묵히 남쪽으로 걸었다. 싸움을 끝낸 사람들도 다시 남쪽으로 걸었다. 수천 명의 인간들이 오직 한 방향으로 걸어가는 모습은, 교통 정체로 꽉 막힌 도로의 모습을 떠올리게도 했고 한편으로는 장엄해 보이기도 했다.

어째서 그 방향인지는 알 수 없었다. 비행물체들이 남쪽 방향을 향해 천천히 움직이고 있어서 그런 건지도 모른다. 그들이 원하는 방향으로 걸어야 한다고 생각했는지도 모른다. 처음으로 걷기 시작한 게 누군지, 반대 방향으로 걸어가면 왜 안 되는지 정확히 아는 사람도 없었고 확인할 길도 없었다. 일단 방향이 정해지자 사람들은 무작정 걸었다. 어쩌면 사람들은 일단 남쪽으로 내려가려는 습성이 있는지도 모른다. 남과 북이 나뉜 대한민국이라서 그런 것이 아니라 일단 위급한 상황이 닥치면, 사람들은 살기 위해서 따뜻한 곳으로 걸어가는지도 모른다. 우리는 묵묵히 계속 걸었다.

가끔 반대 방향으로 걷는 사람이 있었다. 무리를 거슬러올라가는 그들의 얼굴은 딱딱하게 굳어 있었다. 되돌아갈 사정이 있거나 무슨 일이 생기든 머무르는 쪽을 택한 사람들일 것이다. 가족 때문이든 연인 때문이든 어떤 이유로든 머물 수밖에 없는 사람도 있을 것이다. 아마 그런 사람의 수가 꽤 많을지도 모른다. 죽음의 행렬에 참여하지 않고 집에 가만히 앉아 있는 사람의 숫자는 알 길이 없었다. 비행물체들은 도로뿐 아니라 건물에도 똑같은 구멍을 냈기 때문에, 집에 가만히 앉아 있는 것은 죽음을 택한다는 뜻이었다. 죽음을 택하는 사람들의 심정도 이해할 수 있었다. 그들은 오히려 생각이 많은 사람들일지도 모른다. 어쩌면 지금쯤 후회하고 있을지도 모른다. 나는 생각 없이 몸을 움직였고, 여기까지 걸어오게 됐다.

낮에는 걸었고, 날이 어두워지면 쪼그려앉아 잠을 잤다. 밤이 되면 비행물체들이 낮게 날았다. 손을 뻗으면 닿을 수 있는 곳까지 가까이 다가왔다. 비행물체에서 나는 열 때문에 밤에도 그렇게 춥지는 않았다. 12월의 날씨라기보다는 봄처럼 느껴졌다. 딱 걷기 좋은 날씨였다. 비행물체들은 아마 거기까지 면밀하게 조사해 온 거겠지.

잠에서 깨면, 여기가 어딘지 잠깐 생각했다. 잠들기 전에는 이 모든 것이 꿈이었으면 좋겠다는 꿈을 안고 잤다. 꿈은 잘 꾸어지지 않았다. 꿈을 꾸기 위해서는 먼저 꿈으로 들어가야 하는데, 그게 잘 되지 않았다. 죽을 수 있다는 게 유일한 희망이었다. 실제로 몇몇 사람은 조용히 구멍 속으로 뛰어내리기도 했다.

그녀를 만난 것은 닷새가 지날 무렵이었다. 그녀 이야기를 시작하자니 갑자기 목이 마르다. 조금 쉬었다가 다시 써야 할 것 같다.

　비행물체는 수많은 인간들이 고속도로를 걷게 했는데, 그건 아마도 관리를 쉽게 하기 위해 그런 게 아닌가 싶다. 고속도로 옆으로는 구멍을 충분히 내놓았기 때문에 달아날 곳이 전혀 없었다. 모두들 허기와 싸우며 계속 걷고 있었다. 가끔 내리는 눈으로 갈증을 채울 수 있었지만, 허기는 좀처럼 달래지지 않았다. 사실 먹을 것은 널려 있었다. 비행물체가 어디선가 가져와 뿌려놓은 바나나가 고속도로 곳곳에 쌓여 있었다. 사람들은 처음엔 열심히 바나나를 먹었지만 곧 시들해지고 말았다. 바나나로는 채울 수 없는 허기의 구멍이 몸속에 깊이 나 있었다. 도저히 참을 수 없을 때만 바나나를 먹었다.

　지금도 몹시 궁금한 것 중 하나가 다른 지역의 소식이다. 내가 겪는 지옥이 나만의 일인지, 아니면 전 세계 모든 사람들이 똑같이 겪는 지옥인지 알 길이 없었다. 비행물체를 가만히 들여다보고 있으면 정답을 알 것 같기도 했다. 저렇게 진보된 기술을 가진 종족들이, 한국만을 공격할 이유가 없을 것이다. 지구의 수많은 사람들이 남쪽으로 걸어갔을 것이다. 도대체 무슨 일이지? 어쩌다 갑자기 세상이 지옥으로 변해버린 거지? 그러면서 계속 걸었을 것이다. 사람들은 걷기 시작한 초반에는 휴대전화를 계속 들여다봤다. 신호가 잡힐지도 모른다는 생각을 버릴 수 없었다. 가족들의 안전이 궁금하기도 했고, 다른 나라의 상황이 궁금하기도 했다. 배터리는 빨리 닳았고, 전원은 곧 꺼졌다. 충전할 곳은 없었다. 비행물체에게 잘 얘기하면 '자신의 몸에 어댑터를 꽂으라'고 말하며 구멍을 내줄지도 모르겠다. 하, 이제 이런 농담도 할 수 있게 됐다.

닷새가 지날 때쯤, 나는 앞사람의 발뒤꿈치만 보며 걷고 있었다. 언제부터 그 뒤꿈치를 따라왔는지는 기억나지 않는다. 걷다보니 내가 보고 있는 게 뒤꿈치였다는 걸 뒤늦게 깨달았다. 살이 많지 않은 뒤꿈치였다. 뒤꿈치를 보며 걸으니 마음이 차분해졌다. 절망적인 상황이었지만, 어쩐지 남쪽으로 가고 있다는 사실이 묘한 안도감을 주기도 했다.

'우릴 죽일 생각이었다면 진작에 죽였겠지.'

그런 사소한 추측이 위안을 주기도 했다. 이런저런 생각을 하며 걷고 있는데, 앞사람의 뒤꿈치가 갑자기 흔들리더니 옆으로 비틀거렸다. 앞사람은 넘어지지 않으려고 흔들리며 버티다가 구멍이 있는 쪽으로 넘어지려고 했다. 나는 팔을 뻗어 앞사람이 구멍에 빠지는 걸 간신히 막을 수 있었다.

고마워요.

그녀가 돌아보며 말했다.

조심하세요.

내가 대답했다. 그녀의 입술이 파랗게 질려 있었다. 나는 파카를 벗어서 그녀의 어깨에 둘러주었다. 그녀는 고맙다는 말도 할 수 없을 만큼 지쳐 있었다. 우리는 그때부터 이야기를 하며 걷기 시작했다. 그녀의 이름은 윤정화였다. 식품 회사의 연구원이었고, 나이는 27세. 눈이 커서 무척 유순한 인상이었고, 입술 옆에 작은 점이 하나 있었다. 보는 사람 입장에서는 기분이 좋아지는 점이었지만, 막상 점을 달고 다니는 입장에서는 콤플렉스로 여길지도 모를 정도의 크기였다. 점에 대해서는 이야기를 꺼내지 않았다. 그녀는 듣는 쪽이었고, 내가 주로 이야기를 했다. 나는 이야기로 그녀를 붙잡아주고 싶었다. 구멍에 빠지지 않게, 비틀거리지 않게 해주고 싶었다. 처음에는 괜찮다며 거부했지만 몇 시간이 지나자 그녀가 내 팔을 붙들고 걷기 시작했다. 둘러주었던 파카를 제대로 입히고 지퍼를 끝까지 올려주었다.

어쩌다가 이런 차림으로 나왔어요?

저녁 먹으러 나왔다가 그랬어요.

식품 연구하는 분들도 밖에서 사먹나봐요?

그럼요. 지겹죠.

크리스마스이브였잖아요.

그러니까요.

우리는 천천히 이야기를 하며 걸었다. 내 팔을 붙드는 그녀의 팔에 점점 힘이 들어가고 있었다. 지쳐간다는 뜻이기도 했고, 긴장의 방어막이 옅어졌다는 뜻이기도 했다. 나는 그녀가 몸을 비틀거릴 때면 그녀의 어깨를 잡고 걷기도 했다. 어깨뼈가 한 손에 들어올 정도로 마른 몸이었다.

무슨 일 하세요?

맞혀보세요. 스무고개라도 하면서 시간 보냅시다.

그럴 힘이 없어요.

그럼 말로 하진 말고, 생각으로라도 하세요. 그렇게라도 머리를 써야 정신을 차릴 수 있어요. 지금부터 생각으로만 하나씩 물어보세요.

물었어요.

아니에요.

뭐가 아니에요?

저도 정화씨가 물어봤을 만한 질문을 생각해봤어요.

뭔데요?

공무원입니까?

그 질문 아닌데요.

뭔데요?

매일 출근합니까?

아, 매일 출근하죠. 휴일에도 출근합니다.

잠깐 쉬었다 갈까요?

이런 이야기를 하며 우리는 오랫동안 걸었다. 그녀를 붙잡아주기 위해 이야기를 시작했지만 이야기를 하면서 나도 더 힘을 내게 됐다. 그녀를 붙들어야 한다는 새로운 목적이 생기자 더 잘 걸을 수 있게 됐다.

전에 들어본 적 있는 지명이 적힌 표지판 아래를 지나고 있을 때 옆길에서는 사람들이 합류하고 있었다. 사람들은 서로의 상황을 물었지만 무슨 일이 일어난 것인지 제대로 아는 사람은 없었다. 수백 수천 만의 비행물체가 갑자기 나타나서 땅에다 구멍을 뚫었고, 그때부터 무작정 걷기 시작했다는 것은 우리와 똑같은 이야기였다. 시간을 비교해보면 비행물체가 떨어진 때는 똑같은 것 같았다. 합류한 무리는 반대쪽으로 걸어가다가 길이 막혀 있는 걸 뒤늦게 확인하고, 다시 고속도로로 접어든 사람들이었다. 비행물체가 사람들을 한 방향으로 몰아가고 있다는 사실은 분명해졌다.

사람들은 자신들의 머리 위에 떠 있는 비행물체에 점점 더 익숙해져갔다. 가끔 슉, 슉, 하는 쇳소리를 내는 것 말고는 사람들을 위협하는 일도 없었다. 시간이 지나자 위험한 외계비행물체가 아니라 그저 하늘에 주렁주렁 매달려 있는 만국기나 풍선같이 느껴졌다. 때로는 천천히 흘러가는 동그란 구름 같았고, 가로등 같았고, 커다란 물방울 같았고, 때로는 가까이 있는 여러 개의 분리된 태양 같았다.

비행물체 때문에 파랗고 널찍한 하늘을 제대로 본 지가 꽤 오래됐다. 그녀와 나는 앉아서 쉬는 시간이 많아졌다. 도착지가 어디인지 알 수 없지만 빨리 간다고 해서 좋을 것 같지도 않았다. 바나나를 까먹으며 그녀가 물었다.

저것들은 정체가 뭘까요?

외계인들 아닐까요?

외계인이란 건 사람이라는 거잖아요.

그러면 외계비행물체.

우릴 다 죽이려는 걸까요?

죽일 생각은 아닌 것 같아요. 그러면 우리를 데려가진 않겠죠.

우릴 살려서 뭐해요?

뭔가 할 게 있겠죠.

있을까요?

네. 있을 거예요.

그랬으면 좋겠어요.

그녀는 자주 좌절했고, 쉽게 울었다. 그녀가 울기 시작하면 나는 손을 잡아주었다. 파카 주머니 속에 있는 그녀의 떨리는 손을 잡아 주었다.

다른 곳도 다 이럴까요?

그렇지 않을까요?

너무 끔찍해요.

여기만 생각합시다. 우리 머리 위만 봅시다.

전 한 번도 종말 같은 거 생각해본 적 없어요.

아직은 희망이 있어요. 또 모르죠. 지구 어딘가에서 비밀 군대가 외계비행물체와 싸우고 있을지.

그럴까요?

그렇지 않을까요?

응원해주고 싶네요.

우리는 서로의 얼굴을 보면서 미소를 지었다. 나는 희망을 믿고
싶지 않지만, 믿는 척했다. 정말, 어딘가에서, 우리가 알지 못하
는 어떤 군대가 외계비행물체와 싸우고 있을지 모른다. 강력한 무
기를 장착한 군대는 끝내 승리하여 우리 머리 위에 있는 비행물체
도 물리쳐줄지 모른다. 그런 생각을 하면서도 나는 희망을 갖지 않
았다. 영화에서는 그런 일이 가능하지만, 아군이 승리하며 모두가
환하게 웃는 해피엔딩을 맞게 되지만, 나는 믿음을 가질 수 없었
다. 믿음과 희망은 내가 갖기엔 너무 큰 것들이었다.

우리는 계속 걸을 수밖에 없었다. 길 위에 머무르는 건 위험한
짓이었다. 먹을 것도 부족했고, 조용히 머무를 곳도 없었다. 길이
좁다보니 조금이라도 힘이 빠지면 사람들에게 밀려 구멍에 빠질
수도 있었다. 목적지가 어디든 일단 끝까지 걸어가봐야 했다.

시간이 흐를수록 사람들 사이에서 자주 싸움이 일어났다. 서로
의 몸이 부딪치다보니 모두들 극도로 예민해졌고, 별것 아닌 행동
과 말에도 심하게 화를 냈다. 어떻게 보면 모든 사람이 총을 들고
있는 것이나 마찬가지였다. 길에서는 살짝만 밀어도 사람을 죽일
수 있었다. 모든 곳이 낭떠러지였고, 어디나 죽음의 현관이었다. 실
제로 구멍에 빠져 죽는 사람이 많았다. 내가 본 것만 해도 스무 명

이 넘었다. 사람들은 살인자를 비난하지 않았다. 비난하려면 자신의 목숨을 걸어야 했다. 이미 일어난 죽음 때문에 내 목숨을 걸 수는 없었다. 내게는 그녀를 지킨다는 명분도 있었다. 그녀는 약한 존재였고, 그녀를 끝까지 지키기 위해서는 비겁해질 필요가 있었다.

지금 생각해보면 그녀에 대한 내 마음이 어디서 비롯된 것인지 모호할 때도 있다. 그녀가 비틀거리지 않았으면 사랑은 시작되지 않았을 것이다. 아니다. 그냥 지나칠 수도 있었는데 내가 그녀의 발뒤꿈치를 보고 있었던 것은 운명이었는지도 모른다. 이곳이 아닌 다른 곳에서, 예를 들면 모든 게 평온하던 크리스마스이브 어느 찻집에서 그녀를 만났다면 아무 일도 일어나지 않았을 것이다. 이렇게 가슴이 쿵쾅거리지 않았을 것이다. 내 심장은 상황과 사랑을 혼동하고 있는 것인지도 모른다. 세상의 종말을 앞두고 쿵쾅거리는 심장이 그녀에 대한 동정을 사랑으로 변질시킨 것인지도 모른다. 하지만, 모든 사랑은 그런 착각과 변질로부터 시작되는 것인지도 모른다. 그녀를 안고 있으면 마음이 차분해지고, 세상이 평화로웠던 시절로 되돌아간다. 그녀가 아니었어도 상관없는 일일까. 나는 여전히 그걸 잘 모르겠다.

나는 휴대전화나 태블릿 등의 애플리케이션을 개발하는 일을 한다. 사람들이 모두 알 만한 히트작을 내기도 했다. 연락처를 그룹별로 정리해주고, 자주 전화를 거는 사람들의 연락처가 자동으로 즐겨찾기되는 애플리케이션은 전체 다운로드 순위에서 1위를 한 적도 있다. 며칠 전까지는 새로운 달력 애플리케이션을 개발하고 있었다. 이른바 4년 일기라는 것이다. 화면을 4등분하여 1년 단위의 같은 날을 동시에 보여주는 애플리케이션이었다. 3년 전 오늘 어떤 일이 있었는지를 볼 수도 있고, 내년 이날에 어떤 일이 있으면 좋을지를 미리 계획할 수도 있는 애플리케이션이었다. 1월 1일 출시를 앞두고 있었지만 모든 게 물거품이 되고 말았다.

휴대전화기 배터리가 9퍼센트 남아 있을 때, 나는 그녀에게 내가 만든 애플리케이션을 보여주었다. 혹시 모를 비상사태, 만에 하나라도 갑자기 전화 신호가 잡힐 때를 대비해서 배터리를 아껴야 했지만 나는 희망을 믿지 않았다. 갑자기 전화 신호가 잡히면 어디로 전화를 해야 할까, 생각하고 고민하다 9퍼센트의 시간을 다 소비해버리고 말겠지. 그녀는 4년의 기록을 재미있어했다. 출시가 되었다면 자신도 반드시 샀을 거라는 말도 덧붙였다.

우리는 내년 1월 10일에 뭘 하고 있을까요?

정화씨는 뭘 하고 있을까요?

모르겠어요. 아무런 생각이 안 나요.

오늘을 기념할까요?

오늘요?

내년 1월 10일에 뭘 할지 생각한 날을 기념하는 거죠.

좋아요. 그렇게 써요.

뭐라고 써요?

1월 10일 기념일.

네, 그렇게 썼어요. 매년 1월 10일은 1월 10일 기념일.

내년에 볼 수 있으면 좋겠네요.

볼 수 있을 거예요.

애플리케이션을 개발하기 시작할 때는 꽤 재미있는 아이디어라고 생각했다. 개발하는 내내 재미있었다. 시간을 다른 식으로 엮어볼 수 있을 것 같았다. 시간을 붙잡는 것 같아서 좋았다. 매년 1월 1일이 되면 몇 년 동안의 1월 1일을 떠올릴 수 있을 것이다. 확대하면 10년 동안의 1월 1일이 보이고, 더 확대하면 50년 동안의 1월 1일이 보이는 기능도 생각했다.

그녀는 1월 1일 얘기를 하다 자신의 가족 이야기를 꺼냈다. 그녀의 동생이 1월 2일에 사고로 죽었고, 새해가 다가오면 가족 모두 동생 생각에 우울해진다고 했다. 동생에 대한 생각은 가족의 안부로 이어졌고, 가족들이 죽었는지 살았는지 알지도 못한 채 이렇게 마냥 걷고 있는 자신이 한심하다며 울음을 터뜨렸다. 나는 그녀를 안아주는 것밖에 할 수 있는 일이 없었다. 길고 긴 행렬 속에서 울음은 흔한 일이어서 아무도 우리를 눈여겨보지 않았다. 사람들은 계속 걸었다. 저녁이 되어 어둑해지면 우리는 서로 껴안고 입을 맞추었다. 서로의 외모는 볼품없었고, 정체를 알 수 없는 냄새가 나기도 했지만 우리는 주저하지 않고 서로를 안았다. 우리를 눈여겨보는 사람은 없었다. 입을 맞추면 우리의 몸은 빨리 뜨거워졌다. 서로의 몸을 만지는 일밖에는 할 수 없었지만 그것만으로도 천국에 가까워지는 기분이었다.

그녀가 자신의 가족 이야기를 꺼낸 다음날 어머니와 형과 내가 찍힌 흑백사진을 보여주었다. 그녀는 신기한 듯 사진을 어루만졌다. 나는 6퍼센트 남은 휴대전화기의 전원을 켜서 거기 담긴 사진들을 보여주었다. 회사와 집을 오갈 때 찍은 풍경들이었다. 그녀는 사진을 보다 "어, 여기 알아요" 하는 감탄사를 보냈다. 사진을 모두 보고 나자 휴대전화의 배터리가 3퍼센트로 줄어 있었다. 그녀는 전원이 꺼진 자신의 휴대전화를 몇 번 켜보았지만 아무런 반응이 없었다.

나도 보여주고 싶은 사진이 있는데……

어떤 사진인데요?

여동생 어렸을 때 사진인데요, 얼마나 예쁜지 몰라요. 힘들다가도 그 사진만 보면 기운이 나요.

정화씨 어렸을 때 사진은 없어요?

모르겠어요. 있을지도 몰라요.

나중에 보여줘요.

네, 나중에 찾아볼게요.

며칠째 모든 삶의 마지막에 대해 생각하고 있다. 종말에 대해 한번도 생각해보지 않았다고 그녀는 말했지만, 나는 가끔 개인의 종말에 대해 생각해보곤 했다. 그건 너무나 자연스러운 것이어서 딱

히 생각하고 말 것도 없었다. 없어진다, 고 생각하거나, 없어진다, 고 말하면 푸른색 잉크가 물에 풀어지는 것 같은 기분이 들었다. '없어진다'기보다 '녹는다'거나 '스민다'는 말이 더 정확할지도 모르겠다.

지금 내 눈앞에 펼쳐진 거대한 바다 덕분에 그런 기분을 더 잘 느낄 수 있다. 바닷물 속에 자연스럽게 녹아드는 것, 바닷물의 일부가 되는 물의 심정, 그런 게 한 개인의 종말일 것이다. 바다는 연신 물을 받아들이면서도 시치미 뚝 떼고 늘 변함없다는 듯 출렁이고 있다. 생명이란 저렇게 무심한 것인지도 모른다. 그녀가 지금 내 옆에 있었더라면, 이런 생각을 하지 않았을 것이다. 기록 따위 남길 생각도 하지 않았을 것이다.

사랑을 시작하는 사람들의 설렘에는 앞날에 대한 기대가 들어 있다. 설레며 고백하는 사람은 앞에 앉은 사람과 겪게 될 수많은 경험을 짐작하고 떠올리며 미리 행복해한다. 막연한 기대는 꿈꾸는 사람의 특권이다. 다가올 시간을 가늠해보는 일, 행복이라는 덩어리의 무게를 미리 재어보는 일, 그게 사랑의 시작일 것이다. 내가 만들었던 4년 일기 애플리케이션 역시 사랑하려는 사람들, 꿈 꾸려는 사람들을 위한 것이었다. 애플리케이션을 만들 때는 그런 생각을 하지 못했다. 내가 만든 애플리케이션의 '편리'가 누군가에게는 '사랑'일 수도 있음을 이제는 알게 됐다. 그녀를 만난 다음 나는 꿈을 꾸기 시작했고, 미래에 대한 막연한 기대를 가지기 시작했다.

꿈이나 미래 같은 단어들은 한입에 먹기엔 버거운, 세상에서 가장 큰 복숭아 같다. 일단 베어 물면 달콤한 즙이 새어나오지만 시간이 지날수록 덩어리에 압도당하고 만다. 달콤하던 즙은 점점 시큼한 맛으로 변하고, 복숭아는 점점 더 커지는 것 같다. 며칠 동안 그녀와 함께 걷고 함께 멈춰 서고, 울다가 때로는 웃기도 하고, 잠들었다가 서로 껴안고, 입을 맞추고, 잠들었다가, 또 일어나서 걸어가던 어느 순간, 그녀의 옆모습을 보면서 죽음을 떠올렸다. 이제 어쩔 수 없이 나는 그녀의 죽음에 영향을 받을 것이고, 그녀는 나의 죽음에 영향을 받을 것이다. 그 사실을 깨닫자마자 모든 시간이 아득하게 느껴졌다.

일주일 전, 이곳에 도착했을 때 나는 상태가 꽤 괜찮았다. 몸의 컨디션도 괜찮았고, 가라앉았던 기분도 많이 회복된 후였다. 그녀도 기분이 좋아 보였다. 우리를 더욱 안심시킨 것은 바닷가 모래사장과 근처의 부두에서 숲을 이룬, 우리와 같은 처지의 사람들이었다. 사람들은 텔레비전에서 보았던 펭귄 무리처럼 멀뚱히 서서 바다를 쳐다보거나 바다 위 하늘을 올려다보았다. 그들의 얼굴에는 더이상 앞으로 전진할 곳이 없다는 낭패감과 장엄한 바다 풍경을 보게 된 환희가 뒤섞여 있었다. 그녀와 나도 사람들 사이에 서서 한참 바다를 보았다. 멀리 작은 섬들도 보였다. 몇몇 사람들이 해변을 벗어나보려고 방파제를 따라 걸어갔지만 검은 구멍은 어김없이 경계선이 되어 길을 가로막고 있었다.

나는 바다를 한참 바라보다 뭔가 이상하다는 걸 깨달았다. 바다와 하늘이 보였다. 그렇다. 바다 위에는 비행물체가 떠 있지 않았다. 모래사장까지는 셀 수 없을 정도로 많은 비행물체가 떠 있었지만, 바다 위에는 한 놈도 보이지 않았다. 오랜만에 널찍한 하늘을 볼 수 있었다. 바다 위에 비행물체가 떠 있지 않다는 건 어떤 의미일까.

나는 그녀의 손을 잡고 바나나가 탑처럼 쌓여 있는 방파제 끝으로 갔다. 바나나 근처에는 사람들이 없었다. 새로운 희망이 눈앞에 펼쳐지고 있으니 바나나 따위 거들떠볼 이유가 없었다. 게다가 다들 바나나라면 신물이 날 만큼 많이 먹었다. 그녀와 나는 바나나를 까먹으면서 바다를 보았다. 뭉근한 달콤함이 입안을 채웠다. 포만감이 느껴지자 멀게 보이던 섬이 가깝게 느껴졌다. 온 힘을 다해 헤엄치면 가닿을 수 있을 것 같았다. 파도는 잔잔했고, 시야는 맑았다.

나만 그런 생각을 한 건 아니었던 모양이다. 몇몇 사람들이 성공 가능성을 점쳐보지도 않은 채 무작정 바다로 뛰어들고 있었다. 어쩌면 우리가 이곳에 도착하기 전에도 많은 사람들이 바다로 뛰어들었는지 모르겠다. 육지에 남은 사람들은 호기심 어린 눈으로 그들을 쳐다보았다. 곳곳에서 응원하는 것 같기도 하고, 부러워하는 것 같기도 한 탄성이 터져나왔다. 다섯 명의 남자들은 힘차게 팔을 저으며 멀리 뻗어나갔다. 물은 무척 차갑겠지만 헤엄치기에 딱 좋은 날씨였다. 남자들의 모습이 점점 작아졌고, 사람들은 바다 근처로 최대한 가까이 다가가서 남자들의 운명을 관찰했다. 점점 작아지던 형상들이 섬에 도착했고, 다섯 명의 남자들은 육지에 남은 사람들을 향해(그쪽도 육지이긴 하지만) 손을 흔들었다. 날이 맑아서 모든 걸 볼 수 있었다. 그녀도 가슴께로 손을 들더니 흔들어주었다. 그녀가 심각한 얼굴로 물었다.

수영할 줄 알아요?

아뇨. 정화씨는요?

저도 못해요. 동생이 물에 빠져 죽었어요.

한겨울에요?

네. 얼음 꽝꽝 언 물에서…… 끔찍하죠?

네, 그러네요.

그후로 한 번도 물에 안 들어갔어요.

그랬군요.

영화 보는데 그런 장면이 있었어요. 얼음이 깨져서 물속에 빠진 주인공이 얼음 위로 올라오려는 거예요. 그런데, 입구를 잘 못 찾아요. 보통 그렇대요. 자기가 빠졌던 구멍을 잘 못 찾는대요.

저도 그런 얘기 들은 것 같아요.

카메라가 얼음 아래에서 얼음 위를 올려다보는데, 사람들이 다 보여요. 사람들이 내지르는 소리들도 먹먹하게 들려요. 다 보이고, 다 들리는데 그 사이를 엄청나게 두꺼운 얼음이 가로막고 있는 거예요. 끔찍하죠?

끔찍하다기보다 슬픈데요?

끔찍한 거예요. 슬픈 게 아니에요.

네, 맞아요. 끔찍해요.

동생이 그랬을 거 아녜요. 그렇게 우리를 올려다봤겠죠. 그런 게 정말 끔찍한 거예요.

네.

자꾸만 얼음 아래에서 쳐다보는 동생이 떠올라서 어릴 때 사진을 보는 거예요.

그렇군요.

모래사장에 있던 사람들은 혼란에 빠진 듯했다. 갈팡질팡 어쩔 줄 몰라하더니 몇몇은 무작정 바다로 뛰어들었고, 몇몇은 주변을 두리번거리며 뭔가 쓸 만한 게 없는지 찾아다녔다. 자신의 바지를 벗은 다음 공기를 담아 튜브처럼 사용하는 사람도 있었다. 모두들 바쁘게 움직였다. 그때 한 사람이 소리를 질렀다.

바나나가 물에 뜨잖아.

그런 이야기를 처음 듣는다는 듯한 표정이 많았다. 소리를 질렀던 남자는 윗옷을 벗더니 바나나를 주워담았다. 그 모습을 본 사람들이 갑자기 빠르게 움직였다. 하늘에 떠 있는 비행물체들은 태연했다. 우리는 상관할 바 아니라는 듯 전혀 동요가 없었다. 사람들의 탈출을 허용한다는 의미인지, 어디 갈 데까지 가보라는 건지,

거기 가도 별 게 없다는 것인지, 아무런 움직임도 없었다. 스무 명 정도의 사람들이 그녀와 내가 앉아 있는 쪽으로 빠르게 뛰어왔다.

그때 보았던 사람들의 눈빛이 지금도 기억난다. 벼랑 끝에 내몰린 인간들의 잔인함을 얘기하려고 이 기록을 남기는 것은 아니지만, 그들이 어떤 선을 넘었다는 것은 분명하게 밝혀둬야 할 것 같다. 그들은 주위를 둘러보지 못했고, 눈앞 30센티미터밖에는 보지 못했다. 그들은 달려와서 바나나 무더기를 빼앗기 위해 서로 밀치고 때렸다. 우리는 뒤로 물러섰고, 나는 방심했다. 변명을 하려는 게 아니라 그들이 어느 정도까지 잔인해질 수 있는지 알지 못했다.

한 남자가 주먹으로 맞은 다음 뒤로 떠밀리며 검은 구멍 쪽으로 비틀거렸다. 나는 남자를 잡으려 하지 않았다. 싸움에 말려들고 싶지 않았다. 대신 정화씨의 몸을 붙들었다. 정화씨는 손을 뻗어 남자를 잡으려고 했다. 그 순간이 영원히 기억날 것이다. 철수세미로 뇌를 박박 문질러도 그 장면만은 지워지지 않을 것이다. 남자는 정화씨의 오른손을 잡았고, 나는 정화씨의 몸을 붙들었다. 지금은 그런 생각이 들기도 한다. 살아야겠다는 남자의 필사적인 힘이 정화씨를 붙들어야 한다는 나의 필사적인 힘보다 강했던 것인지도 모른다고.

자책은 끝이 없지만, 죽음 앞에서의 자책은 가여울 뿐이다. 자책은 아무것도 바꾸지 못한다. 그러나 어쩌겠나, 내가 할 수 있는 것은 자책뿐이다. 남자는 곧장 검은 구멍 속으로 빨려들어갔고, 남자에게 손을 잡혔던 그녀는 검은 구멍의 입구에 부딪치며 잠깐 속도가 늦춰졌다. 나는 그녀를 붙들기 위해 손을 뻗었고, 소리를 질렀고, 손을 휘저었고, 계속 움켜쥐었다. 나는 그녀의 소맷자락을 붙들었지만 금세 손아귀를 빠져나갔다. 아주 짧은 순간, 그녀의 눈빛이 나와 마주쳤다. 1초도 안 되는, 짧은 순간이었다. 그녀의 놀란 눈은 내게 마지막 인사를 할 새도 없이 검은 구멍 안으로 빨려들어갔다.

나는 그녀가 사라져간 검은 구멍 속을 들여다보았다. 이름을 부르고 싶었지만 입이 떨어지지 않았다. 암흑 속에서 무언가 나타나 나를 잡아챌 것 같았다. 솔직히, 나는 두려웠다. 누가 나를 검은 구멍 속으로 떠밀 것만 같았다. 그러나 그 순간으로 되돌아갈 수 있다면, 나는 아마 다른 선택을 할 것이다. 이것은 진심이다. 나는 그녀를 따라 곧장 검은 구멍 속으로 뛰어들 것이다. 검은 구멍 속으로 떨어지며 그녀의 손을 잡을 것이다. 어둠 속에서 떨고 있을, 그녀를 안아줄 것이다. 끝없이 아래로 떨어지면서 짧은 순간 그녀와 작별 인사를 할 것이다. 그녀를 생각하면 지금도 가슴이 쿡쿡 쑤셔온다. 그녀는 검은 구멍 속으로 빠지면서 위를 쳐다보았을 것이다. 내 얼굴의 윤곽을 보았을 것이다. 나는 볼 수 없었지만 그녀는 나를 보았을 것이다. 그 생각만 하면 내 얼굴을 몸에서 뜯어내버리고 싶다.

여기 이렇게 살아남은 건 아무런 의미가 없다. 희망이 없다. 나는 검은 구멍 속을 들여다보며 몇 번이나 뛰어내릴 생각을 했다. 지금이라도 뛰어내리면 그녀를 만날 수 있을까. 아마 그러지 못할 것이다. 구멍 속에는 뭐가 있을까. 수많은 시체들이 차곡차곡 쌓여서 불타고 있을까. 그건 아마 지옥이겠지.

나는 곧 죽을 것이다. 섬으로 헤엄쳐가다가 물에 빠져 죽거나 바닷속에서 얼어 죽거나 여기에 남아서 미친 사람들에게 맞아 죽거나 아니면 구멍 속으로 떨어져 죽을 것이다. 시간의 문제일 뿐이다. 죽기 전에 뭐라도 의미 있는 일을 하고 싶었다. 나는 주머니 속에서 수첩과 볼펜을 꺼냈다. 수첩과 볼펜이 긴요하게 쓰일 것이라고는 생각지 못했다. 최대한 몸을 가볍게 하기 위해 중간에 버릴까도 생각했던 물건들이다.

이 기록은, 내 생각과 달리 아무런 의미도 없을 것이다. 읽을 사람도 없을 것이고, 누군가 혹여 읽는다 하더라도 별다른 의미가 없을 것이다. 여기에는 진실도 없고 역사도 없다. 한 개인의 변변찮은, 그나마도 정확하지 않은 기록이 있을 뿐이다. 이 기록은 그저 그녀를 추모하기 위해 쓰는 것이다. 그녀가 했던 말들, 그녀의 생각들을 적어두는 것만으로도 뭔가 의미가 있지 않을까, 그런 생각이 들었다.

이 기록을 어떻게 해야 할지 모르겠다. 그녀가 떨어진 구멍 속으로 던져넣을까도 생각했고, 모래사장에다 파묻을까도 생각했고, 병 속에 넣어 바다에 던질까도 생각했다. 병에 넣는 게 가장 좋은 방법일 텐데, 병을 찾을 수가 없다.

바나나를 엮어서 보트를 만든 사람들도 섬에 도착한 것 같다.

섬까지 가는 도중에 사라진 사람도 많았다. 갑작스러운 파도는 극악한 포식자 같다.

섬으로 간 사람들은 모두 어떻게 됐을까. 모래사장에 남은 사람들은 그 생각뿐이다.

겨울 바다는 의외로 조용하다.

망설이는 사람이 많았다.

비행물체들은 전혀 움직이지 않는다. 뭘 기다리고 있는 것일까.

몇몇 사람들이 말을 걸어왔지만 얘기할 기분이 아니었다.

파도가 높은 날엔 아무도 섬으로 가지 못했다.

사람들이 절반으로 준 것 같다.

섬엔 뭐가 있을까. 거기엔 비행물체들이 없을까. 섬 곳곳에도 검은 구멍이 있는 게 아닐까.

시간이 날 때마다 내가 쓴 기록들을 다시 읽어보았다. 소리내어 읽으면 그녀의 목소리가 생생하게 기억났다.

비행물체들이 이제는 바나나를 실어오지 않는다. 원망하는 사람도 없다.

물고기를 잡으려고 달려든 사람들이 뭔가 잡는 걸 보지 못했다.

바람에 날려온 비닐봉지를 발견했다. 얇긴 했지만 수첩을 백 번은 둘러쌀 수 있을 정도로 많았다.

바지에다 공기를 채워 튜브 만드는 걸 연습해보았다. 물에 잘 뜨는 건 확실했다. 내 몸이 보트가 된 것 같았다.

나도 그녀처럼 물을 무서워하게 된 계기가 있었다. 스무 살 때 처음으로 수영을 배우려고 스포츠센터에 갔다. 나는 두 달 만에 그만두었다. 두 달 내내 물이 무서웠다. 물속에는 뭔가 짚을 만한 게 없었다. 힘을 주어 물을 짚으면 물위로 떠오를 줄 알았는데 점점 가라앉을 뿐이었다. 물속에만 들어가면 몸이 뻣뻣하게 굳었다. 물은, 너무 부드러워서 무서웠다. 물속에 들어가 있을 때면 늘 죽음이 느껴졌다. 막막하고 먹먹했다. 어쩌면 비행물체들이 물위에 떠 있지 못하는 것도 그런 이유가 아닐까. 나처럼 물을 무서워하는 게 아닐까.

마지막이다. 볼펜이 끝까지 버텨준 게 고맙다. 잉크도 거의 끝나간다. 수첩의 빈칸은 조금 남았지만 이젠 바다로 뛰어들어야겠다. 섬으로는 가지 않을 생각이다. 바지로 만든 튜브가 얼마나 버텨줄지 모르겠다. 파도가 이끄는 곳으로 가볼 생각이다. 내가 유리병이 되어 이 기록을 누군가에게 전해주는 것이다. 어쩌면 내 몸이 꽁꽁 얼지도 모르겠다. 나는 죽지만 누군가 이 기록을 볼 수 있을지 모른다.

그녀가 빠진 검은 구멍 속을 한번 더 들여다보았다.

그녀가 보고 싶다.

힘과 가속도의
법칙

좋았던 시절로 되돌아가고 싶다는 간절함과 하루라도 빨리 다음 생으로 넘어가고 싶다는 조급함이 현수의 마음에 비슷한 크기로 자리하고 있었다. 두 가지 마음이 크게 다르지 않다는 것도 현수는 알고 있었다. 현수는 두 개의 마음을 저울의 양쪽에 걸어놓고 균형을 맞추며 걸었다. 가운데가 텅 비었다. 동료들과 함께 먹을 컵라면과 포장김치를 사들고 반지하방으로 내려갈 때 현수는 이름을 알 수 없는 벌레 한 마리가 계단참에서 버둥거리고 있는 것을 보았다. 어째서 버둥거리는지 알 수 없었다. 어디가 부러졌거나—벌레에게도 부러질 뼈가 있던가—찢어졌거나 부서졌을 거라고 짐작했다. 현수는 휴대전화기를 꺼내서 벌레를 찍었다. 흘러나오는 음악에 휴대전화기를 갖다 대면 곡목을 알 수 있는 세상인데, 어째서 벌레의 사진을 찍으면 그의 '종'을 곧바로 알려주지 못할까. 휴대전화기의 카메라 렌즈를 가깝게 들이대자 벌레의 고통이 보였다. 현수는 휴대전화기로 사진을 몇 장 더 찍은 다음 액정 셔터를 눌렀던 엄지손가락으로 벌레를 눌러 죽였다. 특별한 감각은 없었다. 날파리 한 마리가 항의라도 하듯 현수의 눈앞을 휘저으며 날아다녔다. 현수는 손을 휘저어 날파리를 쫓았다. 손가락 끝에서 옅은 충돌의 감각이 느껴졌다. 죽지는 않았을 것이다.

현수는 일부러 계단을 힘차게 걸어내려가면서 전에 다쳤던 왼쪽 무릎의 상태를 진단했다. 통증의 정도를 수치로 환산할 수 없지만 온몸으로 전해지는 고통의 파급으로 가늠은 할 수 있었다. 버틸 만한 날이었고, 일하기 딱 좋은 날이었다. 원룸의 현관에다 비닐봉지를 내려놓고 거실을 살폈다. 대장은 소파에 누워 잠이 들었고, 허파는 텔레비전에 코가 닿을 정도로 가깝게 붙어앉아서 예능 프로그램을 보고 있었다.

"왔어요?"

허파가 고개도 돌리지 않은 채 말했다.

"뭐 보냐?"

현수가 신발을 벗으며 말했다.

"형, 이거 좆나게 웃겨. 전부 다 가려놓고 자기 여자친구 팔꿈치 맞히는 건데, 씨발, 아무도 못 맞혀."

"그런 걸 텔레비전에서 해?"

"하네, 이런 것도."

"팔꿈치를 왜 못 맞혀?"

"아 몰라, 좆나게 웃겨. 좆나 찌질한 새끼가 여자친구 각질 때문에 잘 몰라봤대."

"아, 저렇게 팔꿈치만 보이는 거야? 저렇게 하면 나도 못 맞히겠다."

현수는 자신의 말이 끝나기도 전에 그녀의 팔꿈치를 떠올리고 있었다. 생각날 리 없었다. 그녀의 몸을 본 것은 1년도 더 지난 일. 지난 생처럼 까마득했다. 그녀의 몸을 만진 것은 더 오래전 일. 팔꿈치를 만졌던 기억과 감촉은 삭제됐다. 그 안은 텅 비어 있다. 만지기는 했던가, 그것도 자신이 없었다.

허파는 계속 웃으면서 텔레비전을 봤고, 현수가 만들어준 컵라면을 먹으면서도 계속 텔레비전을 봤고, 대장이 일어날 때까지 텔레비전을 봤다. 대장이 잠에서 깨자 허파가 텔레비전을 껐다.

"야, 뭐가 이렇게 시끄럽냐."

대장이 일어나자마자 담배를 물었다.

"죄송해요. 텔레비전에 재미난 거 해서요."

허파가 텔레비전에서 먼 곳으로 미끄러지듯 물러나며 말했다.

"틀어봐."

"예, 대장."

"현수야, 컵라면 사왔어? 나 하나 만들어줄래?"

현수는 대답 없이 전기 포트에 물을 부었다. 현수는 계속 팔꿈치

를 생각했다. 물이 끓는 동안 오른손으로 왼팔의 팔꿈치를 만지작
거렸다. 부드럽지 않았다. 컵라면에 물을 붓고 나서도 계속 팔꿈치
를 생각했다. 대장과 허파는 함께 웃으며 텔레비전을 봤다.

　오후 4시가 되었을 때 대장이 반쯤 남은 담배꽁초를 컵라면 속
에다 넣으며 일어섰다. 대장이 소파에서 일어서면 일이 시작되는
거였다. 허파와 현수도 따라 일어섰다. 셋은 밖으로 나와 차에 올
라탔다. 늘 그랬듯 허파가 운전을 했고 현수가 조수석에 앉았고 대
장이 뒷좌석에 앉았다.

　"우리 현수, 오늘 컨디션 어때?"

　대장이 현수의 왼쪽 어깨에다 손을 얹으며 물었다.

　"예, 괜찮아요."

　현수가 고개를 반쯤 돌리며 대답했다.

　"다행이네. 오늘은 큼지막한 거 하나 만들어보자."

　"어느 쪽으로 갈까요?"

　"지난번 백화점 앞 8차선 봐둔 데 있지. 교통도 별로 안 다니고,
아직 CCTV도 안 달린 거 같더라."

　"예."

　현수의 대답이 침묵의 신호가 되어 한동안 아무도 말을 하지 않
았다. 허파는 긴장하면 코를 킁킁거렸다. 보는 사람도 긴장되게 코
를 킁킁거렸다. 아무 말 없이 운전하기가 심심했던지 허파가 말을
꺼냈다.

"쿵, 대장, 오늘은 구덩이부터 파요?"

"지금 이 시간에 꽁다리 붙이기가 되겠냐."

대장의 말에 허파는 대꾸도 못한 채 운전에 집중했다. 표적지 근처의 주차장에 차를 세우고 셋은 담배를 한 대씩 피웠다.

"허파야, 지난번에 위치는 잡아놨지?"

"예, 대장. 쿵, 걸리면 바로 무전 칠게요."

"국산은 아예 후보에 넣지도 마."

"알죠."

"몇 차선 타는지도 잘 보고."

"쿵, 제가 한두 번 합니까. 걱정 마세요."

허파는 왼손으로 코를 만지작거리면서 횡단보도를 건너갔다. 얘기를 하지 않을 땐 꼭 코를 쿵쿵거렸다. 쿵쿵, 하고 걷고 다시 쿵쿵, 하고 코를 만지고 쿵쿵, 하면서 횡단보도를 건넜다.

"저 새끼는 늘 불안불안해."

횡단보도를 건너는 허파를 보면서 대장이 말했다.

"뭐가 불안하세요?"

현수가 대꾸했다.

"땅을 딛고 다니는 게 아니라 살짝 떠서 다니는 것 같지 않냐?"

"그래야 허파죠."

"그렇긴 한데, 보험단 같이하기에 믿음직한 놈은 아냐."

"잘하잖아요."

"너는 참 믿음직한데 말야."

"제가 뭘요."

"아냐, 넌 듬직해."

"고맙습니다."

"몸 좀 풀고 있을래?"

"예, 그럴게요."

"준비운동을 잘해야 안 다쳐."

"다쳐도 괜찮아요."

"무슨 소리야, 몸이 재산인데……"

"저는 좀 다쳐야 돼요."

"에이 자식, 또 이상한 소리 한다. 여기선 안 다치는 놈이 장땡이
야. 너 왜 그러는지 아는데, 자꾸 옛날 생각 하지 마. 지나간 거는
다시 못 와, 여자도 그렇고, 돈도 그렇고. 무슨 말인지 알지?"

"예, 대장."

현수는 목을 한 바퀴 돌리면서 대장의 말을 생각했다. 대장은 아
무렇게나 한 말이지만 현수의 명치끝이 쿡쿡 쑤셨다. 목구멍 아래
에서 시큼한 물질이 치밀어올랐다. 지나갔다는 말, 다시 오지 못한
다는 말이 현수를 현기증나게 했다. 닿고 싶은 것들은 모두 멀리
있었다. 너무 앞에 있고 너무 뒤에 있었다. 잡고 싶어도 잡을 수 없
었다. 손을 길게 뻗어서 닿고 싶었다. 앞쪽이든 뒤쪽이든 어디라도
괜찮았다. 쥐고, 쓰다듬고, 붙잡고, 흔들고, 꼬집고, 문지르고, 긁

고 싶었다.

"요새도 여자친구…… 연락 기다려?"

대장이 벤치에 앉은 현수에게 담배를 건넸다. 담배 속에 비밀 편지라도 말려 있는 것처럼 조심스럽고 은밀한 손동작이었다.

"연락할 리가 없죠."

현수가 담배를 받으며 말했다.

"그래. 현수야. 잊자. 응? 우리 잊자."

대장이 벤치에 앉아 담배에 불을 붙이며 말했다. 현수는 대장의 말투에 짜증이 났다. 어째서 매번 우리인 것일까.

"내가 재미있는 얘기 하나 해줄까?"

대장이 담뱃불을 멀리로 날려보내며 말했다.

"예, 해주세요."

현수도 비슷한 곳으로 담뱃불을 날려보냈다.

"이거 내가 아는 사람이 실제로 겪은 일이야. 백이면 백 구라라고 생각하는데, 진짜 겪은 일이래."

"믿을게요."

"걔 이름을 창배라고 할게. 진짜 이름이 창배야. 창배란 친구가 해준 얘긴데, 좋아하는 여자애가 한 명 있었어. 여자 이름은 별로 안 중요해. 내가 물어보지도 않았어. 창배가 엄청 공들인 애였어. 한참 공들여서 친구들이랑 여행을 가기로 했는데, 거기 어디냐, 가평인가, 양평인가, 청평인가, 아무튼 그것도 안 중요해. 펜션을 하나 구해서 놀러갔는데, 분위기가 엄청 좋았대. 여자 셋이고 남자 둘인가, 남자 셋이고 여자 셋인가, 아니면 남자 셋이고 여자 둘인가, 몰라, 아무튼 분위기 좋았다고 하면 감이 딱 잡히지? 분위기 좋게 끝날 이야기가 아니잖아, 그치? 분위기가 좋고, 그렇게 끝났으면 창배가 나한테 얘기를 했을 리도 없고, 내가 너한테 지금 이런 얘기를 할 리도 없잖아. 마당에서 바비큐 먹은 다음에 달이 엄청 밝은 날이라 창배가 여자애랑 둘이서 산책을 나갔어. 늦은 여름이라서 바람도 선선하고, 공기도 정말 좋고, 너도 알지? 그쪽이 진짜 공기 좋거든. 그래서 걸어가다가 창배가 여자애 손을 딱 잡았는데 어후, 씨발, 좆나게 좋았겠지? 솔직히 나는 다른 거보다 손잡을 때가 진짜 좋더라. 키스하는 거도 좋은데, 그래도 손잡을 때는 막 미칠 것 같지 않냐? 창배 이 새끼도 그랬던 거지. 그래서 여자 손을 꽉 잡았는데, 여자애도 손을 약간 떨더라는 거야. 어라, 이게 뭐지 싶어서 창배가 여자애를 안았어. 달도 밝으니까 안고 싶었겠지. 창배가 힘을 주는데 여자애는 힘이 없으니까 물러나다가 풀뿌리인지 칡넝쿨인지 그런 데 걸려서 뒤로 자빠진 거야. 여자가 비명을 지르면서 넘어지는데 창배가 여자를 꼭 안아서 다치지 않게 하려고 붙잡다가 자기가 먼저 넘어졌는데, 어, 어, 하면서 흙구덩이 아래로 완전 처박힌 거야. 씨발 좆나게 쪽팔리기도 하고, 등이랑 어깨가 아프기도 하고, 그래서 여자를 꼭 끌어안고 있는데, 얘가 눈도 못 뜨고 부들부들 떨면서 품에 안겨 있는데, 어떻게 해야 될지를 모르겠는 거야. 가만히 안고 있는데, 바로 위로 달이 딱 보이더래. 창배 말로는 거실의 등보다도 크게 보였대. 그냥 거실에 누워 있는 느낌이더래. 좆나게 구라 같지? 그래서 여자애 이름을 부르면서, 여자애 이름이 뭐더라. 아, 생각 안 나네. 미영이라고 하자, 진짜로 미영이는 아닐 거야. '미영아, 미영아, 저기 봐봐' 그랬더니 여자애가 덜덜 떨면서 눈도 못 뜨고 '오빠, 뭐요?' 이러더래. 그래서 '저기, 저기' 그러니까 여자애가 고개를 돌려서 달을 딱 보고는 갑자기 막 웃기 시작해. 창배한테 안긴 채로 몸을 막 웅크리면서 배를 잡고 웃는데, 창배는 '왜 웃어? 응? 뭐가 그렇게 웃긴데?' 창배가 이러니까 미영이가 '진짜 크잖아요' 그러더래. 그래서 창배가…… 아, 씨발 이걸 얘기해야 하나."

"뭔데요. 한참 얘기하다 말고."

"그다음부터가 진짠데, 이런 대낮에 할래니까 좀 그렇다."

"그럼 하지 마세요."

"야, 그러는 게 어딨냐, 그래도 궁금해해야지."

"해보세요, 그럼."

현수는 주머니에서 자신의 담배를 꺼냈다. 대장의 담배 맛은 밋밋했다. 현수의 담배가 대장의 담배보다 서너 배는 독했다. 담배에 불을 붙이자 대장이 다시 이야기를 시작했다.

"창배 이 새끼가 로맨틱한 데가 있어. 분위기를 아는 거야. 흙바닥이 조금 차갑긴 해도 달이 내려보고 있으니까 방이랑 다를 게 없더래. 미영이는 달을 보면서 계속 웃는데, 이상하게 막 하고 싶더래. 그래서 미영이 위로 올라갔는데, 미영이가 그러는 거야. '아, 얼굴 치워요. 달 가려요.' 창배가 가만있을 애가 아니거든. 그래서 막 어찌해보려고 하는데 이상하게 옆구리가 너무 아픈 거야. 그래서 왜 그러나 봤더니 미영이 팔꿈치가 창배 옆구리를 꾹 누르고 있는 거야. 미영이 팔꿈치가 얼마나 뾰족했는지 몰라."

"무전 왔어요."

"응?"

"대장 무전기에서 소리 들려요."

"어, 그래?"

대장은 소형 무전기 너머에서 들리는 허파의 목소리에 집중했다. 허파는 자동차의 종류와 운전자의 상태에 대해 간략하게 보고했다.

"준비할까요?"

"오케이, BMW 하나 걸렸다. 가보자."

현수는 담배를 비벼 끄고 횡단보도 앞으로 갔다. 대장의 위치는 현수의 오른쪽 뒤편이었다. 현수는 두 손을 깍지 끼어 머리 위로 들어올리면서 몸을 풀었다. 어깨에서 와자작, 누군가 땅콩을 씹어 먹는 듯한 소리가 났다. 현수는 자신의 어깨뼈가 땅콩처럼 바스러지는 상상을 했다. 와자작 부서진 어깨뼈 안은 텅 비어 있었다. 백화점 주차장에서 허파가 얘기한 BMW 자동차가 나오는 게 보였다. 횡단보도의 보행자 신호는 아직 빨간색이었다. 모든 게 잘 들어맞았다. 허파가 이야기한 자동차가 횡단보도 앞에 서더니 부드럽게 유턴을 시도했다. 보행자 신호는 여전히 빨간색. 현수는 보행자 신호가 녹색으로 바뀌어주길 기다렸다. 유턴이 끝나기 전에 녹색으로 바뀌어준다면 모든 일이 완벽하게 끝날 것이다. 녹색으로 바뀌지 않는다고 해도 현수는 뛰어들 작정이었다.

현수가 처음으로 이 일을 시작한다고 했을 때 대장은 현수를 말렸다. 어떤 일이든 적당히 하고 물러설 줄 아는 지혜가 필요한 법인데, 현수에게는 아예 그게 없어 보였다. 현수는 무모했고, 앞뒤와 좌우를 가리지 않고 무조건 뛰어들기만 했다. 첫날 일을 함께한 후에 대장은 병원에 있는 현수를 불러내서 술을 샀다. 현수는 환자복을 입은 채 분이 덜 풀린 듯한 얼굴로 계속 소주를 마셨다.

"너 죽고 싶냐?"

대장이 현수의 잔에다 소주를 따라주며 말했다.

"저요? 죽고 싶어도 잘 안 죽는 거 알아요. 그래서 대장이랑 같이 일하는 거잖아요."

현수는 고개를 들지도 않고 탁자 위의 젓가락만 만지작거렸다.

"아까 차에 뛰어드는 거 보니까, 너는 잘하면 죽을 수도 있겠더라."

"제가 어떻게 뛰어들었는데요?"

"자, 잘 봐. 자동차가 사람을 치면 이렇게 사람이 튕겨나가지?

그건 진짜 사고야. 우린 진짜 사고를 당하면 안 돼. 무슨 말인지 알아? 일 한 번만 하고 말 거야? 진짜 사고당해서 병원에 드러누울 거야? 자동차가 우리에게 오기 전에 우리가 먼저 자동차로 가야지. 그게 우리가 할 일이라고."

"아까 그렇게 했잖아요."

"뭘 그렇게 해. 그냥 무작정 뛰어들더구만."

"속도랑 위치랑 다 보고 뛰어든 거예요."

"그랬으면 내가 천재로 인정해주겠는데, 암튼 아까는 진짜 위험했어."

"그래도 몸값은 제대로 받아냈잖아요."

"돈보다는 안전이야, 알았어?"

"예, 알았어요."

"너 여자친구랑 헤어졌다는 얘긴 들었는데, 그래, 슬픈 건 내가 알겠는데, 그래도 일이랑 개인감정이랑 섞지 마. 그랬다간 진짜 골로 간다. 자동차는 여자친구가 아냐, 알았어?"

"대장은 잘 몰라요."

"뭘 몰라."

현수는 술을 마시면서 대장에게 의지했다. 술에 취해서 마음속 이야기를 꺼내놓았다. 너무 많은 걸 꺼내놓는 게 아닌가 싶었지만 일단 꺼내놓고 보니 멈출 수가 없었다. 대장은 현수의 이야기를 잘 들어주었다. 대장은 이야기를 몸에다 붙일 줄 아는 사람이었다. 현수의 이야기가 입 밖으로 나오면 대장은 그걸 어떤 방식으로든 변형시켜 자신의 몸에다 붙였다. 절대 이야기를 튕겨내는 법이 없었다. 현수는 계속 이야기를 했다. 여자친구와 처음으로 만났던 순간, 좋아하는 마음을 고백했던 순간, 좋은 남자친구가 되기 위해서 노력했고 더 나은 사람이 되기 위해서 노력했던 순간에 대해 이야기했다. 어느 날 다른 남자를 좋아하게 됐다는 여자친구의 고백에 대해 이야기했고, 그 남자를 찾아갔던 일에 대해서도 말했다. 두 사람을 증오하던 밤을 떠올렸고, 그들의 불행을 빌던 밤에 대해 대장에게 이야기했다. 현수는 진심으로 불행을 빌었다. 그들의 불행을 빌었고, 그들의 불행을 빌고 있는 자신의 불행도 함께 빌었다. 자신에게 들개 같은 날카로운 이빨이 있다면 스스로를 물어뜯어서 찢어발기고 싶은 밤이 있었다고, 자신의 뒤통수를 볼 수 있다면 돌로 쳐죽이고 싶은 밤이 있었다고, 내장을 들여다볼 수 있다면 그 속에 암세포를 배양시키고 싶은 밤이 있었다고, 누구보다 불행해지고 불쌍해져서 그녀를 돌아오게 만들고 싶은 날들이 있었다고 대장에게 털어놓았다. 아무리 말해도 대장은 여전히 잘 모를 거라고, 마음이 얼마나 너덜너덜한지 알 길이 없을 거라고 말하며 현수는 계속 술을 마셨다. 대장은 현수를 위해 어떤 이야기를 해주었지만 현수는 아무것도 기억하지 못했다. 이후의 기억은 텅 비어 있었다.

현수가 유턴하고 있는 BMW를 향해 횡단보도로 뛰어들려는 순간 대장이 현수의 오른팔을 붙잡았다. 앞으로 가려던 현수의 몸이 뒤로 젖혀졌다. 현수는 영문을 알 수 없어 대장을 돌아보았다. 대장이 고개를 움직여 횡단보도 건너편의 어딘가를 가리켰다. 횡단보도 끝에서 교통경찰 두 명이 길을 건널 준비를 하고 있었다. 횡단보도의 불빛이 녹색으로 바뀌었고, 교통경찰 두 명이 이야기를 주고받으면서 횡단보도를 건넜다. 대장은 현수의 팔을 붙들고 횡단보도를 건넜다. 아무런 일도 없었다는 듯 횡단보도를 건넜다. 그 사이 BMW는 유턴을 마치고 조용히 사라졌다. 유턴을 금지하는 구역이었지만 교통경찰은 BMW를 보지 못했다. 두 사람은 다른 일로 바쁜 눈치였다.

"현수야, 주위 좀 살피면서 일하자니까."

횡단보도 끝에서 대장이 현수에게 말했다.

"미안해요. 못 봤어요."

현수가 말했다.

"네가 왜 못 보는지 알아? 살자고 뛰어드는 게 아니고, 죽자는 마음으로 뛰어드니까 주위를 못 보는 거야."

"미안해요."

"좀 쉬었다 하자. 커피나 한잔 해."

대장은 현수를 데리고 백화점 정문 옆에 있는 작은 커피숍으로 갔다. 야외 탁자에 앉아 커피를 마시고 있을 때 허파가 두 사람에게 다가왔다.

"대장, 쿵, 여기서 뭐합니까?"

허파가 한숨을 쉬며 말했다.

"뭐하긴, 커피 마시지."

대장이 말했다.

"아까 쿵, BMW는 어떻게 됐는데요?"

"유턴해서 갔지."

"그게 무슨 말이에요. 유턴해서 갔는데, 왜 나한테는 연락 안 해
줘요."

"하려고 했어. 너도 앉아서 커피 한잔 해."

"진짜 너무하네요. 저는 쿵, 백화점 주차장에서 뺑이치고 있는
데 연락도 안 하고 둘이서만 커피 마십니까?"

"연락하려고 했다고."

"연락하려고 했던 자세가 아니잖아요, 쿵, 지금."

"새끼야, 조용히 하고 앉아."

대장이 소리를 지르자 허파는 곧바로 자리에 앉았다. 대장이 일
어나서 커피를 사오는 동안 허파와 현수는 아무 말도 하지 않았다.
대장은 허파에게 묻지도 않고 아이스 아메리카노를 사와서 허파
앞에 내려놓았다.

"고생했어, 마셔."

"잘 먹을게요, 대장."

세 사람은 모두 아이스 아메리카노 작은 사이즈를 마셨다. 대장은
언제부턴가 커피 주문을 하나로 통일했다. 허파에게 커피 심부름을

시킬 때면 "야, 이름 복잡한 거 하지 말고 그냥 아이스 아메리카노로 통일해"라고 말했다. 허파도 처음에는 '캬라멜'이나 '라테'라는 이름이 들어가는 커피를 사먹었지만 곧 아이스 아메리카노로 바꾸었다. 혼자서 비싼 커피를 마시는 것도 눈치가 보였고, 대장에게 이름을 말하기도 번거로웠다.

"그거 무슨 커피냐?"

"아이스 카푸치노요."

"카푸치노? 그게 무슨 뜻이야?"

"뜻은 모르죠."

"지난번에 먹었던 거 그거는 이름이 뭐였지?"

"아이스 캬라멜 라테요?"

"라테라는 게 뭐야?"

"모르는데요?"

"자기가 먹는 게 뭔지는 알고 먹어야지. 난 그래서 이거밖에 안 먹잖아. 아이스 아메리카노. 미국 커피."

그런 대화를 몇 번 주고받은 다음부터는 다른 커피를 주문하기 싫어졌고, 허파 역시 아이스 아메리카노만 마시게 됐다. 처음엔 밍밍한 맛만 느껴졌는데, 자꾸 마시다보니 쌉쌀하고 고소한 맛을 즐길 수 있게 됐다.

"허파야, 너는 창배 알지?"

대장이 얼음 사이에 숨어 있는 커피를 빨대로 빨아들이며 말했다.

"창배 형 알죠. 큭, 고등학교 선배잖아요."

허파가 한결 밝아진 목소리로 대답했다.

"그럼 창배가 펜션 놀러갔을 때 얘기도 알아?"

"아, 무덤에서 섹스하다 귀신 본 얘기요?"

"아, 이 새끼."

"왜요?"

"결말을 미리 얘기하면 어떡하냐, 이 새끼야."

"그게 무슨 결말인데요?"

"아, 진짜 눈치 없는 새끼. 내가 현수한테 그 얘기 해주고 있었잖
아. 지금 한창 절정으로 가고 있었는데, 너 때문에 김 다 샜잖아."

"아, 대장도 진짜, 그런 개구라 같은 이야기를 믿어요? 완전 뻥
이라니까요. 큭, 뒤로 자빠졌는데 거기가 무덤 속이라는 게 말이
안 되잖아요."

"왜 말이 안 돼. 누가 묻힌 건 아니었고 묘자리로 넘어진 거잖
아."

"아무튼 난 그 형 얘긴 안 믿어요."

"씨발, 아무튼 너 때문에 김 다 샜다."

현수는 두 사람이 이야기를 주고받는 모습을 보면서 커피를 마
셨다. 현수는 뒷이야기를 물어보지 않기로 했다. 대장이 길게 이야
기할 게 뻔했다. 지금은 조용히 있는 게 더 좋았다. 이야기를 끊어
준 허파가 고마웠다.

"아까 BMW는 왜 놓친 거예요?"

허파가 물었다.

"아, 교통이 갑자기 나타나서 작전 중단했어."

대장이 대답했다.

"진짜요? 쿵. 현수 형 식겁했겠네?"

"현수가 식겁하긴, 내가 똥쌀 뻔했지."

"대장이 왜요?"

"얘 눈빛 좀 봐라. 아주 죽으려고 작정한 사람 같지 않냐?"

"현수 형이 좀 살벌하게 멍하긴 하죠. 크크크. 쿵."

"이 새끼, 형한테 말버릇이 그게 뭐야."

대장과 허파가 자신의 이야기를 하는데도 현수는 꿈쩍도 하지 않고 커피를 마셨다. 현수는 무덤에 자빠진 창배와 미영에 대해 생각하고 있었다. 창배의 옆구리를 밀어내고 있는 미영의 팔꿈치에 대해서 생각했다. 어떤 자세로 있어야 팔꿈치로 옆구리를 밀어낼 수 있을까. 몸을 웅크리고 있어야 가능할까. 아니면 두 손을 턱에 대고 두 팔을 한껏 벌려야 팔꿈치가 옆구리에 닿을 수 있을까? 현수는 좀처럼 창배와 미영의 이상한 자세를 머릿속으로 그려낼 수 없었다.

"오늘은 이상하게 외제차들이 별로 없네요. 다른 데로 옮길까요?"

"허파야, 낚시꾼들이 제일로 조심해야 될 게 뭔지 아냐?"

"쿵, 뭔데요?"

"질투."

"낚시꾼들이 뭔 질투를 해요?"

"이 새끼가 모르는 소리 하네. 낚시터에 가면 거긴 완전 고기 반 질투 반이야. 다른 사람이 잡은 고기가 더 커 보이는 법이고, 내 자리만 안 좋아 보이고, 고기들이 다른 꾼들만 좋아하는 것 같고, 그런 법이야. 그럴수록 기다려야지."

"알았어요. 쿵, 그럼 기다려볼게요."

"한 시간만 더 기다려보고, 안 되면 자리 옮기자."

"예, 대장."

허파는 자신의 자리로 돌아가고 대장과 현수는 횡단보도를 건너 처음 있던 자리로 돌아갔다. 현수는 길을 건너면서 자신의 왼쪽 팔 꿈치를 만지작거렸다.

"어디 아파?"

대장이 물었다.

"아뇨."

현수가 대답했다. 현수는 고개를 숙이고 걷다가 대장의 다리를 보았다. 대장은 다리를 절었다. 신경써서 보지 않으면 잘 알 수 없을 정도로 절룩였다. 오른쪽 다리를 내디딜 때는 평범하지만 왼쪽 다리를 내디딜 때는 조금 어색했다. 다리를 앞으로 곧게 내뻗는 게 아니라 살짝 위로 들어올렸다가 앞으로 내뻗었다. 그 미묘하게 다른 동작은 자세히 들여다보아야만 알 수 있다. 현수는 대장이 왜 다리를 저는지 알았다. 다리를 절게 만든 사건을 대장과 함께 겪었다. 그 자리에 함께 있었다. 현수가 자동차보험단 일을 시작하고 한 달쯤 지났을 때 대장은 대형 세단과 정면으로 충돌했다. 음주운전 차량을 노린 함정 파기였는데, 운전자가 미처 대장을 보지 못하는 바람에 예상보다 훨씬 큰 충돌이 일어났다. 10미터 옆에서 바람을 잡기로 되어 있던 현수가 곧바로 대장에게 뛰어갔다. 대장은 누워서 일어나질 못했고, 운전자는 겁에 질린 채 밖으로 나왔다. 현수는 대장의 정확한 상태를 파악하지 못했다. 얼마나 다쳤는지 알 수 없었다. 아프다고 말하는 대장의 말이 진짜인지 연기인지 구분할 수 없었다. 운전자는 무릎을 꿇고 대장의 팔을 붙들었다.

"아저씨, 술 드셨어요?"

현수는 자신이 할 일을 했다.

"잘못했습니다. 살려주십시오."

운전자는 대장의 팔 대신 현수의 팔을 붙들었다.

"아저씨, 술 드셨죠?"

현수는 같은 말을 반복했다.

"사장님, 살려주십시오."

운전자도 같은 말을 반복했다.

현수가 머뭇거리자 대장이 직접 나섰다. 대장의 연기력은 일품이었다. 통증과 분노가 합해진 목소리로 운전자에게 지옥의 문턱에 와 있다는 사실을 상기시켰다. 대장은 오직 언어와 신음만으로 자신의 고통을 운전자에게 전달했다. 지금 더 아픈 사람은 어쩌면 대장이 아니라 운전자일지도 모르겠다고, 현수는 생각했다.

현수는 대장의 다리가 부러졌다는 사실도 알지 못했다. 대장은 자신의 고통을 더 자세하게 묘사하기 위해서 현재의 고통을 참았다. 운전자는 보험사에 연락하지 않기를 바랐다. 자신이 직접 치료비를 대고 최대한 보상해주겠다고 약속했다. 어떤 이유로 그러는지 현수는 잘 알지 못했다. 짐작만 할 뿐이었다. 대장은 병원에서 한 달 반 동안 수술과 치료를 받았다. 막 일을 시작한 자신에게 1억이 넘는 돈을 배당해준 걸 보면 대장이 어느 정도의 돈을 받았을지 짐작할 수 있었다. 보상금으로 얼마나 받았는지 현수는 묻지 않았다.

대장이 병원 문을 나설 때에도 현수는 함께 있었다. 허파와 현수, 그리고 지금은 다른 쪽으로 자리를 옮긴 '거머리'라는 친구가 함께 있었다. 네 사람은 자주 가는 삼겹살 집에서 소주를 마셨다.

"대장, 퇴원을 축하합니다."

허파가 건배를 제의하며 말했다.

"그래, 다들 수고 많았어. 너희들 덕분이다."

대장이 말을 끝내고 소주잔을 비웠다. 한 시간쯤 기분좋게 술을 마시고 있을 때 대장이 소주와 맥주를 섞기 시작했다. 대장은 세 사람에게 폭탄주를 먹인 다음 두 손을 무릎에 대고 이야기를 시작했다.

"너희들, 내가 안됐다고 생각할 거야. 저 병신, 평생 다리 절면서 살아서 어쩌냐, 이런 생각을 할 거야, 그치?"

"아니에요."

"아니긴 뭐가 아냐. 맞는 말이잖아. 나는 평생 다리를 절어야 돼. 병신 된 거지. 그런데 말이야, 나는 평생 다리를 절어야 할지도 모른다는 의사 이야기를 듣고 속으로 소리를 질렀어. 아싸, 됐어. 그런 말 있지? 누구에게나 인생에서 세 번의 기회가 찾아온다는 말. 근데 좆나게 애매한 소리야. '이번이 첫번째 기회야', 이렇게 말을 해주면 어떻게 해보겠는데 그런 거 없거든. 한참 지나봐야 그게 기회였다는 걸 알아. 뭐야, 그럼 그것도 기회였던 거야? 그럼 그것도? 이런 식으로 세 번을 나중에 찾아야 돼. 그런데 아주 가끔씩 '내가 바로 세 번의 기회 중 하나요'라고 얼굴을 들이밀면서 오는 놈이 있거든. 나는 이번 사고가 그런 기회라고 생각했어. 이럴 때는 뒤도 돌아보면 안 되고 망설여서도 안 된다. 무슨 말인지 알아? 물 들어올 때 좆나게 노를 저어서 최대한 멀리 도망쳐야 한다고. 너희들도 잘 명심해. 기회다 싶으면 멱살을 잡든 덜미를 잡든 무조건 잡아. 알겠어?"

"예, 대장."

세 사람은 큰 소리로 대답을 했다. 현수도 그랬다. 무슨 뜻인지도 모르고 대답을 했다. 과연 자신의 몸과 돈을 바꿀 수 있을지 생각해보았다. 그때의 현수는 자신할 수 없었다. 지금의 현수는 그때

와는 다르게 생각했다.

"자동차가 좆나게 빨리 달려들지? 운전자가 나를 못 보고 있지? 그럼 둘 중의 하나야. 죽든지 팔자가 완전히 피든지. 달려오는 자동차 속도가 빠를수록 우리 성공의 속도도 빨라지는 거야. 자동차를 똑바로 쳐다보고 있으라고. 알아들었어? 사내새끼들이 그 정도 배짱은 있어야지. 자, 마시자."

현수는 그날 숙소에서 잠들지 못했다. 대장이 입원해 있는 한 달 반 동안도 깊이 잠든 적이 없었다. 자려고 하면 자동차가 빠르게 다가오는 장면이 보였고, 헤드라이트 불빛이 자신을 향해 달려오는 것 같았다. 대장이 퇴원했는데도 헤드라이트 불빛은 사라지지 않았다. 오히려 자동차의 모습에 환하게 웃는 대장의 얼굴이 더해졌다.

"무슨 생각 하나?"

횡단보도를 다 건넜을 때 대장이 말했다.

"예?"

현수가 뒤늦게 정신을 차리며 대꾸했다.

"무슨 생각 하길래 고개 푹 숙이고 대답을 바로 안 해. 언제든 사방을 살피라고, 알았어?"

"네, 알겠어요."

현수와 대장은 다시 벤치에 앉았다. 허파에게 언제 신호가 올지 알 수 없었다. 1분 이내로 연락이 올 수도, 한 시간 동안 아무런 연락이 없을 수도 있었다. 현수와 대장은 말없이 앉아서 담배를 피웠다.

"대장."

"응."

"예전에 자동차 속도가 빠를수록 우리 성공도 빨라진다, 그런 말 했던 거 기억나요?"

"나 퇴원하던 날?"

"예, 기억하네요?"

"그럼 기억하지."

"지금도 그렇게 생각해요?"

"당연하지. 내가 그 자동차 덕분에 집안 빚을 다 갚았잖아."

"다리는…… 괜찮아요?"

"괜찮아. 요샌 뭐 뛸 일도 없어. 갑자기 다리는 왜? 겁나냐?"

"매번 겁나죠."

"겁나는 놈이 그렇게 마구잡이로 달려들어?"

"모르겠어요. 저도 제가 왜 그러는지."

"우리는 스포츠 선수나 마찬가지야. 젊었을 때 바짝 벌어야 되거든. 나이들면 파트를 옮기거나 아예 다른 일 알아봐야 되는데, 그것도 만만치가 않아. 그러니까 정신 차리고 일해."

"웃기는 얘긴데요, 가끔씩 제 마음이 막 부글부글 끓을 때가 있어요. 뭣 때문인지는 모르겠는데, 입에서 막 욕이 튀어나오고 옛날 여자친구랑 그 남자새끼랑 또 아무튼 눈앞에 보이는 것들을 전부다 쳐죽이고 싶은, 그런 마음이 들 때가 있어요. 자동차랑 맞장떠도 부숴버릴 수 있을 것 같은 이상한 기분이 드는데요, 솔직히 그냥 자동차가 제 몸을 부숴버려도 좋겠다는 생각도 들고요."

"야, 무섭네. 나도 쳐죽이겠다?"

"에이, 대장한테 그런다는 게 아니고요."

"젊어서 그런 거야."

"나이들면 없어져요? 이런 게?"

"없어질 거야."

"없어져도 이상할 것 같아요."

"없어지는 게 당연한 거지. 그런 게 계속 몸에 붙어다니면 나중에 무겁고 힘들어서 어떻게 사냐. 잊기도 하고 그래야지."

"참, 아까 무덤 얘기나 계속해주세요."

"창배 얘기? 허파 때문에 완전 김샜는데 뭔 얘길 해."

"결말을 알아도 재미있을 것 같아요."

"나중에 해줄게. 이야기 중간에 '여기가 알고 보니 무덤이었던 거야' 해야지 소름이 쫘악 돋는데……"

"예, 그럼 나중에 꼭 해줘요."

담배를 피워 물려고 할 때 다시 허파에게서 무전이 왔다. 대장은 간단하게 통화를 끝내고 차량 종류와 차량 번호를 현수에게 알렸다. 현수는 다시 횡단보도 앞에 섰다. 허파가 말한 자동차가 곧 나타났고, 정지선에 멈춰 섰다. 중앙선에 붙어서 현수가 서 있는 횡단보도 쪽으로 왔다는 것은 무조건 불법 유턴을 한다는 의미였다. 허파가 신호를 보내줄 수 있는 이유가 그거였다. 이미 진입한 이상 다른 길은 없다. 운전석에 앉아 있는 여자의 옆모습이 현수의 눈에 들어왔다. 선글라스를 낀 여자였다. 현수는 여자와 눈이 마주치지 않도록 자동차의 바퀴만 보았다. 바퀴가 움직이는 순간 현수도 마음의 준비를 할 것이다. 빨간 신호등이든 파란 신호등이든 상관하지 않을 것이고, 자동차의 속도가 어느 정도인지도 신경쓰지 않을 것이다. 현수는 괜히 팔꿈치를 만지작거렸다. 여자 운전자는 건너편에서 오는 자동차가 없다는 것을 확인하고 핸들을 돌렸다. 신호등은 다시 현수의 편이었다. 자동차가 움직이는 순간 보행자 신호로 바뀌었다. 현수는 파란불을 보면서 발을 내디뎠다. 자동차는 부드럽게 반원을 그리며 현수 가까이로 왔다. 빨리 유턴을 해야 한다는 운전자의 마음은 많은 것을 보지 못하게 하는 법이다. 현수가 서 있는 위치는 운전자의 심리적 사각지대였고, 운전자가 무방비 상태로 들어설 지옥문이었다. 현수는 천천히 움직였다. 여자는 현수를 보지 못하고 마지막 유턴 과정에서 액셀러레이터를 밟았다. 현수는 자동차가 움직일 수 있는 방향을 미리 읽고 있었다. 자동차의 크기와 유턴 시작 지점을 알면 어디쯤에서 자신과 만날지 정확히 예측할 수 있었다. 대부분의 보험단들은 자동차의 측면에 부딪친다. 대장도 그걸 강조했다. 현수는 그러지 않을 생각이었다. 측면에 부딪쳐봤자 단순한 타박상에 그칠 것이다. 현수는 할 수 있다면 자신을 모조리 분리시키고 싶었다. 나사들을 하나씩 풀어서 모든 부품들을 늘어놓고 처음부터 다시 짜맞추고 싶었다. 그럴 수 있다면 그러고 싶었다. 다시 짜맞출 수 없대도 일단 해체하고 싶었다. 삐걱거리는 육체를, 가누기 힘들 정도로 무거워진 심장을 부숴버리고 싶었다. 고통이 자신을 새롭게 만들어줄 것 같았다. 어마어마한 고통이 폭설처럼 다가와 누추한 모든 마음을 덮어줄 것 같았다. 모든 게 텅 비길 원했다. 현수는 끔찍한 고통을 바랐다. 죽고 싶은 마음은 없었지만 되돌릴 수 없는 고통이길 바랐다. 현수에게 자동차가 다가왔다.

자동차에 부딪치는 순간, 현수의 온몸이 열리고 있었다. 거대한 얼음판 한구석에서 작은 금이 시작되듯 자동차와 충돌한 몸의 부위에서 모든 것이 시작되고 있었다. 자동차의 속도를 현수는 신경쓰지 않았다. 자동차와 부딪칠 때면 운전자 눈을 봐야 해, 알았어? 현수야? 어디에선가 대장의 목소리가 들리는 것 같았지만 현수는 운전자의 눈도 보지 않았다. 보고 싶지 않았다. 운전자의 겁에 질린 눈빛으로 자신의 고통을 망치고 싶지 않았다. 현수는 아무런 비명도 지르지 않고 서 있던 자리에서 튕겨나갔다.

나는 관계를 부수는 사람이다. 고리를 끊는 사람이다. 폐허 위에서 있다. 고등학교를 다니던 내내 차선재의 일기장 맨 앞에는 그 말들이 적혀 있었다.

매일 새벽 3시, 모든 소음이 아래로 가라앉으면 차선재는 잠자리에서 일어나 책상 앞에 앉았다. 책을 읽기도 하고 노트에다 뭔가 적기도 하고 낙서를 하기도 했다. 의미 없는 말들을 주로 적었다. 연필이 하는 말을 따라다녔다. 의자, 창문, 형광등, 새벽의 자전거 소리…… 들리는 것들을 그대로 받아적었다. 의미 있는 말을 적는 게 무서웠다. 아무런 의미가 없는 새벽 3시부터의 시간이 차선재를 버티게 해주었다. 6시가 되면 학교 갈 준비를 했다. 학교에 가면 오히려 마음이 편했다. 학교에서는 무의미하기 위해 노력할 필요가 없었다.

중학교 2학년 겨울방학이 시작될 무렵 부모님이 이혼을 결정했고, 차선재는 모든 게 자신 때문이라고 생각했다. 자기 말고는 다른 원인이 있을 리 없다고 생각했다. 어머니는 결혼하기 전 차선재를 가졌고, 결혼을 반대하던 친정 부모님과 인연을 끊었다. 어머니는 부부싸움을 할 때면 늘 '선재'라는 이름을 맨 앞으로 내밀었다. 이게 다 선재 때문에 시작된 건데 당신이 나한테 어떻게…… 선재가 없었으면 진작에 당신을…… 차선재는 당장이라도 달려가 부모님 사이에 무릎을 꿇고 자신의 죄를 고해야 할 것 같았다.

어머니와 아버지의 입에 오르내리는 '선재'라는 사람은 자신이 아닌 것 같다는 생각이 들 때도 많았다. 골칫덩어리며 핑곗거리고 없애고 싶은 것들을 뭉뚱그려 '선재'라고 부르는 게 아닌가 싶었다. 대화 속의 선재는 내가 아니야, 내가 아니니까 상관없어. 그렇게 마음을 먹어도 선재라는 이름만 들리면 가슴이 빠르게 뛰고 숨이 가빠왔다. 차선재는 어머니와 아버지가 싸울 때마다 헤드폰으로 음악을 크게 들으며 고통을 피했다.

아버지와 어머니가 헤어지는 과정을 지켜보는 건, 차선재가 생각했던 것보다 훨씬 끔찍한 일이었다. 헤드폰을 쓰고 피할 수 있는 일도 있지만 그렇지 않은 일이 더 많았다. 아버지와 둘이 살게 되면서부터 차선재는 방에서 잘 나가지 않았다. 아버지의 얼굴이 아니라 아버지의 표정을 보고 싶지 않았다. 아버지의 어떤 표정을 보면 "선재가 없었으면……" 하고 소리지르던 어머니가 생각났다.

학교에서 돌아오면 빨래나 청소 같은 집안일을 재빨리 끝내고, 아버지가 집에 돌아오기 전에 잠자리에 들었다. 아버지는 매일 11시쯤 집으로 돌아왔다. 11시 전에 잠이 들 때도 있었고, 아버지가 문을 열고 들어오는 소리를 들을 때도 있었다. 깨어 있어도 침대에서 움직이지 않았다. 불을 끄고 잠든 척했다. 아버지는 두 번 노크를 한 다음 문손잡이를 돌렸다. 잠긴 손잡이는 돌아가지 않았다. 아버지는 잠깐 문 앞에 서 있다가 방으로 돌아갔다. 아버지와 둘이 살게 되면서 새벽 3시에 일어나는 생활이 시작됐다.

중학교 3학년 겨울방학 때 친구들과의 고리도 모두 끊어지고 말았다. 함께 피시방을 다니던 여섯 명의 친구들이 있었는데, 그 친구들과 게임을 할 때면 가끔 소리도 지르고 말이 많아지기도 했다. 그 친구들과 얘기할 때를 빼면 입을 여는 경우가 거의 없었다. 겨울방학이 끝나갈 때쯤 친구 중 한 명과 사소한 말다툼을 벌이다가 차선재는 자신도 모르게 주먹을 휘두르고 말았다. 친구의 입술에서 빨간 피가 흘러나왔다. 고등학교로 진학하면서 친구들은 자연스럽게 차선재를 멀리했다.

길에서 우연히 친구들을 만난 적이 있었다. 여섯 명의 친구들은 여전히 몰려다녔고, 차선재는 혼자였다. 차선재가 멀리서 알은체를 했지만 친구들은 인사도 하지 않았다. 그날 밤 집에 돌아와 일기장 맨 앞에다 그 문장을 적었다. 나는 관계를 부수는 사람이다. 고리를 끊는 사람이다.

고등학교 2학년이 되었을 때 차선재는 시계에 몰두하게 됐다. 외삼촌이 생일선물로 사준 기계식 손목시계를 어느 새벽 무심코 뜯어보았는데, 거기에 완벽한 세상이 있었다―차선재는 그때까지 시계를 차지 않았다―외부에서 어떤 충격이 와도 절대 와해되지 않을 것 같은 단단한 세상이 있었다. 차선재는 시계가 정확하게 움직이는 원리를 알고 싶었다. 다음날 장비를 사들고 와서 시계를 분해하기 시작했다. 베젤과 케이스와 다이얼을 벗기는 데서 멈추지 않고, 차선재는 무브먼트까지 분해하기 시작했다. 세상의 끝이 어디인지 알고 싶었다. 얼마나 작은 세상이 이렇게 큰 세상을 구성하고 있는지 확인하고 싶었다. 그걸 다 분해하고 나면 잘못된 걸 해결할 수 있을 것 같았다.

제일 작은 부품들까지 모두 분해해서 책상 위에 늘어놓는 데 다섯 시간이 걸렸다. 모든 걸 분해하고 나자 갑자기 허무한 마음이 들었다. 차선재는 책상 위에 부품을 늘어놓은 채 잠이 들었다. 다음날 학교에서 돌아와 시계를 다시 조립하려고 했지만 그렇게 간단한 게 아니었다. 분해하긴 쉬워도 조립하긴 힘들었다. 분해한 역순으로 조립하면 되는 거겠지만 그 순서를 기억하긴 힘들었다. 시계에 대한 책을 사서 한 달을 끙끙댄 끝에 겨우 시계를 조립하는 데 성공했다.

그날부터 새벽 3시가 되면 의미 없는 낙서를 하는 대신 시계를 조립했다. 조립된 시계를 보면 다시 분해하고 싶어졌다. 차선재는 책상 위에 시계 부품을 가지런히 늘어놓았다가 다시 조립하길 반복했다. 저격수들이 총기 분해를 연습하듯 차선재는 시계 분해를 연습했다. 시계 조립에 익숙해지자 차선재는 마치 자신이 시간을 마음대로 움직일 수 있을지도 모른다는 착각에 빠졌다. 분침을 빨리 움직여서 시침을 움직이게 만들고 시침을 빨리 움직이게 만들어서 20년 후를 만들고 싶었다. 20년 후에는 어떤 사람이 되어 있을까. 그때도 폐허 위에 서 있을까. 그때도 여전히 관계를 부수는 사람일까. 시계를 거꾸로 돌려 태어나기 이전으로 돌아가고 싶기도 했다. 그렇게 시계를 한없이 거꾸로 돌려서 모든 게 존재하지 않았던 세상으로 돌아가고 싶었다.

차선재가 지방대학의 시계제조공학과에 입학한다고 했을 때 아버지는 반대했다. 학과가 문제가 아니라 아들이 혼자 지내야 한다는 게 마음에 걸렸다. 시계제조공학과라는 학과가 있다는 것도 아들에게서 처음 들었다.

"시계에 관심이 많았나?"

"예."

"언제부터?"

"오래됐어요."

"거길 나오면 뭘 할 수 있는 거냐. 뭐가 되고 싶은 건데?"

"잘 모르겠어요."

"기껏 시계방 같은 걸 하려고 대학에서 4년 동안 시계공학을 배우는 건 아닐 테고, 거길 나오면 뭐 장인 같은 사람이 되는 거냐?"

"그냥 시계에 대해 공부해보고 싶어요."

"그래, 시계에 대해 공부하는 건 좋아. 꿈이 있는 것도 좋고. 없는 것보다 훨씬 좋지. 그런데 그 대학에 가면 너 혼자 지내야 하는데, 아버진 지금 그럴 형편이 안 된다. 학비야 어떻게 해볼 수 있겠지만 집세까지 내줄 수는 없다."

"기숙사를 알아볼 수 있대요. 그리고 서울에서 오는 학생들에게 주는 장학금도 있대요. 아르바이트도 할 생각이고요."

"아버지가 혼자 있는 건 걱정 안 되니?"

"죄송해요."

"꼭 가야겠어? 너까지 아버지를 혼자 두고 그렇게 가야겠어? 꼭 그래야 돼?"

"그랬으면 좋겠어요."

아버지가 방문을 닫고 나가자 차선재는 혼자 머릿속으로 중얼거렸다. 또, 관계를 부수는 사람이다. 고리를 끊는다. 다시 폐허에서 시작한다. 서랍의 자물쇠를 열고 그 안에 든 시계 무브먼트와 베젤과 다이얼을 꺼냈다. 시계 부품을 숨길 이유가 없었지만 차선재는 시계와 관련된 모든 걸 서랍에 보관했다. 장인들이 그러는 것처럼 작은 칸막이로 나누어진 보관함에다 부품을 종류별로 보관했다. 용돈을 모아서 산 기계식 무브먼트들을 서랍에 보기 좋게 정리하고 나면 하나의 세계를 창조하고 완결한 듯한 기분이 들었다. 차선재는 무브먼트를 손가락으로 만지작거렸다. 시간이 빨리 흘러가길 바랐다.

차선재는 1학년 여름방학이 지날 때쯤에야 대학 기숙사에 적응할 수 있었다. 지켜야 할 규칙이 많았다. 함께 방을 쓰게 된 이청현에게 적응하는 것도 쉽지 않았다. 몸집이 큰데다 말이 많은 친구였고, 술 마시는 걸 좋아해서 통금을 어길 때가 많았다. 차선재는 이청현이 기숙사에 돌아오지 않으면 초조했다. 언제 돌아올지 알 수 없다는 게 싫었다. 아버지와 함께 살 때는 방문을 걸어잠그고 있으면 그만이었지만 기숙사는 달랐다. 불쑥 이청현이 돌아오면 차선재는 무방비 상태로 맞아들일 수밖에 없었다. 차선재는 아예 잠을 자지 않는 날이 많아졌다. 이청현을 기다리지 않고 차라리 깨어 있는 쪽을 택했다. 밤을 새울 거라고 작정하면 오히려 마음이 편했다.

수업이 없을 때면 차선재는 학교를 어슬렁거리거나 구석진 벤치에서 잠을 잤다. 캠퍼스가 넓기로 유명한 학교였다. 숨어 있을 곳이 많아서 좋았고, 아무도 자신을 신경쓰지 않는 게 좋았다.

가을축제를 며칠 앞둔 어느 날, 차선재는 인문대 앞 건물을 지나가다가 포스터 하나를 발견했다. '시간을 잡아라—하루를 1년처럼 사는 법'이라는 제목이 고딕체로 커다랗게 쓰여 있었고, 그 아래 '방황하는 이 시대 젊은이들을 위한 명사 특강 제1탄'이라는 부제가 붙어 있었다. 양복을 말끔하게 차려입은 강연자의 사진 아래로 스무 줄이 넘는 이력이 적혀 있었다. 차선재는 한 줄씩 이력을 읽어내려갔다. 대학을 나왔고, 대학원을 나왔고, 외국에 다녀왔고, 박사가 되었고, 연구소를 차렸고, 또 연구소를 차렸다는 이야기가 탑처럼 높이 쌓여 있었다. 차선재는 마지막 대목에서 피식, 웃고 말았다. '노는청년없는사회만들기 운동본부' 상임고문이라는 장황한 명칭을 한 자씩 읽다가 웃음이 터진 것이다. 차선재는 옆에 서 있는 여학생 때문에 겨우 웃음을 참았다.

여학생은 비디오카메라를 들고 포스터를 찍고 있었다. 뷰파인더를 들여다보는 여학생의 옆얼굴, 반쯤 뜬 오른쪽 눈과 부드러운 콧등과 꽉 다문 입술을 차선재는 계속 바라봤다. 부드러운 곡선이 리드미컬하게 휘어져 있었다. 반대쪽으로 가서 왼쪽 얼굴도 보고 싶었지만 그럴 자신은 없었다. 포스터 아래쪽을 찍던 카메라가 흔들렸다. 여학생이 웃고 있었다. 차선재는 카메라가 찍고 있던 렌즈의 방향을 따라가보았다. 어딘지 정확하게 알 수는 없었지만 자신이 보고 웃었던 그 대목이 아닐까 생각했다. 차선재는 포스터를 보다 다시 웃었다. 차선재가 여학생 쪽으로 고개를 돌렸을 때 두 사람의 눈이 마주쳤다.

"이거 들으러 갈 거예요?"

여학생이 대뜸 물었다.

"네?"

차선재는 귀에 꽂고 있던 이어폰을 빼면서 되물었다.

"이 강연 들으러 갈 거냐고요."

"이거요? 모르겠는데요."

"언제쯤 아는데요?"

"뭘 언제 알아요?"

"들으러 갈지 말지 언제쯤 아냐고요."

"잘 모르겠는데요."

"아까 포스터 보다가 웃지 않았어요?"

"저기 읽다가……"

차선재는 손가락으로 이력의 마지막 부분을 가리켰다. 여학생의 눈이 포스터에 가닿았다.

"진짜 웃기는 이름이네. 작명 센스 끝내주네요. 같이 강의 들으러 갈래요?"

"네? 전 별로……"

"같이 가요. 완전 배꼽 빠지게 재미있을 것 같지 않아요? 노는 청년이 되지 않으려면 저런 강의는 꼭 들어야죠."

뜻밖의 제안에 차선재는 어찌해야 할지 몰랐다. 마음을 정할 수 없었다. 가고 싶은 이유와 가지 말아야 할 이유가 여러 개씩 머릿속에 떠올랐다. 가지 말아야 할 이유가 훨씬 많았다.

"전, 장수영이라고 해요. 교내 방송 브이제이예요."

"브이제이요?"

"저는 눈보다 카메라 렌즈로 먼저 보는 게 편해서요. 그쪽은 이름이?"

"전 시계제조공학과 1학년 차선재라고 합니다."

"와, 공대생이네. 나 공대생들 좋아해요. 같이 갈 거죠? 5시부터 니까 지금 가면 딱 맞겠네."

차선재는 거절하지 못했다. 장수영이 말을 걸어왔을 때부터 차선 재는 그 어떤 제안도 거절하지 못할 것을 알고 있었다. 차선재는 장 수영의 밝은 에너지가 자신을 둘러싸는 것을 느꼈다. 거절하고 싶 지 않았다. 어차피 곧 부서질 관계일 게 뻔하다는 걱정이 들었지만 거절하고 싶지 않았다. 차선재는 못 이기는 척 장수영을 따라갔다.

강연은 믿을 수 없을 정도로 지루했다. 긍정을 강요하는 외침과 시련을 뚫고 앞으로 전진하라는 무의미한 자극이 반복되는 강연이 었다. 강연은 지루했지만 차선재는 두 시간 동안 마음껏 웃었다.

장수영은 카메라를 고정해둔 다음 노트에다 수많은 말들을 적었 는데, 차선재는 말없이 글로 얘기를 주고받는 게 좋았다.

재미있어?/아뇨/초면에 반말 미안/네/내가 선배니까 뭐/몇 학 년이신데요?/2학년/네/학교 일찍 갔어. 나이는 동갑/네/너도 반말 해/네/저 아저씨는 뭘 자꾸 전진하래/그러게요/우리가 탱크인가?/ ㅋㅋㅋ/난 저런 얘긴 못 믿겠어/어떤?/아픔을 겪으면 더 성장한다 는 말/왜요?/고통을 겪어야 꼭 성장하나 안 아파도 성장하지. 그거 알아?/?/고생하고 못 먹으면 키 안 커/ㅋㅋㅋㅋ/난 귀하게 자란 애 들이 좋아/왜요?/귀하게 자란 애들은 상처가 적거든/귀하게 자랐어요?/묘하게 자랐지/ㅋㅋㅋㅋ/너는?/그냥 자랐어요/반말해/ㅎ/야, 저 얘기 나왔다, 노는청년없는사회만들기 운동본부/ㅋㅋㅋ/이름 진짜 길어/줄임말로 할까?/줄이면 안 돼. 노는 청년 생겨. 다 읽어야 일 생기지/ㅋㅋㅋ/대충 다 찍었는데, 나갈까?

차선재는 적지 않고 고개를 끄덕였다. 강연을 들으면서 부쩍 친해진 느낌이 들었지만 다시 밖으로 나오니 말을 꺼내기가 쉽지 않았다. 장수영이 먼저 말을 걸었다.

"잘됐다. 너 인터뷰 하나 뜨자."

"응?"

"오늘 강연 본 소감 말해봐."

"싫어."

"빨리 해. 찍는다."

장수영이 카메라를 들이댔다. 차선재는 피하지 않았다.

"저에게 의미 있는 강연이었어요. 시간을 잡는 일이 얼마나 중요한 일인지 깨달았거든요. 만약 하루 24시간을 48시간처럼 살 수 있다면, 분신술처럼 두 사람 몫의 삶을 살 수도 있겠다는 생각이 들었어요. 그러면 살면서 정말 후회할 일이 없지 않을까요? 정말 유익한 강연이었습니다."

"너 떨지도 않고 잘한다."

"그래? 잘했어?"

"응. 거짓말 정말 잘한다. 천부적인데? 크크."

차선재와 장수영은 그날 함께 저녁을 먹고 학교 근처의 공원을 산책했다. 차선재는 공원을 걸으면서 지금 보고 있는 것들을 평생 잊지 못할 것 같다고 생각했다. 나무들의 표면과 신발에 닿는 작은 돌멩이들의 감촉과 풀향기와 어스름한 저녁의 빛깔과 채도를 평생 잊지 못할 것이라는 생각이 들었다. 공원을 둘러싼 하나하나의 요소들이 차선재의 살갗에 박혀서 피부가 되었다.

"손잡고 걸을까?"

말을 끝내자마자 장수영이 손을 잡았다. 차선재는 머리가 어질어질했다. 한겨울 차가운 바깥에 있다가 따뜻한 집으로 들어왔을 때처럼 모든 게 아득했다. 두 사람의 키가 비슷해서 손을 잡고 걷는 게 불편하지 않았다. 차선재는 이렇게 손을 잡은 채 평생 걸어도 좋겠다고 생각했다.

다음날부터 두 사람은 자주 만났다. 장수영이 행사를 촬영하러 갈 때면 차선재가 짐을 들어주었다. 끝나고 나면 학교 식당에서 함께 저녁을 먹었고, 산책을 했다. 나무들의 표면이 변하고 풀향기가 옅어지고 햇빛의 각도가 달라졌지만 산책은 멈추지 않았다. 두 사람이 산책하면서 나눈 얘기들을 다 모으면 라디오 몇 달 치 분량의 방송이 될 정도였다. 어린 시절부터 좋아한 뮤지션이 누구인지, 어떤 배우를 좋아하는지, 앞으로 어떤 삶을 살아가고 싶은지, 배우고 있는 과목 중에 어떤 게 마음에 드는지, 고등학교 때 어떤 선생님을 좋아했는지, 종말이 온다면 어떤 일을 하고 싶은지, 두 사람은 머리에 떠오르는 모든 이야기를 나누었다. 주로 장수영이 말했고 차선재는 조용히 들었다.

차선재는 장수영을 점점 좋아하게 되는 자신의 마음이 못 미더웠지만 그 마음을 막을 수는 없었다. 장수영의 말을 듣고 있다가 어느 순간부터는 자신의 이야기를 하기 시작했다. 어머니와 아버지 이야기도 했고, 시계에 처음 빠져들게 됐던 순간의 이야기도 했다. 마음의 지하 창고에 꽁꽁 싸매두었던 이야기를 하고 나자 장수영을 더 좋아할 수 있을 것 같다는 생각이 들었다. 장수영은 자신의 모든 마음과 유별난 걱정을 아는 유일한 사람이었다.

"넌 어떤 사람이 되고 싶어?"

가을바람에 겨울의 냉기가 묻기 시작하던 즈음, 잔디밭에 누워서 하늘을 보다 장수영이 물었다. 휴대전화기 스피커를 통해서 모차르트의 오페라가 흘러나오고 있었다. 소프라노의 목소리가 가을 하늘로 흩어졌다.

"좋은 사람."

오후의 햇살 때문에 눈을 뜨지 못하고 차선재가 대답했다.

"좋은 사람이 돼서 뭐하게?"

"좋은 일 하게."

"어떤 좋은 일?"

"그냥 좋은 일."

"그냥 좋은 일이 어디 있어. 누군가에게 좋은 일이면, 반대편의 누군가에겐 나쁜 일이지."

"그런가?"

"당연하지. 지구는 말야, 커다란 시소처럼 생겼을 거야. 하느님은 시소 중간에 앉아서 균형을 맞추고 계실 거 같아. 좋은 사람 한 명이 생겨나면 반대편에 나쁜 사람 한 명을 만들고, 좋은 일 하나가 생기면 반대편에다 나쁜 일 하나를 만드실 것 같아."

"난 세상이 그렇게 단순할 것 같진 않아. 시계를 분해하다보면 작은 나사나 헤어스프링 하나만 사라져도 모든 게 엉망이 돼버려. 시간도 전혀 맞질 않고…… 시계도 그렇게 복잡한데, 세상이 시계보다 간단하겠어?"

"바보야, 누가 그렇게 간단하대? 비유와 상징으로 말하는 거지."

"공대생이라고 무시하는 거야?"

"누가 무시해. 나 공대생 좋아한다니깐. 멀미과보다는 공대가 훨 낫지."

"멀미과?"

"내가 다니는 과 말야. 멀티미디어 편집과."

"아, 난 또…… 난 이름 줄이는 거 싫더라."

"너도 한번 다녀봐라. 영상 편집하고 있으면 멀미난단 말야. 멀미과라는 이름하고 얼마나 딱 맞아떨어지는지 몰라."

"넌 어떤 사람이 되고 싶은데?"

"나는 현모양처."

"하하, 그거야 쉽잖아."

"그게 얼마나 힘든 건데, 현명한 어머니가 되려면 애도 낳아야
하고 좋은 부인이 되려면 결혼도 해야 하고."

"너한테는 힘든 일이긴 하겠다."

"죽을래?"

장수영이 누운 자세 그대로 다리를 들어 차선재의 배를 눌렀다.
차선재가 다리를 밀어내리고 하자 장수영이 차선재의 배 위에 올라
탔다. 차선재는 자신의 배 위에 올라탄 채 환하게 웃고 있는 장수영
을 보았다. 장수영의 머리 위로 새파란 하늘이, 자신의 넓이를 보여
주겠다는 듯 광대하게 펼쳐져 있었다. 차선재는 눈이 부셔서 손등
으로 얼굴을 가렸다. 시계 속 시침과 분침이 직각을 만들어 3시를
가리키고 있었다.

"몇 시야?"

차선재가 물었다. 장수영은 손목을 들어 시계를 보면서 잠깐 기
다렸다.

"이제 정확히 3시."

"딱 맞네."

"그럼, 누가 만들어준 시곈데."

차선재는 손가락 사이로 장수영을 보려고 했지만 햇살이 너무

눈부셨다. 손목시계의 버튼을 눌러서 모든 시간을 멈추게 하고 싶었다. 그냥 이대로 모든 게 정지되었으면 좋겠다고 생각했다. 차선재는 시계를 바라보다 눈이 부셔서 감고 말았다.

겨울방학이 시작되고 고향집에 다녀오겠다고 떠난 장수영으로부터 연락이 없자 차선재는 불안한 마음이 들기 시작했다. 악몽의 시작이 아니길 바랐다. 다시 돌아오지 않으면 어떡하나, 하는 생각이 들었을 때 차선재는 고개를 저으며 자신을 나무랐다. 그럴 리가 없으니 그런 마음을 먹는 건 집착이라고 생각했다. 관계를 부수지 않기 위해서는 너무 가깝지도 멀지도 않아야 한다. 차선재는 그 거리를 조절하는 데 익숙하지 않았다.

차선재 역시 방학을 아버지와 함께 보내기 위해 서울로 돌아와 있었는데, 모든 나쁜 조짐은 자신의 방에서 시작되는 건지도 모르겠다는 생각이 들었다. 이 방 때문에 어머니와 아버지가 이혼을 했고, 이 방에 살았기 때문에 친구들을 만나지 않게 됐고, 이 방 때문에 다른 모든 사람과 헤어지게 된 것인지도 모른다는 생각이 들었다. 이 방에 돌아오자마자 여자친구가 사라졌다. 너는 관계를 부수는 방이다. 고리를 끊는 공간이다. 폐허다. 차선재가 낮은 목소리로 방에게 말했다.

장수영과는 방학 내내 연락이 되지 않았다. 장수영의 고향으로 무작정 찾아가볼까 싶기도 했지만 집 주소도 전화번호도 아는 게 없었다. 고향에서 장수영을 만나는 것도 내키지 않았다. 만약 장수

영에게 그럴 만한 사정이 있는 거라면 그 사정을 알고 싶지는 않았
다. 거리 조절이 힘들었다.

차선재는 방에서 나오지 않았다. 아버지는 차선재를 데리고 외
출을 하고 싶어했지만 차선재는 따라나서질 않았다. 어머니와 두
번 만난 게 약속의 전부였다. 저녁이 되면 아버지와 간단한 저녁을
먹고 함께 텔레비전을 보다가 방으로 들어갔다. 차선재는 개학을
손꼽아 기다렸다. 개학을 해서 집을 벗어나면 모든 게 새롭게 시작
될 것 같았다. 장수영에게 어떤 사정이 있다 해도 개학을 하면 다
시 나타날 것 같았다.

개학을 보름 정도 앞둔 날, 룸메이트 이청현에게 전화가 걸려왔
다. 방학 동안 한 번도 연락을 주고받은 적이 없었다.

"어, 어쩐 일이야?"

"너 기숙사에 편지 하나 와 있어."

"누구한테?"

"걔 같은데, 너 여자친구."

"수영이?"

"어, 장수영. 소인이 안 찍힌 걸 보니깐 와서 넣어놓고 갔나본
데?"

"내가 갈게. 잘 가지고 있어."

"내가 집으로 보내줄까?"

"아냐. 갈게. 가서 전화할게."

차선재는 집전화로 장수영에게 전화를 걸었다. 전화를 받으면 끊을 생각이었다. 할 얘기가 있어서 전화한 게 아니라 장수영이 거기에 잘 있는지 확인하기 위한 것이었다. 얘기는 편지를 보고 난 뒤에 하고 싶었다. 일단은 잘 있는지, 목소리를 듣고 싶었다. 전에는 신호가 울리긴 했는데, 이번에는 아예 없는 번호라는 메시지가 나왔다. 차선재는 곧바로 집을 나섰다. 버스를 타고 학교로 가는 내내 장수영의 모습을 생각했다. 만나면 무슨 말을 해줄까. 화를 내고 싶지만 그러지 말자. 무슨 일이 있었던 거겠지. 만나면 그냥 안아줘야지. 버스를 타고 가는 두 시간 동안 이런저런 생각이 끊이질 않았다.

학교에 도착했지만 차선재는 곧바로 기숙사로 가지 않았다. 편지에 무슨 이야기가 적혀 있을지 겁이 났다. 받아들일 수 없는 이야기가 적혀 있을까봐, 무서운 이야기일까봐 겁이 났다. 차선재는 장수영과 함께 걷던 공원으로 먼저 갔다. 장수영이 돌아왔다면 거기에 있을 거라고 확신했다. 멀리서 장수영을 보게 된다면, 그래서 장수영이 아무렇지도 않게 공원 벤치에서 책을 보고 있는 걸 확인한다면, 잔디밭에 누워 하늘을 보고 있는 모습을 발견한다면, 편지를 읽는 마음이 한결 가벼워질 것 같았다. 공원에는 장수영이 없었다.

차선재는 저녁이 되어서야 기숙사에 도착했다. 이청현은 방학 동안 살이 더 쪄 있었다. 불어난 몸에서 그동안의 생활이 보였다. 편지봉투에는 소인이 없었고 두 개의 이름만 위아래로 적혀 있었다. 아래에는 기숙사 방 번호와 차선재라는 이름이 적혀 있었고 위에는 장수영이라는 이름만 적혀 있었다. 차선재는 이청현과 인사를 나누는 둥 마는 둥 공원으로 다시 향했다. 저녁의 공원에는 아무런 온기도 없었다. 잎이 붙어 있는 나무는 전혀 없었고, 모두들 앙상한 제 몸을 가로등 아래에 드러내고 있었다. 죽은 것처럼 보이는 나무들도 봄이 되면 연둣빛을 쏟아내겠지. 차선재는 공원을 걸어가면서 손목시계의 베젤을 만지작거렸다. 마음이 조급하고 초조할 때면 베젤을 돌리는 게 버릇이 됐다. 편지를 쉽게 열 수 없었다.

차선재는 군대에서 경계근무를 설 때면 늘 장수영의 편지를 가슴에 품고 있었다. 시간이 날 때마다 읽고 또 읽어도 그 정확한 뜻을 알 수 없었다. 미묘한 뉘앙스에 담긴 온전한 의미를 장수영에게 꼭 물어보고 싶었다. 편지라는 게 사람의 마음을 전달하기에 얼마나 불완전한 형식인지 새삼 깨달았다. 똑같은 글인데도 어떤 날은 자신을 사랑한다는 말처럼 읽혔고, 어떤 날은 더이상 자신을 사랑하지 않는다는 말처럼 읽혔고, 어떤 날은 사랑한 적이 없다는 말처럼 읽혔다. 그건 어쩌면 편지의 문제가 아닐 수도 있었다. 편지를 쓴 장수영의 마음이 그렇게 어지러웠기 때문인지도 몰랐다. 제대할 때까지 차선재는 그 편지를 잃어버리지 않았다. 제대할 때쯤이면 모든 일이 잘 풀려서 장수영이 한국에 돌아와 있을지도 모르고, 자신이 장수영을 만나러 갈 수도 있을 것이라고 생각했다. 그런 때가 오면 차선재는 그 편지를 장수영의 눈앞에 내민 다음 한 구절

한 구절, 그 정확한 뜻을 듣고 싶었다.

차선재가 독립시계제작자가 되기로 마음먹은 것은 시계 회사에서 10년 동안 일을 하고 난 뒤인 서른여섯 살 때였다. 고장난 기계식 시계를 고쳐주는 회사였는데, 하는 일은 마음에 들었다. 멈춘 시계를 다시 돌아가게 만들고, 망가진 부품을 교체해주는 일은 차선재에게 딱 맞는 일이었다. 사람을 상대할 일이 많다는 게 유일한 문제였다.

시계 회사에 취직을 하자마자 집에서 독립을 했고, 아버지와도 왕래를 하지 않았다. 몇 개월에 한 번 전화통화를 하는 게 전부였다. 명절이 돼도 찾아가지 않았다. 한때 같은 집에서 살았던 아버지, 어머니, 차선재는 떨어진 채 각자의 자리에서 굳어버렸다. 차선재는 남는 시간에 자신만의 시계를 만들기 위해 공부를 했다. 모든 부품을 자신이 직접 만드는 제작자가 되고 싶었다. 사람을 상대하고 싶지 않았다. 여러 사람과 함께 일을 하는 게 불편했다. 함께 점심을 먹어야 했고, 팀장에게 보고를 해야 했고, 선임이 됐을 때는 후배들에게 업무를 가르쳐야 했다. 언제 어떤 방식으로 자신이 관계를 부수게 될지 알 수 없었으므로 최소한의 관계만 유지하자고 마음먹었다.

회사를 다니면서 동료들의 성화에 못 이겨 두 명의 여자와 선을 보았는데, 그때도 차선재는 그 무엇도 주도하지 않았다. 사람들의 눈에는 그 선이 보이지 않았지만 차선재의 눈에 그 선은 도로의 노란 중앙선보다도 선명했다. 차선재는 회사를 떠나면서 어떤 관계도 부수지 않았다는 사실이 스스로 대견했다.

독립시계제작자가 되려고 한다는 얘기를 했을 때 회사 사람들은 대부분 차선재를 걱정해주었다. 쉽지 않은 일이라는 걸 모두 알고 있었다. 한편으로는 정반대의 생각을 하는 사람도 있었다. 차선재라면 가능할지도 모르겠다고, 혼자서 하는 일이라면 뭐든지 잘하고 집중력 하나만큼은 끝내주는 친구니까, 어쩌면 가능할지도 모르겠다고 말해주었다.

차선재는 서울 외곽에다 작은 공방 하나를 마련했다. 혼자서 모든 부품을 만들 생각이었다. 기계 선반을 비롯한 제작 기계와 수리 공구를 샀다. 공방 전세금을 내고 장비를 사는 데 10년 동안 모은 돈을 전부 쏟아부었다.

"어떤 시계를 만들려고?"

팀장이 마지막 악수를 하면서 물었다.

"그냥, 잘 맞는 시계요."

차선재가 머쓱해하며 대답했다.

"그게 제일 힘든 건데, 하하."

"네."

"잘 만들어보라고."

"그동안 감사했습니다."

차선재는 함께 일했던 동료들에게 일일이 인사했지만 섭섭하거나 아쉬운 마음은 들지 않았다. 그저 장기판의 말이 다른 칸으로 이동하는 기분이었다.

독립시계제작자들은 세상에 하나뿐인 자신의 작품에다 특별한 이름을 붙여준다. 다이얼을 별로 가득 채워 우주처럼 만든 작품에는 '별들의 소용돌이'라는 이름을 붙이고, 시계판을 거꾸로 단 다음 거울을 통해 시계를 보게 한 작품에는 '타임머신'이라는 이름을 붙이는 식이다.

차선재가 2년 동안 만들어낸 자신의 첫번째 작품에 붙인 제목은 '시간은 흐른다'였다. 대부분의 시계는 시침과 분침이 원형의 문자판을 가리키지만 차선재의 시계 속 시간은 오른쪽에서 왼쪽으로 그저 흘러갈 뿐이었다.

시계박람회에 출품한 〈시간은 흐른다〉에 외국 바이어들이 관심을 보였고, 그의 시계 세 점은 순식간에 팔렸다. 시계 전문가들은 차선재의 신선한 아이디어를 높이 평가했다. 한 시계 평론가는 "우리는 시간이란 반복되는 것이며 회전하는 것이라 생각한다. 시침과 분침이 회전하는 걸 보면서 매일이 반복된다고 생각한다. 하지만 젊은 시계 장인 차선재는 이 생각에 반기를 들었다. 기술은 아직 부족하고 세련이 필요하지만 그의 시계는 놀랍다. 시간은 그저 흘러갈 뿐이고 다시는 돌아오지 않는다는 진실을, 이 작은 시계에 담았다. 시간은 어디에서 시작되어 어디로 흘러가는 것일까. 이것은 철학적 논증이며 시간의 증명이다"라고 평했다. 차선재는 모든 게 얼떨떨할 뿐이었다. 텔레비전 프로그램에 출연해서 시계에 대해 이야기할 때에도 모든 게 꿈같았다. 자신의 작품에 관심을 보인 시계 회사의 초청으로 스위스에 다녀오면서도 이런 일들이 어째서 일어나게 됐는지 납득이 가지 않을 정도였다.

한국에 돌아와 오랜만에 공방에 앉았을 때 차선재는 막막하기만 했다. 〈시간은 흐른다〉는 오랜 시간 생각했던 시계였기 때문에 쉽게 만들 수 있었지만 다음엔 어떤 작품을 만들어야 할지 감이 잡히질 않았다. 멍하니 앉아 있는 시간이 많았다. 한참 확인하지 못했던 전자우편을 정리하다가 차선재는 이상한 편지를 발견했다. 제목과 내용의 글씨가 모두 깨져 있어서 어떤 내용인지 알 수 없었다. 인코딩을 바꿔보았지만 내용이 드러나지 않았다. 스팸메일인가 싶어 지우려다 보낸 사람의 메일 주소를 보았다. 아이디가 'csooyoung'이었다. 장수영이 분명했다. 메일에는 웹사이트 주소가 하나 첨부돼 있었다. 차선재는 링크를 따라갔다.

링크의 저쪽 편에는 동영상이 하나 있었다. 동영상 공유사이트에 장수영의 계정이 있었고, 그 안에 스무 편 정도의 동영상이 업로드되어 있었다. 장수영을 설명하는 자리에 'Video Artist'라고 적혀 있었다.

동영상의 제목은 〈Time of Cloud〉였다. 처음에는 파란 하늘만 보이다가 어느 순간 구름이 나타나더니, 빠른 속도로 움직인다. 구름은 파란 하늘 속에서 춤을 추고 있다. 그것은 시간처럼 움직이고 있다. 구름은 어떤 의도가 있는 것처럼, 어떤 형상을 보여주기라도 할 것처럼, 나타났다가 사라지기를 반복했다. 차선재는 컴퓨터 앞에서 움직이지 않고 장수영이 만든 모든 영상을 보았다. 가장 인상 깊었던 영상은 〈Station〉이라는 작품이었다. 화면에 기차 한 대가 등장하더니 갑자기 뒤로 달리기 시작한다. 사람들은 정상적으로 움직이는데 기차만 뒤로 달리는 것이다. 그 장면들을 어떻게 찍었는지 궁금해서 몇 번이나 화면을 되감아보았지만 알아낼 수 없었다. 기차는 수많은 역을 통과해 뒤로 달린다. 마지막 장면에서 기차가 멈추고, 그 기차에서 사람들이 내린다. 마치 그 기차가 타임머신인 것처럼, 시간을 거슬러가고 싶은 사람들을 그곳에 데려다주는 것처럼.

차선재는 장수영의 전자우편 주소로 답장을 보내기로 했다. 영어로 편지를 쓰기 위해 밤새 사전을 뒤적였다. 더 정확한 말로, 분명하게 내용을 전달하고 싶었다.

어떤 이유 때문인지 네가 보낸 전자우편의 내용이 보이질 않아. 네가 올려놓은 영상은 모두 보았어. 너는 그렇게 살고 있었구나. 그동안 무슨 일이 생긴 건지 설명을 듣고 싶어.

인사말을 모두 빼면 이런 내용이었다. 이틀 후에 장수영에게서 답장이 왔다.

어쩐지 그럴 것 같더라. 여긴 베를린이고, 그동안 많은 일이 있었어. 널 보면 좋겠다. 텔레비전에서 널 봤어. 베를린으로 와. 재워줄게.

장수영이 보낸 인사말과 편지 끝에 붙은 베를린의 주소를 빼면 이런 내용이었다. 어쩐지 그럴 것 같다는 게 뭘 두고 하는 말인지 불분명했지만 그런 건 상관없었다. 차선재는 떨렸다. 장수영을 볼 수 있다는 사실에 떨렸고, 곧바로 달려가고 싶은 마음에 떨렸고, 만나서 할 이야기들을 생각하니 떨렸다. 만나지 않는 게 나을지도 모른다는 생각을 했지만 실망해도 어쩔 수 없는 일이었다. 지금은 거리 조절을 할 때가 아니었다. 차선재는 장수영을 위한 시계를 만들고 싶었다. 장수영을 만나러 가는 길에 그걸 들고 가고 싶었다. 차선재는 장수영에게 곧바로 메일을 보냈다.

베를린에는 언제까지 있을 거야? 3개월 후에 너를 만나러 가고 싶어. 너의 상황이 어떤지 알려줘.

새로운 시계를 만들기에 3개월은 너무 짧은 시간이었지만 장수영을 만나고 싶은 마음을 억누르기엔 긴 시간이었다. 합리적인 타협점이 3개월이었다. 다시 장수영에게서 메일이 왔다. 3개월 후를 기다리겠다고, 비행기를 예약하고 시간을 알려주면 공항으로 마중을 나가겠다는 연락이 왔다. 차선재는 비행기를 예약하고 시간을 알려주었다. 티켓을 프린트해서 공방 벽에다 붙여두었다.

　다음날부터 곧바로 작업이 시작됐다. 시계의 이름은 'Station'이었다. 장수영만을 위한 시계를 만들어주고 싶었다. 새로운 아이디어는 아니었다. 〈시간은 흐른다〉를 위해 디자인했던 시계 구조를 그대로 사용하되 시계 디자인을 옛 기차 모양으로 만들기로 했다. 기차가 거꾸로 움직이던 장수영의 영상처럼 시계 속 기차가 거꾸로 움직이며 흘러가는 것이다. 정시가 되면 기차의 기적과 비슷한 소리로 알람이 울리게 하고, 무브먼트를 살짝 보이게 디자인해서 시계의 톱니가 기차의 바퀴처럼 보이게 할 생각이었다. 차선재는 매일 밤 늦게까지 시계 제작에 매달렸다. 70일이 지났을 때 종착점이 조금씩 보였다. 차선재는 고등학교 때 그랬던 것처럼 시계 초침과 분침을 붙들고 싶었다. 거꾸로 가는 것까진 바라지 않았고 잠깐만 세워두고 싶었다. 장수영을 빨리 만나고 싶은 마음과 작업 시간을 조금이라도 벌고 싶은 마음이 엇갈렸다.

　쉬는 시간엔 장수영의 영상을 보았다. 장수영의 모습이 등장하는 영상은 없었지만 장수영의 그림자가 나오는 영상이 하나 있었다. 카메라를 들고 있는 장수영의 그림자가 화면에 등장할 때마다 차선재는 일시정지 버튼을 눌렀다. 그림자로 장수영의 모습을 상상해보았다. 일그러진 흑백의 그림자를 되짚어 온전한 사람의 모습을 완성할 수는 없었다. 하지만 그려볼 수는 있었다.

아버지가 중환자실로 옮겨진 날은 차선재가 베를린으로 떠나기 일주일 전이었다. 아버지는 의식을 잃고 쓰러진 후 한 시간 만에 병원으로 옮겨졌다. 아버지가 근무하는 경비실의 동료가 아니었다면 그 시간이 더 늦어질 수도 있었다. 병원에서 걸려온 전화를 받았을 때 차선재는 짜증을 냈다. 아버지를 중환자실로 옮겨야 한다는 말을 들었을 때도, 뇌실질내출혈이라는 병명을 들었을 때도 짜증은 가시질 않았다. 전화를 건 사람이 아버지의 직장 동료였고, 자신의 짜증이 얼마나 어이없는 것인지 알면서도 짜증을 감추기가 쉽지 않았다.

차선재는 병원으로 가서 간단한 수속 절차를 마쳤다. 돈은 아깝지 않았다. 시간이 문제였다. 아버지가 받아야 할 검사가 많았고, 차선재는 아버지의 유일한 보호자였다. 어머니에게도 연락은 했지만 병원에 와서 아버지의 모습을 보게 하는 게 좋을지 확신이 들지는 않았다. 차선재는 낮에 아버지의 검사를 돕고 저녁이면 공방으로 돌아가서 시계를 만들었다. 시계를 만들기 위해서는 어마어마한 집중력이 필요한데 밤의 피로는 생각보다 무거웠다. 출발 사흘 전까지도 시계를 완성하지 못했다.

출발 이틀 전에 차선재는 베를린행을 포기했다. 아버지를 두고 갈 수는 없었다. 위험한 순간은 지나갔고 일반병동으로 옮기긴 했지만 급박한 순간이 언제 또 닥칠지 알 수 없었다. 차선재는 장수영에게 메일을 보냈다. 자세한 사정은 적지 않았지만 베를린으로 갈 수 없게 됐다는 소식이었고, 언제까지 베를린에 있을 것인지 물었고, 한국으로 들어올 계획은 없는지도 물었다. 진작에 전화번호를 묻지 않았던 게 실수였다. 전화번호를 알고 싶지 않았다. 문득 전화를 걸고 싶어지는 순간이 올 것이고, 그러면 참기 힘들어질 거라고 생각했다. 얼굴과 목소리를 한꺼번에 만나고 싶었다. 장수영이 메일을 빨리 확인하길 바랐다.

차선재는 작업실에 더이상 가지 않고, 아버지 곁에 있었다. 낮엔 집에 들러 청소와 빨래를 하고, 아버지의 속옷을 챙겨 나왔다. 저녁에는 시계에 대한 책을 보거나 글을 썼다. 장수영에게서 답장은 오지 않았다. 메일이 제대로 간 것인지 확인할 길도 없었다. 차선재는 장수영이 자신에게 화가 났을지도 모른다고 생각했다. 또다시 관계를 부췄다고, 고리를 끊었다고 생각했다. 차선재가 사건의 원인은 아니었지만 다를 게 없었다. 모든 불운의 중심에 자신이 있다는 생각이 들었다.

병원에서는 시계 작업을 할 수 없었다. 차선재가 할 수 있는 건 시계 스케치뿐이었다. 장수영을 위한 〈Station〉은 더이상 만들 수 없었다. 동기가 사라졌고, 타이밍을 놓쳤다. 새로운 시계 스케치를 수십수백 장 그렸지만 마음에 드는 건 없었다.

"미안하구나."

아버지가 작은 목소리로 말했다.

"뭐가요?"

차선재가 퉁명스럽게 대답했다.

"여기 있게 해서."

"괜찮아요."

"가봐도 돼."

"아니에요. 쉬세요."

아버지는 뭔가 얘기를 더 하려다가 고개도 들지 않은 채 스케치를 하고 있는 차선재를 보고는 그만두었다. 사각거리는 만년필 소리가 아버지의 말을 가로막았다. 차선재는 만년필로 소리를 지르고 있었다. 벌떡 일어나서 침대에 누운 아버지를 향해 소리지르고 있는 자신이 자꾸 보였다. 차선재는 일어서려는 자신을 계속 끌어 앉히면서 스케치를 했다. 미안하다는 말은 듣고 싶지 않았다. 가봐도 된다는 말 역시 듣고 싶지 않았다. 만년필이 점점 거칠게 움직였다.

차선재는 힘들게 다음 작품의 주제를 정했다. 병원 침대에 누워 있는 아버지를 보면서 생각한 것인데, 시계의 다이얼에 작은 창을 만들고 그 창으로 60초에 한 번씩 사계절의 형상이 지나가는 모습을 보여주는 디자인이었다. 봄에는 그 작은 창으로 새 한 마리가 지나가고, 여름이면 창으로 비가 내리고, 가을에는 창 너머로 단풍이 떨어지고, 겨울에는 하얀 눈이 내리는 모습을 보여주는 것이었다. 창만 내다보고 있는 아버지를 보면서 그 아이디어를 떠올렸을 때, 차선재는 그걸 시계로 만들고 싶지는 않았다. 아버지에게서 아이디어를 얻었다는 게 마음에 걸렸다. 아이디어는 생활에서 나오고, 습관은 뇌를 장악한다. 매일 병원만 들락거리는 생활 속에서 그보다 더 좋은 아이디어가 나올 수 없다는 걸 차선재는 결국 인정했다. 제목은 '사계'로 정했다.

병원에 입원한 지 두 달 만에 아버지는 퇴원을 했고, 차선재는 공방으로 돌아올 수 있었다. 일주일에 한 번 통원치료를 해야 했는데, 그 정도의 시간을 내는 건 어렵지 않았다. 공방으로 다시 돌아온 것만으로 충분히 행복했다.

공방의 달력에는 베를린행 비행기표가 붙어 있었고, 작업대 위에는 90퍼센트쯤 만들어진 〈Station〉이 잘 보관돼 있었다. 템포 바퀴를 조립하지 않았기 때문에 시계는 아직 생명을 얻기 전이었다. 시침도 분침도 초침도 조립하지 않은 상태, 〈Station〉의 내부는 아직 생명을 창조하기 이전의 시간인 셈이다. 차선재는 〈Station〉을 마저 만들까 생각하다가 그러지 않기로 했다. 〈Station〉에 시간을 불어넣는 순간 모든 게 너무 빠르게 지나가는 것처럼 느껴질 것 같았다. 붙잡지 못한 순간, 가닿지 못한 순간, 영원히 돌이킬 수 없는 순간을 자꾸만 상기하게 될 것 같았다. 베를린행 비행기표를 찢어서 쓰레기통에 버렸다.

〈Station〉에 시간을 불어넣는 순간, 그날의 선택을 두고두고 후회하게 될 거라는 생각이 들었다. 누군가에게 아버지를 부탁하고 베를린으로 향하는 비행기를 탔더라면, 그래서 장수영을 만났더라면…… 차선재는 만약을 생각해보았다. 그랬더라면 뭔가 달라졌을까. 차선재는 고개를 저었다. 베를린행 비행기를 타는 쪽을 선택했더라면, 아마 아버지의 결과가 달라졌을지도 모른다. 선택이 달라지면 결과도 달라진다. 결과를 되짚어 선택을 선택할 수는 없다. 차선재는 유리관째로 〈Station〉을 서랍에 넣었다. 시간이 존재하지 않는 채로 그렇게 죽음을 맞이하게 했다.

〈시간은 흐른다〉만큼의 호평을 얻지는 못했지만 〈사계〉 역시 좋은 평가를 받았다. 차선재는 〈사계〉를 발표한 다음, 이후의 작품에는 특별한 제목을 붙이지 않기로 마음먹었다. 제목이 모든 걸 설명하는 것 같아서, 단어가 형상을 제한하는 것 같아서 그러지 않기로 했다. 대신 간단한 번호를 붙이기로 했다.

차선재가 55세가 됐을 때, 그의 작품번호가 30번에 이르렀다. 어림잡아 2년에 세 작품씩을 꾸준히 발표한 셈이었다. 호평을 받은 작품도 있었고 평이 좋지 못한 작품도 있었지만 그의 성실함은 모두가 인정했다. 한 시계 회사의 제안으로 차선재는 작품 전시회를 열게 됐다. 처음에는 거절했지만 시계 회사의 요청은 끈질겼다. 차선재는 그동안 제작했던 자신의 모든 작품을 볼 수 있다는 사실에 마음이 조금씩 흔들렸다. 시계 회사는 독립제작 방식을 해치지 않는 선에서 차선재를 후원하기로 했고, 그동안 팔렸던 차선재의 모든 시계를 대여해 전시회를 열 생각이었다.

두 달 동안 열린 전시회는 성공적이었다. 기계식 시계에 관심이 없던 사람들도 작품이 아름답다는 입소문에 홀려 전시회를 찾았다. 기계식 시계 마니아들에게는 차선재의 초기작부터 최근작을 한눈에 볼 수 있다는 사실만으로도 흡족한 전시회였다. 차선재는 두 달 동안 정신없는 시간을 보냈다. 텔레비전 촬영을 하고 일주일에 한 번 작품 설명회를 했고, 외국의 바이어들을 상대해야 했다.

장수영이 전시장에 찾아온 것은 전시회의 마지막 주간이었다. 차선재는 방송국에서 나온 다큐멘터리팀과 이야기를 나누고 있었다. 조명이 너무 눈부셔서 바닥을 보고 있었는데, 어떤 그림자를 보는 순간 그게 장수영일지도 모른다는 생각이 들었다. 고개를 들어 눈을 가늘게 뜨고 전시장에 들어와 있던 한 여자를 보았다. 거기에 정말 장수영이 있었다. 수십 년이 지났지만 단번에 알아볼 수 있었다. 오래전에 알던 그 얼굴에다 얇은 막을 수십 개 붙여놓은 듯했다. 예전보다 얼굴빛은 불투명해졌고, 얇은 막 위로 주름이 늘었지만 표정은 예전 그대로였다. 눈이 마주치자 장수영이 웃었다.

두 사람은 전시장 건너편의 커피숍에 마주앉았다. 주문한 커피가 나올 때까지 두 사람은 아무 말도 하지 않았다. 차선재는 가끔 한숨을 쉬었고, 장수영은 겸연쩍은 웃음만 지었다. 두 사람은 머릿속으로 수많은 말을 했다. 질문과 대답, 변명과 추측을 수없이 꺼내놓았다가 다시 제자리에 갖다놓기를 반복했다. 서로의 얼굴을 보면서 그동안의 시간을 침묵으로 가늠하고 있었다.

"시계 멋지더라."

장수영이 웃으며 말했다. 차선재는 대답하지 않았다. 어떤 대답을 해야 할지 알 수 없었다. 한마디로 10년이 넘는 시간을 압축하는 대화의 1막이 끝났다. 두 사람 사이를 오간 말은 단 한마디뿐이었지만 더 많은 것들이 그 사이를 획, 획 지나갔다. 커피잔이 다 비어갈 때쯤 차선재가 입을 열었다.

"한국에 돌아온 거야?"

"응, 작년에."

"잘했네."

"응?"

"잘 돌아왔다고."

"잘한 건가?"

"네가 만든 영상들, 전부 근사했어."

"그래? 좋아하는 사람은 많았는데 그게 돈이 되지는 않더라."

"요즘엔 작업 안 해?"

"가끔."

"어떤 걸 찍어?"

"그냥 지나가는 사람들, 자동차, 아이들, 빌딩, 철교, 그런 거."

"응…… 그렇구나."

"그렇지, 뭐."

"좋았는데……"

"우리 다음에 만나면 술 한잔 할까? 오늘은 다른 약속이 있어서.

어때?"

"그래, 좋지."

"잘됐다."

차선재는 장수영이 걸어가는 모습을 한참 보았다. 하고 싶은 말이 더 있었다. 쌓여 있는 말이 많아서 그걸 꺼내놓기만 하면 될 줄 알았는데, 못했던 말을 하기 위해서 시간을 되돌리고 싶었던 적도 있었는데, 하지 못한 말이 더 쌓이고 말았다. 높이 쌓아올린 책더미에서 밑바닥과 가운데 책을 꺼내기 힘들듯 오래전 얘기를 꺼내기란 쉽지 않았다. 그 얘기들을 꺼내려면 한 줄로 쌓인 모든 얘기를 허물거나 위에 쌓인 이야기를 전부 걷어내야 한다. 시간이 필요했다. 시간이 남아 있을까. 그 이야기들을 꺼낼 만한 시간이 다시 올까.

걸어가고 있는 장수영의 손을 보았다. 흔들리는 손을 보았다. 저 손을 잡고 함께 걸었다. 내가 잡았던 손이었다. 장수영은 한 번도 뒤돌아보지 않고 걸었다. 장수영도 자신을 보고 있는 차선재의 눈길을 알고 있었다. 한 번 돌아보면서 손을 흔들까 생각했지만 언제쯤 어떻게 돌아야 할지 알 수 없었다. 손을 흔드는 건, 아무래도 어울리지 않는다는 생각이 들었다. 그렇게 계속 걷다보니 이미 주차장 입구로 향하는 계단으로 내려가 차선재의 시야에서 사라져버리고 말았다.

공방으로 돌아온 차선재는 작업대 위의 먼지를 꼼꼼하게 제거

했다. 작업을 시작하기 전이면 늘 그랬다. 먼지를 하나씩 없애면서 오늘 할 일을 먼지가 있던 자리에 차곡차곡 놓는 식이었다. 먼지를 모두 없애고 책상 앞에 앉았지만 마음이 모이질 않았다. 장수영의 얼굴과 장수영이 했던 말이 헝클어져서 책상 위를 굴러다니고 있었다. 차선재는 장수영의 명함만 만지작거렸다.

장수영의 그림자를 보고 고개를 들 때까지 차선재는 무수하게 많은 생각을 했다. 시간은 가끔 그림자처럼 길어진다. 만약 내 앞에 나타난 사람이 장수영이라면 어떤 말을 해야 할까, 어떤 표정을 지어야 할까, 무엇부터 물어봐야 할까, 그 많은 생각들이 어디선가 한꺼번에 나타났다. 장수영을 만나서 이야기를 하면 잠깐이라도 예전의 그 시절로 돌아갈 수 있지 않을까, 마음껏 웃어볼 수 있지 않을까, 그런 생각도 들었다. 시간은 그렇게 자비롭지 않았다. 돌아갈 수 없는 시간이었다.

차선재는 서랍에 넣어두었던 〈Station〉을 꺼냈다. 태어나지 못한 시계가 고요히 누워 있었다. 차선재는 자신의 시간을 생각했다. 모든 게 아득했다. 손을 뻗으면 닿을 수 있을 것처럼 가깝던 젊은 시절들은 이제 너무 멀어서 흐릿한 윤곽만 보일 뿐이었다. 어떻게 그 시간들을 통과해왔는지, 어떻게 1초 1초를 지나왔는지 놀라웠다. 지나간 시간들이 쌓여 있는 곳이 있다면 그곳에 가서 그 1초 1초가 어떤 의미들이었는지 확인하고 싶었다.

오래전 장수영의 편지에 그런 내용이 있었다. '네가 만들어준 시계를 들여다보면서 그런 생각을 했어. 시침과 분침이 겹쳤다가 떨어지는 순간, 그건 멀어지는 걸까, 아니면 다시 가까워지는 중인 걸까. 난 생각했어. 나쁘지 않아. 그래, 나쁘지 않아.' 차선재는 그 문장을 자주 생각했다. 그리고 '나쁘지 않아'라고 혼자 중얼거리곤 했다. 그래, 나쁘지 않지.

차선재는 서랍에다 〈Station〉을 넣어두었다. 지난 시간을 다시 태어나게 할 마음은 없었다. 돌아갈 수 없었다. 책상을 정리하고 스케치북을 펼쳤다. 만년필로 원을 그렸다. 원 속에 새로운 시간이 흐르게 하고 싶었다. 다이얼과 문자판을 그려넣는 중에 제목이 떠올랐다. 오랜 시간 제목을 생각하지 않고 번호만 붙인 작품만 만들었는데, 갑자기 제목이 떠올랐다. 그래, 요요로 하자. 가까워지고 다시 멀어지고 다시 가까워지는 시간. 영원을 향해 직선으로 흐르지만 결국 다시 돌아오는, 요요의 시간으로 하자. 그래, 나쁘지 않아. 나쁘지 않아. 돌아갈 수는 없지만 그 시간을 떠올리는 것만으로도 나쁘지 않아. 차선재는 만년필로 새로운 원을 그렸다. 스케치를 하고 또 새로운 원을 그렸다. 원에다 계속 또다른 시계를 그려넣었다. 벽에 걸린 시계를 보았다. 새벽 3시였다. 새벽 3시의 시계를 보는 건 오랜만이었다. 고등학교 시절의 방에서, 대학교 때의 기숙사에서 그렇게 자주 만났던 시간인데, 한동안 그 시간을 잊고 지냈다. 시침과 분침이 단정하게 90도의 각을 만들고 있었다. 시침과 분침 사이를 초침이 막 지나고 있었다. 시간이 흐르고 있었다.

차선재는 시간이 언제나 흐르고 있다는 사실이 가끔 믿기지 않았다. 초침이 한 바퀴 돌기를 기다렸다가 차선재는 다시 스케치북을 넘겼다.

이 사람들에게 고맙다.

차양준/ 〈기술남녀〉 감독/ 미니스커트 입은 여자/ 중년 남/ 이정식/ 오형수/ 송미/ 〈기술남녀〉 촬영팀, 조명팀, 스크립터/ 배우들/ 김선민/ 청소 아주머니/ 인터넷 포르노 방송 유저들/ 송미 외할머니/ 슈퍼마켓 주인/ 오형수 촬영 스태프/ 송미 친구/ 〈복종의 카푸치노〉 남배우/ 〈복종의 카푸치노〉 감독 대행/ 〈복종의 카푸치노〉 스태프(이상 「상황과 비율」)

이호준/ 장우영/ 기민지/ 기자/ 송진구/ 바닷가의 사람들/ 청소 아주머니/ 조용한 동네 주민들/ 조남일/ 소매치기/ 유모차 할머니/ 할머니 유모차 속의 개/ 중학생 아이/ 기민지 오빠/ 진숙이/ 송진구의 룸메이트들/ 호텔에서 일하는 송진구 후배/ 조남일의 여자친구/ 남자배우 K/ K의 여자친구/ 아홉 살 아이(이상 「픽포켓」)

규호/ 정윤/ 술집 종업원/ 알코올 중독자 모임 동료들/ 피존/ 새로운 삶을 살게 된 남자/ 자동차 절도범/ 택시 기사/ 트럭 운전사/ 터미널 매표소 직원/ 편의점 직원/ 피존을 거절했던 여자/ 뉴스 아나운서/ 살려달라는 소리를 질렀던 여자/ 경비원/ 술집 남자들/ 파출소 경찰(이상 「가짜 팔로 하는 포옹」)

지진 피해자들/ 정민철/ 정민철 아버지/ 정민철 동네 친구들/ 김우재/

지진 전문가/ 과학전문기자/ 정민철 할머니/ 류영선/ 오규호/ 게임 속 할머니/ 정민철의 대학시절 교수/ 할머니의 동네 사람들/ 지진 생존자들/ 지진 피해자 가족들/ 정민철과 데이트했던 여자 1, 2(이상 「뱀들이 있어」)

용철/ 민희/ 준철/ 미요/ 방송국 취재기자, 카메라기자/ 미요 친구/ 전시회 입장 관객들/ 뒤풀이에 함께 간 사람들/ 이자카야 주인/ 용철의 후배 화가/ 박물관 모의 전시 관객들/ 두 명의 여자가 손을 꼭 붙들고 화면 밖을 응시하는 그림을 그린 화가(이상 「종이 위의 욕조」)

나/ 나의 형/ 나의 어머니/ 비명 소리를 지른 사람들/ 비행물체를 조종하는 누군가/ 피난 가는 사람들/ 윤정화/ 윤정화 여동생/ 구멍에 빠져 죽은 사람들/ 물 속에 뛰어든 사람들/ 섬으로 간 사람들/ 남은 사람들(이상 「보트가 가는 곳」)

현수/ 허파/ 대장/ 창배/ 미영/ BMW 운전자/ 교통경찰/ 백화점 정문 옆의 커피숍 직원/ 대장에게 걸려들었던 운전자/ 선글라스를 낀 운전석의 여자(이상 「힘과 가속도의 법칙」)

차선재/ 아버지/ 어머니/ 차선재의 여섯 친구들/ 차선재의 외삼촌/ 시계제조공학과 친구들/ 이청현/ 장수영/ '노는청년없는사회만들기 운동본부' 상임고문/ 차선재와 함께 경계근무를 섰던 군인들/ 시계 회사 팀장/ 시계 회사 직원들/ 외국의 시계 바이어들/ 차선재의 시계를 높이 평가한 시계 평론가/ 아버지의 경비실 동료/ 시계 전시에 찾아온 사람들(이상 「요요」)

문학동네 소설
가짜 팔로 하는 포옹
ⓒ 김중혁 2015

초판인쇄 2015년 7월 20일
초판발행 2015년 7월 27일

지은이 김중혁
펴낸이 강병선
책임편집 김형균 | 편집 강윤정 김민정 염현숙
디자인 윤종윤 유현아 | 마케팅 정민호 나해진 이동엽 김철민
온라인마케팅 김희숙 김상만 한수진 이천희
제작 강신은 김동욱 임현식 | 제작처 영신사

펴낸곳 (주)문학동네
출판등록 1993년 10월 22일 제406-2003-000045호
주소 413-120 경기도 파주시 회동길 210
전자우편 editor@munhak.com | 대표전화 031) 955-8888 | 팩스 031) 955-8855
문의전화 031) 955-3576(마케팅) 031) 955-2679(편집)
문학동네카페 http://cafe.naver.com/mhdn | 트위터 @munhakdongne

ISBN 978-89-546-3710-7 03810

www.munhak.com